W0014370

TRANSFIXIONS

La "transfixion" est « un procédé d'amputation qui consiste [...] à couper les chairs de dedans en dehors. » Et c'est bien cette opération que semble désirer Bo', le narrateur de ce récit, qui raconte ses amours travesties, cruelles et masochistes, avec le beau Johnny Belmonte, une espèce de voyou qu'il adore littéralement. Ancien danseur de cabaret, tout juste sorti de prison où il a été envoyé pour meurtre, Bo' a été recueilli par Linda, une amie juive, qui ne voit pas d'un très bon œil sa liaison avec Johnny.

Lorsque Bo' passe au commissariat pour y voir Derek, son contrôleur, Mossa, un jeune inspecteur noir de la Brigade des Mœurs, lui apprend que Derek vient de se suicider au gaz, et qu'il doit se rendre à une identification. On a en effet retrouvé le cadavre d'une prostituée, tuée avec un fendoir pour trancher le cou des poulets, arme qui a servi à couper en morceaux une autre prostituée deux mois auparavant. Tout le milieu est en émoi et Bo' ne se sent pas tranquille, surtout que Bull, une brute épaisse qui traîne souvent avec Belmonte, l'a menacé de « l'avoir » et que les meurtres continuent avec celui de Marlène, un travesti découvert le thorax ouvert et la langue arrachée. La police piétine et Bo' ne réagit pas, jusqu'au jour où il découvre que Johnny, alias M. Garnier, travaille à l'Ambassador, un palace où il est simple larbin. Etonné, Bo' se demande enfin qui est vraiment cet amant qui le traite si mal...

Ainsi commence *Transfixions*, récit effroyablement noir où Brigitte Aubert brosse un portrait stupéfiant de ce Bo' qui, pour être masochiste à un point qu'on a peine à imaginer, va quand même se lancer dans une enquête dont sa vie même dépend.

Née à Cannes en 1956, Brigitte Aubert n'est pas une novice dans l'art subtil de faire peur. Auteur de nombreux scénarios, elle est aussi productrice de courts métrages, dont l'adaptation de son Nuits noires, *nouvelle primée au concours « Série noire TF1/Gallimard » de 1984. Elle a publié dans la collection « Seuil Policiers »* La Rose de fer *(1993),* Ténèbres sur Jacksonville *(1994),* La Mort des bois *(1996) qui a obtenu le grand prix de Littérature policière,* Requiem Caraïbe *(1997), et* La Morsure des ténèbres *(1999).*

Brigitte Aubert

TRANSFIXIONS

ROMAN

Éditions du Seuil

TEXTE INTÉGRAL

ISBN 2-02-037541-9
(ISBN 2-02-035511-6, 1re publication)

« Quand le soleil quitte la terre,
la laissant couverte de sang,
je prends mes plumes et mes diamants
et je m'en vais vendre ma chair. »

Chanson de Bo'.

« Fais-moi mal, Johnny, Johnny,
emmène-moi au ciel,
fais-moi mal, Johnny, Johnny,
j'aime l'amour qui fait boum ! »

Boris Vian.

TRANSFIXION : Procédé d'amputation qui consiste à traverser d'un coup, avec le couteau ou le bistouri, la partie que l'on veut amputer et à couper les chairs de dedans en dehors.

Le Petit Robert.

Chapitre 1

– Johnny, je peux venir avec toi ?
– Casse-toi.
– S'il te plaît, s'il te plaît !
Il soupire et me regarde comme si j'étais une merde. J'ai envie de caresser ses joues pas rasées et je sais que, si j'avance la main vers lui, il va me frapper.
– Johnny ! Juste une heure ou deux, tu me largues quand tu veux.
– Putain ! Bo' ! T'as rien d'autre à foutre ? !
Il ouvre la portière en soupirant. Je me coule sur le siège, je m'accroche à la poignée, je cale mes baskets surcompensés contre le tableau de bord pendant qu'il démarre en faisant crisser les pneus de la Toyota. Je respire l'odeur de sa bagnole, l'odeur de Johnny – after-shave, clopes, cuir, cheese-burgers, métal.
Johnny conduit sans rien dire. Je le regarde du coin de l'œil. Je voudrais faire courir mes ongles laqués de rouge le long de l'arête de son nez impeccablement droit, effleurer les poches sombres sous ses yeux si clairs, effacer les rides profondes autour de ses lèvres pleines, ébouriffer ses cheveux blonds coupés court. Johnny. Je chuchote son nom dans ma tête : « Johnny, Johnny… »
Il avance la main vers la radio, poignet couvert de poils clairs, doigts longs et fins de pianiste, il enfonce le

bouton, et cette saloperie de Metallica envahit la bagnole. Il monte le volume.

Je déteste le hard rock. Je déteste le bruit. Je voudrais rouler le long de la mer en écoutant Erroll Garner. Il prend la voie rapide, le long de la voie ferrée. Remonte dans la zone industrielle. Hyper-romantique. On ralentit, on s'arrête près d'un arrêt de bus. Johnny baisse sa vitre. Cette connasse d'Ida se ramène, en tortillant son gros cul. Je croise les doigts pour que Johnny soit juste venu chercher de la poudre. Il fait claquer un billet. Elle se penche, attrape le billet, lui file un sachet. Il lui tapote la joue, juste un peu trop fort. On repart.

On se gare sur le parking du centre commercial. Il s'enfile la came pendant que je surveille. Il ne m'en propose pas. Il attend que je demande. Je ne demanderai pas. Il renifle avec un sale petit sourire, darde sa langue entre ses lèvres. Je tourne la tête. Il me saisit par les cheveux, je résiste exprès, il tire fort, j'ai mal, je résiste encore plus. Il colle ses lèvres à mon oreille, il me donne des frissons.

– Tu sais quoi, Bo' ? dit-il. Je crois que tu vas descendre.

– Non, s'il te plaît.

– Je crois que tu vas descendre et que tu vas aller voir ces mecs, là-bas.

Il appuie le bout de ses doigts tendus contre ma joue et m'oblige à tourner la tête. A côté d'un grand hangar bleu et blanc, il y a une bande de petits loubards, entourés de Mobylettes comme des pionniers retranchés derrière leurs chariots. J'entends les échos de leur gros *ghettos-blaster* posé par terre et leurs éclats de rire juvéniles.

– Tu vas leur demander une clope pour moi.

– Johnny ! Ils vont me massacrer.

– Tu veux passer la soirée avec moi ? Tu veux ?

Il ouvre la portière et me pousse dehors violemment.

Je tombe à genoux. Les jeunes se retournent. Il y en a un qui crie :

– Amène-toi, chérie !

Johnny allume une clope, tranquille. Il a un flingue dans sa boîte à gants. Un automatique. Il me fait un petit signe de la main : « vas-y ». Je me relève, rajuste mon débardeur échancré sous mon blouson en jean et commence à marcher en me déhanchant. Les loubards me regardent avancer en gloussant. Mes longs cheveux bruns me tombent dans la figure ; je les renvoie en arrière, de ce geste qui exaspère Johnny.

J'arrive tout près des mômes. Des gamins entre 14 et 16 ans, l'âge où la passion con empêche toute compassion. Je vois leurs visages hilares, ils sont pleins comme des vaches, raide défoncés. Relents de colle, remugles de bière. Un petit mec dans les 16 ans, avec des bras comme des battes de base-ball, s'avance vers moi, mains sur les hanches. Leur chef, sans doute.

– Qu'est-ce qu'elle a, la meuf ? Elle est perdue ? glapit un grand brun au visage grêlé d'acné.

Rires bêtes. Je m'adresse au mini-chef qui me fait face :

– Est-ce que vous auriez une cigarette, s'il vous plaît ?

Ils se regardent, interloqués par tant d'audace. Le chef s'approche tout près de moi en gonflant les biceps. Il a les jambes arquées des gosses qui ont marché trop tôt.

Il tire un paquet de clopes tout écrasé de la poche arrière de son jean, en extrait une avec lenteur, me la colle entre les lèvres sous les ricanements des autres.

– Tu veux que je t'allume ? demande-t-il.

Rires gras. J'humecte mes lèvres.

– S'il vous plaît…

Les rires cessent. Il se demande s'il doit croire à sa bonne fortune. Sous le regard haletant de ses troupes, il sort son briquet, passe son pouce sur la molette. La flamme jaillit, allusive. Il se penche vers moi en collant son bas-ventre contre le mien.

Petit coup de reins. Nos regards se croisent. Je vois ses yeux s'arrondir pendant qu'il fait un bond en arrière et s'écrie :

– Putain ! Mais c'est pas vrai !

Les autres le dévisagent, sans comprendre.

– Mais c'est un putain de *mec* ! reprend-il.

Exclamations diverses. Une canette de bière s'écrase par terre. Il me saisit par les revers de mon blouson, furieux de s'être fait avoir, et me lâche aussitôt, comme dégoûté.

– Qu'sse tu crois, toi ? me lance-t-il en postillonnant. T'crois qu'on est des pédales, hein ? C'est ça qu'tu crois ?

Je vois la sueur sur sa lèvre supérieure, ses narines qui se dilatent. Une certaine excitation dans ses yeux troubles. Je lui réponds en le regardant bien en face :

– Merci pour la cigarette…

Je sais ce qui va se passer. Ils savent ce qui va se passer. Johnny sait ce qui va se passer. Il doit être en train de se marrer dans la bagnole. Parce que je vais être puni. Puni de l'aimer.

Clé au bras : un des jeunes me force à m'agenouiller. Un autre me tire les cheveux en arrière. Je ne proteste pas. Je ne me débats pas. Un troisième descend la fermeture Éclair de mon jean et le baisse. La vue de mon string rouge provoque ricanements, chuchotements et insultes. Des mains malhabiles et brutales me l'arrachent.

Odeur de transpiration, d'excitation mal contenue, de chaussures de sport, j'en compte six paires à coussins d'air. Ils se pressent autour de moi comme des porcs autour d'une auge bien remplie. Je suis à demi nu sur le parking, la radio gueule du gangsta-rap.

Le chef m'attrape par les cheveux.

– Dis-le que t'es une salope, dis-le que t'es pas un homme ! beugle-t-il.

C'est toujours la même chose. Les gens hurlent à la mort en s'apercevant que je suis un mec et me reprochent tout aussitôt de ne pas en être un.

– Oui, je suis une salope, non, je suis pas un homme, dis-je, docile, en fixant les taches de cambouis sur son jean.

Excédé par ma passivité, il me gifle violemment en criant :

– T'nous cherches, hein ? T'nous cherches !

Je vérifie du coin de l'œil qu'ils n'ont que des canettes, pas de bouteilles en verre, avant de lui sourire, gracieuse.

– Je nique ton père, bébé !

Grand silence.

Évidemment, ça n'allège pas l'ambiance. Mais c'est pour Johnny qui regarde.

Juste à ce moment-là, j'entends la portière claquer, le moteur tourner. Johnny. Non ! J'ai obéi. Non ! La Toyota disparaît.

Aussitôt, ils se déchaînent. Blanche-Neige et les six nains. Ils me cognent, assez maladroitement. Je tombe, on me relève, on me projette à droite, à gauche, poupée de son muette. Coups de pied dans le dos, dans le ventre, je vomis. Heureusement que ce sont des amateurs. Ils frappent comme les gosses qu'ils sont. Un dernier coup de pied à la tête, je perds conscience.

Je suis allongé sur le ciment, dans une flaque froide. Ça sent la pisse, l'huile et la bière. Je me redresse lentement. Rien de cassé, apparemment. Le soleil est en train de se lever, disque rose au-dessus de l'enseigne King Burger. Je me lève aussi. Vacille, reprends mon équilibre. J'ai mal partout. Mon jean est roulé en boule dans un coin, plein de vomi et d'autres choses. Je le déplie, je le secoue, je l'enfile. Il est froid et mouillé.

Je me passe la main dans les cheveux, je l'en retire toute poisseuse. Mon collier de perles rouges est brisé, les perles ont roulé partout. Je n'ai plus qu'un clip, l'autre a rendu l'âme sous une Nike-air prépubère.

Je me mets à marcher en suivant la ligne jaune tracée sur le sol. Elle me mène à des portes coulissantes en verre. J'y regarde mon reflet. Coup de bol : pas d'œil au beurre noir ! Ils ont frappé côté cœur : arcade sourcilière gauche éclatée, gros hématome sur la tempe gauche, lèvre inférieure fendue. Le boxeur après la défaite. Je me recule pour me voir en entier.

J'ai 28 ans. Je m'appelle Bo'. Mes cheveux noirs, épais et ondulés, m'arrivent à la taille. Je suis mince et petit. J'ai l'air d'une fille. Et j'aime Johnny. Mais Johnny ne m'aime pas. Johnny aime les filles qui n'en ont pas que l'air.

Je crache sur le reflet dans la vitre et je m'éloigne. D'une poubelle dépasse un carton de *fast food*. J'attrape une serviette en papier, j'essuie le sang qui macule mon visage. Peut-être que Johnny est rentré dormir dans sa piaule ? Peut-être qu'il a pris trop de came et qu'il est malade ? Peut-être qu'il me laissera lui faire du café ?

Je me dirige vers l'arrêt du bus quand une voiture ralentit à ma hauteur. Je ne tourne pas la tête. Chuintement électrique de la vitre. Je marche plus vite, sans courir. Une voix me hèle :

– Hé ! Où tu vas comme ça, Bo' ?

Mossa. Je continue à marcher. Mossa se penche vers moi.

– Dis donc, Bo', t'es devenu sourd à force de te faire mettre dans les oreilles ? Tu veux que je te les débouche ?

Je m'arrête en soupirant. Putain de flic à la con ! Il coupe le moteur de sa 205 GTI, descend, déplie ses deux mètres, s'étire. Haussement de sourcils, il me détaille du haut en bas.

– T'es bien matinal, Bo'. Et puis t'as l'air en forme. Une vraie jeune fille…

Je ne réponds pas. Il se plante en face de moi, gigantesque, avec son look à la Denis Rodman. Il fait craquer ses doigts bruns, les passe dans ses cheveux décolorés coupés en brosse et bâille.

– Moi, j'ai comme l'impression que t'as passé une mauvaise nuit. Tu veux pas raconter à Tonton Mossa ?

Je marmonne un vague :

– Tout va bien, inspecteur.

– Lieutenant, rectifie-t-il. Tu sais bien qu'on a été modernisés.

– J'ai du mal à m'habituer.

– Ouais, bon. Et à part ça, qu'est-ce qui t'est arrivé ?

– J'étais cassé, je me souviens pas, j'ai dû tomber.

– Tomber sur des casseurs de pédés, tu veux dire ?

Il ricane. Je hausse les épaules.

– Tu me fais pitié, Bo'. Tu me fais vraiment pitié. Chaque fois que je te vois, je pense au jour où je me pencherai sur ton cadavre dans le caniveau. T'auras jamais 30 ans, Bo'.

Je m'en fous. Si tu savais comme je m'en fous. Tout ce que je veux, c'est Johnny. Une heure. Johnny tout à moi. Johnny en moi. Je veux être sa femme, sa pute, sa chienne.

Mossa me dévisage en tambourinant sur le toit de sa bagnole, il a l'air soucieux et énervé.

– Je viens de me taper douze heures d'affilée, je rentre, dit-il. Je te paye un café ?

Je fais non de la tête. Il faut que je me dépêche si je veux voir Johnny avant qu'il parte au boulot. Mossa fait de nouveau craquer ses doigts, soupire encore, monte dans sa tire et démarre sans un mot.

Pour un flic des Mœurs, Mossa est plutôt correct. Il essaie de communiquer avec nous : les tapins, les travelos, les camés… Il croit qu'on vit dans le même monde. Il ne voit pas la faille, la cassure. La fêlure dans le miroir qui nous reflète.

Le bus est là, je cours, ça fait mal. Je fouille dans mes poches pour trouver un peu de monnaie, le conducteur me fait signe de laisser tomber, je vais m'asseoir au fond. A cette heure matinale, les gens rentrent du boulot ou y partent. Teints brouillés, yeux cernés, bâillements. On me dévisage en coin. Commentaires à voix basse, on reste prudent : « Tu crois que c'est un mec ou une nana ? » « Il/elle s'est fait casser la gueule. » « Vous avez vu le travelo… »

Travelo. *Traveler* en transit dans le Transsexuel-Express, émigré et immigré tout ensemble. Ici, on voyage en capsule de chair, de la planète *homo erectus* à la planète *bella donna*. Et je parle les deux langues tour à tour, de Babel à moi tout seul. Parfois, j'ai l'impression que Beaudoin est le propriétaire de mon corps et Bo' la locataire. Quand je me serai fait opérer, Bo' sera enfin la seule occupante des lieux. Oh ! et puis merde.

J'arrive chez Johnny en nage, malgré le froid piquant. Il habite dans la vieille ville, là où j'habitais moi-même avant. Un vieil immeuble autrefois jaune, avec des volets niçois autrefois verts. Je monte les escaliers qui puent la pisse de chat. Quatrième étage. Une étiquette scotchée sur la porte : Johnny Belmonte. Je ne crois pas que ce soit son vrai nom. Et je ne crois pas que ce soit sa vraie piaule, non plus. A mon avis, c'est juste une piaule pour ses petits plaisirs. Je frappe. Johnny crie « entrez » de loin. Il est là !

J'avance jusqu'à la chambre. Il est assis sur le matelas défoncé, à côté d'une fille nue. La fille ronfle, la bouche ouverte. Sa main frôle une bouteille de vin vide et une seringue sale. Johnny me regarde comme s'il ne me regardait pas.

Des blattes courent dans des cartons à pizza. Il en saisit une et la laisse tomber dans la bouche de la fille. Elle sursaute, s'étouffe, crache, devient violette, s'assoit en toussant, les yeux exorbités. Johnny sourit.

La fille parvient à articuler « qu'est-ce que... » avant qu'il lui balance un aller-retour. Des larmes jaillissent des yeux de la fille. Il la jette à plat ventre sur le lit, lui claque les fesses, se lève sans me quitter des yeux, très à l'aise. Macho-Man dans toute sa splendeur. Il entre dans la douche.

La fille crache par terre, saisit sa robe – un sac en laine noire moche et sale – tout en me regardant par en dessous, comme si j'allais la frapper.

– Quelle espèce de connard, marmonne-t-elle entre ses dents abîmées. Il est cinglé ce mec, je me tire...

La porte claque.

– Y a quelqu'un ? lance Bull de sa grosse voix de taré.

Bull c'est le diminutif de Bulldozer. Ce mec a l'allure et l'intelligence d'une pelleteuse. Il habite sur le même palier, en face ; c'est le toutou dévoué de Johnny.

Il entre dans la pièce, voit la fille, se met à saliver. Con et vicieux. Johnny écarte le rideau de la douche, ses poils blonds brillent sur son torse mouillé.

– Sers-toi, dit-il à Bull.

Bull s'approche de la fille et se sert. Je regarde les pigeons par la fenêtre. Quand la fille a fini de gémir, je me retourne. Bull se reboutonne et sort en criant : « Je vais acheter des croissants. » Johnny est encore sous la douche. La fille renifle. Je ramasse sa robe et la lui tends.

– Casse-toi, vite !

Elle me regarde. Pas très jolie, 16 ou 17 ans, le visage gonflé de larmes, le nez plein de morve, les lèvres bleues, de grands cernes violets sous les yeux et les bras constellés de piqûres. Encore une fiancée de Notre-Dame-des-Neiges, bientôt bonne pour le congélo. Elle tend sa main aux ongles ébréchés vers mon visage.

– On t'a battu ?

Je hausse les épaules. La question lui est tellement naturelle que ça me fait mal au cœur. Pas pour moi, pour elle. Pour tous les coups qu'elle a dû recevoir. Pour la pitié qu'elle est encore capable de manifester. « Projection, dirait le psy. Vu votre passé… »

Elle effleure mes cheveux.

– T'es un mec ou une fille ?

– Un nain de jardin. Casse-toi et ne reviens jamais, il est fou, dis-je en désignant de la tête la cabine de douche.

Le rideau en plastique s'écarte.

– Qu'est-ce que tu racontes encore comme conneries, Bo' ?

– Rien, Johnny.

– Petit menteur !

Johnny sort de la douche, nu, ruisselant. Il me fait face pour que je puisse admirer son corps parfait. S'ébroue comme un chien et je reçois des gouttes sur le visage. Je me lèche les lèvres pendant que la fille sort à reculons, sa robe serrée contre elle, terrorisée.

J'entends la porte claquer, puis des pas rapides dans l'escalier. Je me demande sous quel mec elle va dormir ce soir, pour quelle dose elle subira tout ce qu'on veut.

Johnny se sèche et s'habille, et moi je le regarde. Il enfile sa veste Hugo Boss, il peigne soigneusement ses cheveux impeccablement coupés. Je regarde le matelas nu couvert de taches, le plancher pourri, les cafards qui courent partout, la vaisselle sale, les poubelles pleines. Je regarde Johnny qui noue sa cravate en soie sauvage et saisit sa mallette en pleine peau. Il s'approche de moi.

– Qu'est-ce qu'on dit, Bo' ?

– Merci.
– Merci, qui ?
– Merci, Johnny.
Il me gifle à la volée, je vacille.
– Merci, Jonathan. Tu piges ?
– Merci, Jonathan. Pardon.
Il me gifle à nouveau, plus fort. Ma tête cogne le papier peint défraîchi.
– Merci, Jonathan.
Il jette un coup d'œil à sa montre.
– Merde, je dois partir. T'as pas de chance, Bo'. Je suis très en forme ce matin, mais j'ai pas le temps de m'occuper de toi.
Il me pousse dehors, referme la porte à clé et commence à descendre. Je me laisse glisser le long du mur. Il sait que je lui appartiens. Que je suis son esclave. Il sait que je suis prêt à mourir pour lui.
C'est comme ça, j'y peux rien. Je suis à lui. Je l'ai su dès que je l'ai vu, devant la boîte. Dès qu'il m'a regardé. On sortait, il était 5 heures du mat', Stéphanie était ivre et Maeva m'aidait à la soutenir. Elle a trébuché, on s'est toutes étalées par terre. J'ai senti une main qui m'empoignait et me relevait, sans douceur. J'ai levé les yeux. C'était lui. Comme dans une chanson de Piaf. Je l'ai su. Il m'a examiné avec attention, puis il nous a dévisagés, puis il a regardé l'enseigne de la boîte, puis j'ai vu dans ses yeux qu'il avait compris et que ça ne l'intéressait pas. Il m'a lâché, et je suis retombé par terre, toute molle.
Il ne veut pas que je l'aime.
Mais je l'aime quand même.
Ce porc de Bull m'enjambe, son sachet de croissants à la main, la mine renfrognée. Perfide, je lui lance :
– Tu viens juste de rater Johnny…
– Ta gueule ! lâche-t-il sans se retourner.
Je me redresse, je descends prendre un café au bar du

coin, chez Linda et Laszlo. Il y fait sombre. Des vieux qui picolent en silence, la radio qui diffuse la météo.

La météo. J'ai toujours froid ou chaud. Je me souviens plus de quand j'allais bien. J'ai envie de fumer, mais j'ai pas de fric, les connards de cette nuit me l'ont piqué. Laszlo lit le journal, ses lunettes au bout du nez, une main dans ses cheveux gris. A 70 ans, il dispute encore des parties de bras de fer.

Linda émerge de la cuisine, ses cheveux teints en roux relevés en chignon. Hausse les sourcils en m'apercevant.

– T'es passée sous un camion ?

– Non. J'ai eu des emmerdes avec des cons.

– Un jour, ma fille, tu tomberas sur une bande de malades qui te feront la peau. Crois-moi, Bo', le métier est plus ce qu'il était. Faut que t'arrêtes.

– J'attends de retrouver un show, dis-je en marmonnant.

Elle se penche vers moi, elle est tout en courbes, poitrine opulente, joues rouges, grosse bouche rouge elle aussi, yeux noirs qui me connaissent par cœur.

– Ils te reprendront pas, Bo'. Pas dans l'état où tu es. Il faut que tu te soignes. Que tu reprennes du poids. Que tu te reposes. Ils veulent pas d'une réclame pour le sida, dans les revues.

– Je suis pas malade. On m'a fait les tests, là-bas.

Là-bas, c'est à l'infirmerie blanche et grise de la maison d'arrêt. En trois ans de détention, j'ai eu l'occasion d'y faire quelques séjours. Je suis sortie depuis six mois. Plus de boulot. Plus de fric. Johnny comme un cancer. Je fais un effort pour écouter Linda qui continue de parler :

– Peut-être que t'es pas malade, mais on dirait que tu l'es, alors c'est pareil. Les gens, ils paient pour voir des travelos se trémousser sur scène, avec des strings et des paillettes, style drag-queens. Tu crois qu'on a envie de te voir en string ? Depuis que tu fréquentes l'autre tare, tu déconnes complètement.

– Je le fréquente pas, il n'y a rien entre nous.

Je finis mon café en essayant de me persuader que je dis la vérité.

– Ce type est dangereux, Bo'. Écoute ta vieille Linda. Tu trouves normal de se fringuer Armani ou Hugo Boss et de vivre dans un taudis ?

– Oui. Ça veut simplement dire qu'il a un boulot où il est obligé de s'habiller, mais qu'en fait il se fout des choses matérielles...

Elle éclate de rire, d'un rire un peu forcé qui secoue son plantureux corsage, puis elle me tapote la tête.

– T'es vraiment mordue, hein, ma biche ? Allez, tiens, je t'offre un double.

Elle nous sert deux whiskies bien tassés. Je louche sur ses clopes, elle le voit et m'en tend une. J'aspire la fumée à fond, ça fait du bien.

– Mossa est passé tout à l'heure, reprend-elle. Il m'a posé des questions sur toi.

– Quel genre ?

– Genre si tu crèches dans l'immeuble, qui tu fréquentes en ce moment, des trucs, quoi...

– Et ?

– Et rien.

On finit nos verres en silence. J'imagine sans peine Mossa et Linda en train de s'inquiéter à mon sujet autour d'un expresso fumant. J'aime bien Linda, même si elle est chiante. Si je devais imaginer une mère, si on me disait : « Tiens, Bo', voilà, choisis-toi une mère, bon pas dans le rayon grande classe bien sûr, mais dans le solide, le raisonnable... », je crois bien que je prendrais quelqu'un dans son genre.

Des clients entrent, elle retourne au comptoir. Quand j'ai dû quitter mon studio, elle m'a proposé d'entreposer mes fringues dans une mansarde au cinquième, au-dessus du bar. Elle sait ce que c'est d'être à la rue. La dernière fois qu'elle a vu ses parents et son frère, elle avait 10 ans et ils montaient dans une voiture de la Gestapo. Elle revenait de chercher du pain, elle les a regardés partir, cachée dans l'ombre d'une porte cochère. Elle a passé le reste de la guerre dans le pensionnat voisin tenu par des bonnes sœurs qui lui ont fabriqué un certificat de baptême.

J'aurais bien aimé être élevée par des bonnes sœurs dans une odeur d'encaustique et de draps bien repassés. Me rendre à la chapelle en jupe bleu marine en chuchotant avec mes copines. Avoir des fous rires stupides et baisser les yeux au passage des garçons. J'aurais surtout adoré voir mon cher paternel grimper dans le camion de la Gestapo.

– Vous êtes sûr que vous allez bien à Auschwitz ? aurais-je demandé au bel officier nazi.

– Bien zûr ! Ne t'inquiète pas, bedide gretchen ! m'aurait-il répondu en m'attirant contre le drap rêche de sa veste d'uniforme…

On peut toujours rêver.

La mansarde est toute simple. Il y a un petit lavabo, un sommier, une lucarne. J'aime bien. Je me lave les mains au lavabo, puis le visage, la bouche. Pas de dent cassée. Les gencives saignent, mais bon, ça passera vite. Je tamponne mes blessures avec un désinfectant. Je me brosse les cheveux, je cache ma tempe bleuie sous mes boucles. C'est vrai que je suis trop maigre. Ma pomme d'Adam ressort beaucoup, la vilaine. Mon débardeur souillé et déchiré flotte sur mes côtes saillantes. C'est parce que j'ai plus faim. La bouffe me donne envie de gerber. C'est comme si toute mon énergie, tout mon désir étaient concentrés vers un seul but : Johnny. Linda a raison : je dois me calmer. J'ai besoin d'un boulot dans une revue. Je ne veux pas continuer à faire des passes à la station-service. Je veux danser, me sentir belle et désirable. Je veux être une femme. Une femme pour Johnny.

Non, Bo', change de disque. Regarde ces bleus, là, là, là, un peu partout. Touche là cette douleur au côté. Regarde la peau éclatée de ton tibia. T'aimes ça, pauvre conne ?

A vrai dire, je m'en fous complètement.

Je me souviens soudain qu'on doit être mardi et que je dois passer au commissariat central. Mardi, déjà ? Je ne me maquille pas, je troque mon débardeur contre un pull Kookaï vert acidulé, je change de jean, j'enfile mes Doc' et je redescends.

Je finis le whisky, je regarde l'heure à la vieille pendule au-dessus du comptoir. 8 h 45, matin gris de mars.

– Quel jour on est, Linda ?

– Mardi, me confirme-t-elle en tirant une pression pour le plombier d'à côté. C'est pas le jour où tu dois voir ton contrôle ?

– Ouais, j'y vais. Salut.

– Ciao, ma chérie ! me renvoie-t-elle sous l'œil goguenard du plombier à la moustache hérissée de mousse.

Chapitre 2

Dehors, il bruine. Je remonte le zip de mon blouson. La semaine dernière, j'avais un super pull en mohair, mais je ne sais pas où il est passé. Tous les quinze jours, je dois voir mon contrôleur judiciaire. Il vérifie que je ne me came pas. Il me demande si je cherche du boulot, si je renvoie bien mes petits papiers à l'ANPE, si je suis content de ne plus être au trou, si je prends soin du mien… C'est un blagueur, mon contrôleur. Je lui mens toujours très poliment. Ils m'ont libéré avec deux ans d'avance.

Parfois, je repense au mec que j'ai tué. A son visage quand il a senti le couteau s'enfoncer dans son ventre. Je voulais pas le faire. Il disait qu'il allait me défigurer avec le goulot de la bouteille. Il était vachement plus fort que moi, il m'écrasait, j'ai saisi le couteau sur la table, un couteau tout con, j'aurais même pas cru qu'on pouvait tuer quelqu'un avec ça, mais… Ils ont dit que je l'avais touché au foie. Le patron du bar a témoigné en ma faveur.

C'était la première fois que je tuais quelqu'un. J'ai vu ses yeux se vitrifier pendant que les flics débarquaient et commençaient à gueuler. Souvent, en cellule, je revoyais ce moment. J'aurais voulu plonger ma main dans son regard et le ramener à la vie, comme on sort quelqu'un de l'eau. Je l'ai dit au psy, mais je ne crois pas qu'il m'ait cru.

Hôtel de police. Le drapeau français pendouille sous le crachin. Je pousse la porte, je salue le planton qui ne me répond pas. Je contourne des flics en tenue qui ont l'air crevé et maussade. Des types mal rasés attendent sur des bancs sales. Je prends l'ascenseur dont le cendrier déborde. Quatrième étage. Crépitement incessant de machines à écrire. Des flics en civil courent dans tous les sens. Je me dirige vers ma porte, bureau 38, en me demandant ce qui se passe. Je frappe, pas de réponse. Je frappe encore. Toujours rien. J'essaie d'ouvrir, c'est fermé à clef. Perplexe, je regarde autour de moi. L'horloge murale me dit qu'il est bien 9 h 15. J'aperçois Mossa qui boit à la fontaine d'eau. Il lève la tête, me voit.

– T'es venu pour rien ! me lance-t-il en s'essuyant la bouche sur la manche de son sweat-shirt moutarde.

– Je me suis tapé trois bornes à pied !

Protestation de mauvaise foi vu que j'ai marché tout au plus huit cents mètres.

– Tu me fais de la peine, ricane-t-il.

Maussade, je désigne du pouce la porte close.

– Il pourrait prévenir !

– Il aurait du mal. Il est à l'hosto, en réanimation.

Je dévisage Mossa en me demandant s'il plaisante. Il sourit exagérément, dévoilant ses dents blanches.

– Il est à moitié mo't, tu comp'ends, p'tit Blanc ? On l'a retrouvé chez lui, il y a deux heures. Son ex-femme qui venait récupérer la télé en douce. Elle avait gardé une clé et elle croyait qu'il était parti au boulot... Elle a sonné par sécurité, pas de réponse, elle est entrée et là... Surprise ! Le vieux Derek couché par terre dans la cuisine, les yeux révulsés. Il a essayé de se suicider en biberonnant le tuyau du gaz, conclut-il en soupirant.

Je laisse tomber « oh ! merde ! » machinalement.

– Comme tu dis. A force de fréquenter des mecs dans

ton genre, il a dû se dire que la vie n'était finalement qu'un gros tas de merde.

Je hausse les épaules. Mossa hausse les épaules. Fin du discours funèbre. Me souvenant de notre rencontre de ce matin, j'enchaîne :

– Je croyais que vous deviez rentrer vous pieuter.

– Je devais, mais on m'a appelé pour une identification… On en a trouvé une autre…, me répond-il en enfilant son blouson de cuir rouge.

– Une autre quoi ?

– Pute. Morte.

Je ne comprends pas.

– Une pute s'est suicidée avec Derek ?

– Lave-toi le cerveau de temps en temps, ma grande ! On a trouvé une nouvelle femme assassinée. Un massacre.

Léger frisson. J'aime pas ça. La première, ça devait être il y a deux mois. Une nana de 40 balais environ, une Russe, coupée en morceaux sur le parking de l'Intermarché. Un truc immonde. Comme elle faisait le tapin, on avait tous balisé pendant quinze jours et puis… Mossa croyait à l'œuvre d'un cinglé, mais, vu les origines de Mariana, les flics avaient penché pour la mafia russe. L'enquête avait bien démantelé le réseau en place, mais n'avait abouti à rien côté crime proprement dit, et l'eau avait coulé sous les ponts emportant la pauvre fille avec les dizaines de prostituées disparues, mutilées, assassinées chaque année sans que ça trouble l'ordre public.

L'estomac un peu noué, je lui demande :

– Je la connais ?

– J'en sais rien. On l'appelait Natty… Natty-la-Belge.

Ça ne me dit rien, mais je ne connais pas les filles des quartiers nord.

– On l'a retrouvée sur le parking d'Auchan, ce coup-ci, reprend-il. Découpée de la même manière que la première. Découpée et vidée.

Image d'une volaille dans un supermarché. Nue. Vide. La peau hérissée. Les pattes relevées autour d'un trou béant. Et puis de l'asphalte taché de sang. Une flaque d'eau rouge. Une volaille écartelée sur du ciment. Je lève la tête vers Mossa.

– Vous pensez que c'est le même mec ?

– Ben, si c'est pas le même, ça veut dire qu'il y a deux cinglés qui sont accros au fendoir à viande.

Je lève les yeux, décontenancé. Un fendoir ? Est-ce que c'est une plaisanterie à connotation salace ? Mossa dessine un truc avec ses grandes mains, une sorte de petite hache.

– Tu sais, les machins comme ont les grand-mères dans leur cuisine. Tchac ! Tchac ! Pour couper le cou des poulets…

Je revois ma grand-mère dans sa cuisine impeccable, en train de biberonner pour oublier que mon père est un salaud. Je revois le fendoir à viande étincelant posé sur la planche à découper immaculée. Le tranchant effilé. Un fendoir… Mossa poursuit :

– Donc, on pense pas qu'il y ait beaucoup de mecs qui se trimballent avec un truc comme ça. D'habitude, c'est le couteau, le flingue, le tournevis en cas de besoin, mais le fendoir, ça dénote comme qui dirait une intention de nuire.

– Vous croyez plus aux Russes, alors ?

– Comme on a fait le ménage y a pas longtemps, ça me semble peu crédible.

Je réfléchis quelques secondes.

– C'est peut-être un boucher… Il se balade peut-être avec son fendoir dans sa camionnette.

– Le Pasteur y a pensé. En tout cas, dis aux autres de faire gaffe. Bon, faut que j'y aille. Repasse demain, le remplaçant de Derek sera là.

– Il est sympa ?

– Ouais…

Ça va, j'ai compris. Mossa file par les escaliers en courant. J'attends l'ascenseur. Le Pasteur, c'est Luther, un pote à Mossa, il travaille à la Criminelle. On l'appelle le Pasteur à cause de son nom, mais aussi de son allure sévère. Il s'habille en noir le plus souvent, avec un grand manteau en cuir façon SS et des lunettes rondes cerclées de métal doré. Dès que je le croise, j'ai l'impression d'avoir une étoile rose collée sur le front.

Dans la rue, il bruine encore. Chuintement des pneus dans les flaques, éclaboussures. Les gens marchent vite, tête baissée, parapluies déployés. Certains me jettent des coups d'œil en coin. J'ai l'habitude. J'ouvre la bouche pour sentir les gouttes se déposer sur ma langue, mes lèvres. C'est frais, c'est doux.

J'achète un burger, j'arrive à en manger la moitié, je pose l'autre à côté d'une vieille cloche ensevelie sous un monceau de cartons.

– J'suis pas une poubelle ! gueule la vieille.

J'écrase la moitié du burger sous ma semelle.

– Salaud ! proteste-t-elle en se précipitant dessus pour le bouffer.

« Bo', c'est toi qui aurais dû être psy », me dis-je.

Arrivé près de chez nous, je prends la rue des filles. Apparemment, la nouvelle de l'assassinat a fait le tour du quartier. On me tape sur l'épaule, c'est Miranda. A 60 balais, elle a tout vécu, tout connu.

– Tou es au courrrant por Natty ? me demande-t-elle avec l'accent espagnol inséparable de son rouge à lèvres et de ses yeux plus charbonneux que ceux d'une Carmen d'opérette.

Je hoche la tête et elle se met à crier : « Foume, c'est dou belge ! » me faisant douter de sa santé mentale, puis elle ajoute :

– C'est cé qu'on disait toujourrrs dès qu'on la voyait, ça la fésait râler, la pobre !

– Elle bossait sur ce parking ?

– Non. Elle trabaillait vers lé pont dé l'autorrroute. Non, mais tou té rends compte ? A coups dé hache ? Moi, ça mé fout les jétons.

– T'en fais pas, il s'attaque qu'aux jeunes ! lui lance Elvira, une SM bidon tout en cuir.

– Tou es oune conne... Quand tou auras été découpée en rrrondelles, tou té marreras moins, lui réplique Miranda.

– Faut bien mourir un jour..., philosophe Elvira en allumant une clope.

Elle m'en offre une. Je prends. Elle me sourit, elle sourit tout le temps, elle s'est fait refaire les dents le mois dernier. Je me force à lui sourire. Je ne l'aime pas. C'est tout à fait le genre de grande connasse blonde qui plaît à Johnny. Je me demande toujours si c'est un de ses clients. Si elle le fait grogner de plaisir dans son studio miteux.

Si elle voit ses yeux chavirer.

Sa peau se mouiller de sueur. Une fois, j'ai cueilli une goutte de sueur sur sa lèvre, il m'a balancé une gifle qui m'a fait tomber par terre. Je me suis mis l'index dans la bouche et je l'ai sucé.

– Et toi, qu'est-ce qui t'est arribé ? reprend Miranda en me détaillant d'un œil incisif. Tou es tombée dou bous ou c'est cé sale typé qué tou es amoureuse ?

– Je suis tombée du bus.

Je n'ai pas envie de m'éterniser là-dessus. Elle hausse les épaules, émet un « tssit tssit » de désapprobation. Je me demande comment la ville entière est au courant de mon attirance pour Johnny. Je ne me souviens pas d'avoir passé de petite annonce à ce sujet. Téléphone arabe modèle turbo.

Elvira me demande si je lui paye un verre. Entre copines. Je lui réponds que ma seule copine, elle est dans mon slip. Ça la fait rigoler, je trace.

Je me sens soucieux. Sourcils froncés, rides précoces. Je me regarde dans une vitrine. Exact. La vraie tronche de l'emmerdé. J'essaie de détendre tout ça. Peine perdue. Je suis énervé. J'ai un mal de crâne pas possible, conséquence de ma douce nuit, et une vague envie de gerber. Imaginer le vieux Derek avachi dans sa cuisine, la bouche collée à un tuyau en caoutchouc sale, n'arrange rien.

Je traîne un moment dans le quartier à la recherche d'un petit truc pour me remonter. Je tombe sur Axelle, les pupilles en tête d'épingle, qui me montre son nouvel implant : un bracelet en Nylon qu'elle s'est fait coudre sous la peau de l'avant-bras. Des touristes changent de trottoir. J'ai fait sa connaissance au cybercafé, on était branchés tous les deux sur BME (Body Modification E-Zine). On avait beaucoup parlé du rapport à la douleur et des modifications corporelles.

– Pour moi, la modification corporelle, c'est une réappropriation de mon corps, m'avait-elle dit en passant sa main pâle sur son crâne rasé.

– Pour moi, c'est une manière de m'en évader, lui avais-je répondu en pensant au fric qu'il me fallait pour continuer à faire pousser mes seins.

Axelle a toujours un nouveau truc. Elle a démarré par les multi-piercings et la barre en métal à travers la cloison nasale. Après, elle est passée aux colliers qui lui étirent le cou comme celui des « femmes-girafes » et aux pièces de cinq cents lires incrustées dans les lobes des oreilles.

Question : « Pourquoi des lires ? »

Réponse : « Parce que j'aime lire, tirelire ! »

Ensuite, elle a enchaîné avec le tatouage en relief – un

alpha sous l'œil droit, un oméga sous le gauche – et le branding, le marquage au fer rouge : le @ des adresses Internet sur le menton. Maintenant, ce sont les « implants ». Diverses babioles qu'elle se fait rentrer sous la peau, « sous contrôle médical, évidemment ». Elle adore le médical, Axelle, elle ne s'envoie que des substances de synthèse. Elle m'a avoué une fois qu'elle ne pouvait pas avoir de relations sexuelles parce que l'odeur de la peau humaine la dégoûte. Quand on vendra des types emballés sous vide, pour elle ce sera une vraie libération.

– Le câble ! me lance-t-elle brusquement.

– Quoi, « le câble » ?

– Le câble. Hier soir. Un reportage. Putain, l'extase ! La prochaine fois, je me fais les cornes.

– Les cornes ? je répète, avec l'impression soudaine d'être vieux.

– Les cornes en inox, t'sais, de chaque côté du crâne, comme un taureau !

– Ouais, avec une pancarte : « Vues à la télé. »

– T'es con ! Les cornes, c'est trop géant ! Los Angeles. Les mecs : hyper-délire.

Je hoche poliment la tête. Elle me remontre son avant-bras, la forme ovale du bracelet nettement visible sous l'épiderme.

– Total génial, non ?

J'effleure sa peau soulevée par le bracelet. L'effet est étrange. Impression de toucher l'idée qu'on se fait d'un humanoïde.

– Tu sais, faut qu'on finisse notre conversation de l'autre soir, reprend-elle.

– Laquelle ?

– Le transsexualisme vécu comme du body art.

– Ah ! Oui. Dis, t'aurais pas quelque chose pour moi ?

– Désolée, je suis raide.

Là, je la crois. Je lui fais une bise et je me casse.

Zoran, l'épicier non-stop, accepte de me dépanner. Je veux le remercier à ma façon, mais il refuse en rigolant : c'est pas son truc.

Après, je me balade sur le port, je regarde le départ du ferry pour la Corse. J'aime ça voir partir les bateaux. Le sillage blanc, les vagues majestueuses, la corne qui crie l'arrachement. J'aimerais nager dans la rade et voir l'énorme ferry avancer sur moi, sa masse blanche gigantesque, l'étrave pointée vers ma tête. Je ne bougerais plus. Je me sentirais tout petit, minuscule, une chiure de mouche. Mourir écrasé par un truc mille fois plus gros que soi, comme une fourmi par un humain. Le pied.

Je me cale contre un bloc de béton et je m'endors en regardant l'eau.

Quand je me réveille, j'ai toujours mal au crâne et c'est la fin de l'après-midi. Je m'étire. Je pisse contre le béton en traçant un grand J. J'en ai marre de me traîner comme ça. J'en ai marre de ma vie.

Retour à la garçonnière de Johnny. Je me planque sous le porche d'un immeuble voisin. Je m'aperçois que j'ai froid, je me frictionne les bras. Qu'est-ce que tu fous, Johnny ? Viens, viens vite.

Je reste là une heure, je ne me frictionne plus, je suis gelé. Frissons. C'est peut-être pas le froid, c'est peut-être la faim ? Est-ce que j'ai mangé aujourd'hui ? J'ai du mal à différencier mes sensations.

Le psy, en taule, disait que c'était à cause de cette pièce où je me réfugiais quand mon père se déchaînait. Pas une vraie pièce, une pièce dans ma tête, un trou noir où on ne sent rien. Ouais, bon, peut-être. Rien à branler du psy.

On m'avait coupé les cheveux, je portais un uniforme à la con, je me sentais moche et il m'appelait Beaudoin à longueur de séance. Il disait que se travestir, c'était une manière d'imiter ma mère pour plaire à mon père. Pour l'amadouer, peut-être, pour qu'il arrête de me haïr. Pour qu'il me fasse l'amour. Jamais eu besoin de me travestir pour que mon père me baise, lui avais-je dit. La seule chose que ce vieux dégueulasse n'ait pas enfilée dans la baraque, c'est le hamster, et encore, c'est parce que j'avais caché les clés de la cage.

On aurait dit que ça lui faisait de la peine au psy, ma vie, tout ça. Que je me prostitue. Que je porte des soutifs en dentelle rouge. Mais qu'est-ce qu'il voulait que je lui dise ? D'abord, le rouge, ça va bien à mon teint. Enfin, avant que j'aie ce teint jaunâtre. Avant Johnny. Avant la descente.

Un jour, je lui ai demandé s'il s'était déjà fait mettre, au psy. Il m'a dit que non. « Alors, je peux pas parler avec vous, lui ai-je répondu. Je peux pas parler avec quelqu'un qui sait pas ce que c'est que de ressentir un autre à l'intérieur de soi. » En même temps que je disais ça, j'avais l'impression de lui donner une définition de moi-même : quelqu'un habité en permanence par un corps étranger.

Le psy m'a regardé, il a soupiré, il m'a demandé si je voulais des antidépresseurs. J'ai dit : « Non, pourquoi ? » Il m'a dit que je devais arrêter de commenter ma vie, comme ça, comme si je voyais un film. Que je devais la vivre. La ressentir. Faire taire la petite voix dans ma tête, celle qui ne la ferme jamais et qui se moque de tout. J'ai dit : « OK, filez-moi les antidépresseurs. »

La nuit tombe. Johnny n'arrive pas. La nuit tombe, elle met des plombes à s'installer, les lampadaires s'allument, les rideaux de fer se baissent, les bagnoles klaxonnent, Johnny n'arrive pas. Je souffle sur mes doigts, je fouille dans mes poches pour voir si j'aurais pas un chewing-gum. Rien. Une pièce de cinq francs, un préservatif, une pochette d'allumettes, un Kleenex sale, deux pièces de vingt centimes, l'étiquette du blouson que j'ai volé l'autre jour à l'hyper, ma carte de Sécu. Une vraie réclame pour cours de sociologie.

Un taxi freine au bord du trottoir. La portière s'ouvre. Je retiens mon souffle. Johnny avec son attaché-case.

Il paie le chauffeur, je vois la liasse de billets dans sa main. Il lui laisse de la monnaie et rentre chez lui. S'il ressort sapé classe, c'est qu'il a un dîner ; s'il ressort en jeans, c'est qu'il part en virée. Une demi-heure se passe.

Il ressort en jeans et blouson molletonné. Il se dirige vers sa bagnole pourrie. Je m'avance. Johnny se retourne et me dit de dégager.

– Laisse-moi venir.

– Barre-toi, Bo'.

– S'il te plaît.

– Pas ce soir.

Le ton est sec, presque courtois. Froid. Johnny est loin. Inaccessible. C'est comme s'il ne me voyait pas. Je ne supporte pas cette sensation. Je préférerais qu'il me frappe. Là, je ne suis rien, personne, juste un truc qui l'ennuie. Une tache dans le paysage. Je cherche désespérément quelque chose à dire, quelque chose qui allumerait son regard ou qui ferait bouger ses doigts. Finalement, je dis :

– Une fille s'est fait tuer.

– Et alors ?

– A coups de fendoir à viande. C'est Mossa qui me l'a dit.

– Mossa ?

– Tu sais, le flic noir qui m'aime bien.

– Ah, ouais. Et alors ? répète-t-il.

Je lui ai déjà parlé plusieurs fois de Mossa, de Derek, de ma vie. Mais Johnny m'écoute rarement.

– Une pute, près d'Auchan, lui précisé-je.

– Écoute, Bo', je suis pressé et tes histoires de pute assassinée à coups de hache…

– De fendoir à viande.

– C'est pareil. Je m'en branle tellement que j'en ai la queue qui se détache. Salut.

Il ouvre la portière, s'installe au volant. Alors, Bo', tu vas monter à côté de lui, t'accrocher à la portière, attendre qu'il te vire à coups de pied ? Il met le contact. Je ne sais pas quoi faire. Je ne veux pas qu'il parte.

Je bêle « Johnny ! » et je sais que je devrais pas.

Il soupire et appuie sur l'accélérateur. La bagnole décolle du trottoir sur les chapeaux de roue. Il ne regarde pas en arrière. Je contemple ses feux qui s'éloignent avec le désespoir d'un cosmonaute largué par son vaisseau spatial sur la planète Sinistra. On me tape sur l'épaule. C'est Bull. Décidément, j'aime pas ce type. Il mâche son chewing-gum avec détermination, le fait claquer bruyamment.

– ... Esse'tu fous, Bo' ? T'attends le prince charmant ?

Ricanement dévoilant des dents jaunies par la nicotine. Sa queue-de-cheval pend telle une queue de rat sur son épaule de sanglier. Je me fends d'un sourire.

– T'as pas vingt balles à me prêter ? Pour un Mc'Do.

– Tu devrais plutôt t'acheter un hot-dog, comme ça tu pourrais te foutre la saucisse dans le cul avant de la bouffer...

Il rit longuement de sa blague, poings sur les hanches, bedaine en avant. Le Hell's Angel du pauvre.

J'insiste :

– Tu peux vraiment pas me les filer ?

– Mes morbacs ? Volontiers !

Re-rigolade. Sa graisse tressaute. Il a des pectoraux énormes, comme un catcheur. Je le vois bien une cagoule de bourreau sur le visage, se roulant dans la boue en cherchant à écraser un autre type sous sa bidoche.

– J'ai pas d'fric, reprend-il en plissant ses petits yeux porcins. J'ai pas d'fric pour toi. T'es toujours en train d'taper les gens, ça fait chier.

Je ne réponds pas, je balance la tête pour sentir mes cheveux sur mes épaules. Ils sont beaux, mes cheveux. Noirs, épais, ondulés. Des cheveux de princesse arabe. Collés en paquets par la crasse. Des cheveux de princesse séquestrée dans une cale humide et violentée par des mariniers puant l'anchoïade. Dégueu. J'effleure un des cuissots qui lui tiennent lieu de biceps.

– File-moi les clés de chez Johnny, je dois me doucher.

Bull prend son temps pour me répondre. Il aime me faire attendre, me faire sentir que c'est lui le pote à Johnny, qu'il a les clés de sa piaule et qu'il est pas obligé de me les prêter.

– Je sais pas si Johnny voudrait, dit-il avec l'air d'un premier communiant assis sur sa bougie.

– C'est lui qui m'a dit d'y aller, là, avant de démarrer. T'as pas vu que je causais avec lui ? Il veut que je me fasse propre, il dit que je pue.

Ça le fait rire. N'importe quoi le fait rire. Sauf quand on touche à sa bouffe ou à son fric. Il fouille dans sa poche, sort les clés, me les agite sous le nez, les retire quand je tends la main, etc., etc. Pour finir, il les laisse tomber dans le caniveau. Je me penche pour les ramasser, il me pousse, je m'étale par terre. Hurlements de rire.

Je serre les clés dans ma main, je me relève et lui balance mon poing en pleine gueule. Avec les clés à l'intérieur, ça fait mal.

Il arrête de rire, le sang pisse de ses lèvres éclatées. Il se met à hurler : « Putain ! Je vais te tuer ! » Je suis déjà dans l'escalier. Je grimpe deux fois plus vite que lui, je ferme la porte à clé qu'il est encore au deuxième étage.

Coups de boutoir contre le battant. Insultes diverses et variées, presque étonnantes chez ce demeuré. Le vieux N'Guyen gueule qu'il va appeler la police.

Je colle ma bouche à la porte et je susurre :

– Johnny sera pas content si les flics se ramènent... Tu ferais mieux de la fermer.

Bull se calme. Il souffle, comme les bœufs en colère.

– Je t'aurai, Bo', je te jure que je t'aurai ! lance-t-il sur le ton de la vengeance-qui-se-mange-froide.

Je suis chez Johnny. Je pirouette dans la pièce en faisant des entrechats, je me jette sur le matelas, je respire les draps froissés, l'oreiller graisseux, je me vautre sur les fringues sales entassées sur un coin du lit. Je presse mon bas-ventre contre un jean roulé en boule. J'appuie mes lèvres contre une chemise qui pue la sueur. Je m'enroule dans les draps. Je suis chez Johnny.

La tête enfouie dans l'oreiller, je peux sentir l'odeur de ses cheveux.

Je fais courir mes lèvres sur le tissu, je roule d'un bord à l'autre du lit, c'est comme des vacances.

Après, je me relève, je farfouille partout. La kitchenette est sale, les cafards se bousculent dans l'évier. Assiettes graisseuses, verres tachés de rouge à lèvres, raviolis en boîte, café instantané. Ni sucre ni lait. J'ouvre le frigo : Coca, œufs périmés, plaquette de chocolat entamée. Un cadavre de blatte imprudente. Le contraste entre la saleté de l'appartement et la propreté de Johnny est surprenant. Personne ne pourrait imaginer qu'il vit dans ce taudis.

La douche, elle, est étincelante. Récurée à fond. Pas un poil de cul. Des crèmes, des gels liquides, des serviettes moelleuses. Une armoire à pharmacie bourrée de tranquillisants. Des pansements. Une trousse avec des accessoires de dentiste. Lotion après-rasage, lames de rasoir, mousse à raser, ciseaux de manucure.

Je laisse l'eau chaude couler sur moi, longtemps, elle emporte la crasse, la sueur, les sécrétions. Je tends mon visage au pommeau, piqûres tièdes sur mes joues, mon front. J'imagine que ce sont les doigts de Johnny qui m'effleurent. Descendent le long de mon abdomen. Encore plus bas. Me serrent violemment jusqu'à ce que je crie.

Je me sèche avec une épaisse serviette beige. Je m'allonge, tire le drap sale par-dessus ma tête. Je suis bien, je suis à l'abri. Je peux dormir.

Chapitre 3

Quelqu'un frappe avec un bâton contre le mur. Quelqu'un frappe… Je me réveille en sursaut. Quelle heure est-il ? On ne frappe pas, on monte l'escalier. Des pas rapides. Mon Dieu, Johnny ! Il va être furieux ! Le placard. Je saute du lit, je fonce dans le placard. Je partirai quand il dormira. La clé dans la serrure. Mon cœur bat à se rompre. La porte s'entrouvre, se referme. Il est là. Tout près. Je retiens mon souffle.

Je le vois par la fente dans le battant. Il n'allume pas, se déplace comme un prédateur silencieux dans la pièce baignée par le clair de lune. Il a l'air fatigué.

Il ôte son blouson, passe dans la kitchenette et disparaît à ma vue. Bruit d'eau, de plastique. Il revient torse nu, je vois ses muscles saillants, sa peau si blanche. Le dessin des abdominaux. Il se déshabille. Jette son jean par terre. Fait glisser son slip.

Contrairement à beaucoup d'hommes nus, il ne donne pas une impression de vulnérabilité. Il avance au centre de la pièce et soudain se laisse tomber à genoux face à la fenêtre. Il reste là, immobile, tête inclinée en arrière, comme offert à l'opalescente clarté de la lune. J'ai l'impression d'assister à un rite secret, primitif.

Il se relève, se gratte, soupire, fourrage dans ses poils pubiens, se laisse tomber sur le lit. Deux minutes après, il ronfle. Je me laisse aller à respirer un filet d'air douloureux. Je suis tellement excité d'être si près de lui, de l'avoir vu dans son intimité…

J'attends encore dix minutes, puis j'ouvre tout doucement la porte du placard. Il se retourne entre les draps en grognant. La lumière du réverbère le nimbe d'une aura bleutée. Lucifer endormi, la tête gracieusement posée au creux du coude. Sa poitrine glabre se soulève à un rythme paisible. J'aime la texture de sa chair. Sa blancheur. Son aspect doux et lisse.

Envie de poser ma joue contre sa peau. Sentir battre son cœur. Emprisonner son cœur dans la paume de ma main.

Je pars à la pêche pour récupérer mes fringues dans le tas jeté par terre en le surveillant du coin de l'œil. Il sourit en dormant et je déteste ce qui peut le faire sourire et que je ne connais pas.

Si je pouvais, je le séquestrerais dans une petite pièce hermétique, une cellule simple et propre. Je le nourrirais comme un animal, je lui donnerais de la pâtée dans une gamelle. Il serait obligé de vivre nu, offert à mon regard caché derrière la glace sans tain, exposé à ma concupiscence, totalement livré à mon désir. Je l'obligerais à me laisser lui donner du plaisir, humilié, furieux, désirant me tuer et ne le pouvant pas parce que je serais son maître. Obligé de me laisser l'aimer. Ce serait comme un viol.

Je file vers la porte, pose la main sur la poignée, furtif voleur de fantasmes.

Une main me saisit à la gorge, ma tête cogne contre le bois, je suis soulevé du sol, plaqué face contre le mur, à demi étranglé, j'étouffe, je…

– Bordel ! Bo', c'est toi ?

Il me lâche, je retombe en tas sur le sol, je me frotte la gorge. Je n'ai pas le temps de parer le coup de pied qu'il me balance dans le ventre, je me plie en deux, il vise l'entrejambe, frappe encore plus fort, ça fait mal, des larmes me montent aux yeux, de nouveau dans le ventre, il s'agenouille sur moi, me saisit les cheveux à pleines mains.

– Putain de pédé de merde, qu'est-ce que tu fous là ?

– Je...

Il me gifle à la volée.

– Parle distinctement !

– ...Venu prendre... une douche...

– Qui te l'a permis ? Qui t'a permis de venir ici ?

– Bull...

Nouvelle paire de gifles. J'aime les gifles. Violentes. A pleine main. J'aime sa paume frappant ma joue, mes lèvres. J'essaie de lui embrasser la main. Ça le rend fou de rage. Déluge de coups. Je ne résiste pas. Ça le met hors de lui. Il est nu, sur moi, en sueur, échevelé comme un amant. Il me tord le bras dans le dos, si fort que je ne peux retenir un gémissement.

– Et ça, ça te plaît, Bo' ? Réponds, enculé !

– Oui... Merci.

– Tu veux que je te le casse ?

Je ne réponds pas. Il tord plus fort. Je sens son bas-ventre contre mes reins, effet d'enfer, sa bouche contre mon oreille, son souffle qui hérisse ma peau.

– Tu veux que je te le casse ? reprend-il. Merde, défends-toi, quoi ! Gueule, dis-moi que je te fais mal ! Bo' ! Réponds, réponds ou je te jure que je te casse le bras !

Je ne réponds pas. La pression est insupportable. Je serre les dents.

– Je ne veux pas que tu m'aimes ! Je ne veux pas de toi !

Il a hurlé, et d'un geste violent il me brise le poignet. Je sens l'os qui cède, fulgurante douleur, je manque tourner de l'œil, oh mon Dieu, l'os qui se brise et moi... Il se relève d'un bond, s'écarte de moi avec dégoût, de moi pantelant sur le plancher sale, mon poignet brisé contre mon ventre douloureux, mon ventre douloureux contre le mur sale.

– T'es vraiment malade, Bo'. Vraiment malade, putain !

Il tourne en rond dans la chambre.

– Casse-toi, va à l'hosto, casse-toi.

Il me tend une liasse de billets. Me la jette au visage.

– Casse-toi ! Tout de suite. Ou je te tue.

Je me relève péniblement, je ramasse l'argent de ma main valide, le fourre dans ma poche. Il me regarde, de loin, les poings serrés.

J'ouvre la porte sans rien dire. Je me sens vide, ailleurs, sur une planète où Johnny et moi avons communiqué. Il me regarde sortir. Il a son regard glacé, son regard de jour, d'homme normal qui travaille. Je referme la porte derrière moi, je descends l'escalier en m'appuyant contre le mur.

Dans le bus, les gens s'écartent de moi. Les traces de coups sur mon visage, la sueur glacée qui m'inonde, mes traits tirés, mes fringues enfilées n'importe comment, mes chaussures pas lacées.

Mon poignet a doublé de volume. J'ai très mal et les secousses de ce con de bus n'arrangent rien. Les dents serrées, je fredonne en silence.

Un groupe de jeunes me dévisage. L'un d'eux s'approche, casquette de rappeur vissée sur sa gueule prognathe.

– Hé, mec, t'es blessé, mec.

Question ? Affirmation ? Je hausse les épaules.

– Ouais.

– Une baston ?

– Ouais.

– Et les aut' keums, t' les as allumés, les aut' keums ?

– C'est loin, Saint-Roch ?

– … Core trois arrêts. Alors… les aut' mecs ?

Je fais le geste de me trancher la gorge avec ma main droite. Le gamin recule, impressionné, et rejoint son groupe. Quand je descends, ils me font de grands signes de la main.

Je suis un héros moderne. Un assassin.

Aux urgences, on me fait asseoir sur une chaise en plastique orange en attendant l'interne de service. A côté de moi, une mère berce son fils en pleurant. Il a la tête en sang, les yeux clos. Un type gémit en se tenant le ventre. Des portes battent, des gens passent, affairés, blouses blanches voletant dans les couloirs, odeur de formol, de sang, de peur. La femme et le gamin disparaissent derrière une porte blanche.

Pour tuer le temps, je demande à la réceptionniste des nouvelles de l'OPJ Derek Prysuski, admis ce matin vers 7 heures. Elle consulte un paquet de fiches cartonnées, me demande si je suis de la famille. Je lui réponds que oui, en quelque sorte, puisque nous sommes collègues.

– Vous êtes flic ? s'exclame-t-elle, l'incrédulité la plus totale arrondissant ses yeux bordés de mascara bleu ciel.

Je lui fais un clin d'œil complice et je chuchote : « Brigade des stups... » en lui montrant mes cheveux et mon accoutrement.

– Ah, je comprends...

Pour faire bonne mesure, j'ajoute :

– Je me suis fait péter le bras par des Boliviens.

– C'est dangereux, votre boulot..., commente-t-elle.

Je hoche la tête et soupire genre : « Faut bien que quelqu'un s'y colle. » Elle me tend la fiche de Derek et je la parcours rapidement sans y comprendre grand-chose. Intoxication aiguë à l'oxyde de carbone. Coma hypertonique avec signes pyramidaux. Oxygène isobare, oxygène hyperbare...

– Est-ce qu'il va s'en sortir ?

Elle reprend la fiche, la range.

– Difficile à dire, il est toujours dans le coma.

– Où est-ce qu'il est ?

– Soins intensifs. Deuxième étage, aile B.

Je la remercie et laisse la place à un type dont le visage ruisselle de sang. Elle prend ses nom et adresse pendant qu'il essuie ses lunettes à l'aide d'une brochure sur les MST.

– Bo' ! Mais qu'est-ce que tu fais là, mon chou ?

C'est Diana qui déboule, royale dans sa robe de cocktail rose bonbon. Elle travaille du côté de l'aéroport. Spécialisée dans les imitations prestigieuses. (Inimaginable le nombre de mecs qui ont raffolé de Nancy Reagan.) Il y a une dizaine d'années, elle s'est fixée sur la princesse de Galles. Les routiers adoraient ça, se faire Lady Di dans la cabine de leur semi-remorque. Après le tragique décès de la princesse, Diana a décidé de changer de personnage, mais elle s'est tellement identifiée à son idole qu'elle n'a pas encore réussi à trouver une nouvelle incarnation.

Elle me décoche un clin d'œil complice. Je sais qu'elle vient ici chercher de la dope, elle a un *deal* avec un garçon de salle qui a un *deal* avec un interne.

Le type qui a mal au ventre écarquille les yeux en voyant Lady Di ressuscitée à deux mètres de lui. C'est vrai qu'elle soigne vachement bien son allure – coiffure, costume, maquillage –, les mecs en ont pour leur argent.

Je lui désigne mon poignet.

– Fracture.

– Oh ! la la !... Les risques du métier ? me demande-t-elle, avec l'air de suggérer que ça a pu m'arriver en montant la garde devant Buckingham Palace.

– Les risques de Johnny, dis-je parce que j'ai envie de prononcer son nom.

Elle fronce les sourcils, agite un index impeccablement manucuré.

– Ce type te tuera, Bo'. Il est mauvais.

Non, il ne me tuera pas. Je me tuerai tout seul. Johnny n'est que le catalyseur de mon désir d'autodestruction. Et je ne peux pas plus m'en passer qu'un camé de sa came. Je souris à Diana parce que je l'aime bien.

– T'en fais pas. Et toi, ça va ?

– Couci-couça…

C'est la seule personne capable de dire « couci-couça » comme si c'était encore une expression courante.

– J'ai quelques ennuis avec le Prince Charles, mais bon…

Le Prince Charles, c'est son mec/mac. Originaire du Cameroun, ancien boxeur catégorie poids lourds, bâti comme une armoire à glace. Le contraste entre ses traits chiffonnés, sa coiffure afro, vestige des *seventies*, et ses costards en soie sauvage est assez saisissant. Biberonneur de première, pas méchant, mais chiant.

En entendant mentionner le Prince Charles, le type qui a mal au ventre en oublie de gémir. Il se frotte les yeux, ouvre la bouche, la referme. Un interne arrive et l'emmène. Le type lui dit quelque chose en nous désignant, et l'interne le regarde soudain avec méfiance tout en le poussant dans une salle d'examen. Une infirmière boulotte s'approche de moi en consultant sa montre.

Les grandes portes battantes s'ouvrent brusquement sur une civière soutenue par deux brancardiers haletants. Ils la posent sur un chariot en se lançant des mots rapides. Termes médicaux incompréhensibles. L'infirmière court vers eux, claquement de ses talons plats sur le sol carrelé. Irruption de flics, traits tirés, air tendu. Dehors, des gyrophares balancent des éclats orange et bleus. Grésillement d'appels radio.

Sur la civière, une silhouette immobile, recouverte d'un drap trempé de sang, principalement au niveau du torse et de l'abdomen. Une perfusion plantée dans un bras surchargé de bracelets dorés. De longs cheveux blonds qui pendent.

Un moustachu en K-Way bleu brandit un appareil photo à la volée, flashes, deux flics en tenue le poussent vers la sortie sans ménagement. Un jeune interne arrive en courant lui aussi, se penche sur la civière, gueule des ordres, on se croirait dans *Urgences*.

Le chariot est emmené au pas de course. Les flics discutent à voix basse avec animation.

– Ça a l'air sérieux, me dit Diana.

– Ouais, plutôt mal barré pour la pauvre blonde ! Et moi, j'ai bien l'impression que je viens de sauter mon tour, ajouté-je en montrant mon poignet violacé.

Les portes s'ouvrent de nouveau et Mossa fait son apparition, le teint gris, en sueur. Il nous aperçoit, nous fusille du regard.

– Qu'est-ce que vous foutez là ?

– Bonsoir, inspecteur, lui répond courtoisement Diana, très à cheval sur l'étiquette quand ce n'est pas sur autre chose.

Il lui tape sur l'épaule.

– Salut, Altesse, lâche-t-il machinalement, l'air préoccupé.

J'essaie de lui cacher mon poignet. La douleur m'irradie l'épaule, le dos, ça me rappelle la fois où mon père…

– Encore des ennuis, Bo' ? grogne-t-il en s'essuyant le visage avec sa manche. Qu'est-ce que t'as au bras ?

– J'ai glissé dans un escalier. Je crois que c'est cassé…

– Tss-tss, me lance-t-il avant de filer dans la même direction que le chariot, t'es sur la mauvaise pente, mec !

– Que se passe-t-il donc ? lui crie Diana en s'étreignant les mains.

– Homicide, a-t-il le temps de répondre avant de disparaître derrière une porte.

Diana a l'air toute retournée.

– Homicide ? Merde alors !

J'acquiesce en silence. Un des flics en tenue se penche pour ramasser un objet tombé de la civière. De longs cheveux blonds souillés de sang. L'espace d'une seconde, je pense « on l'a scalpée ! », frisson d'horreur, puis je me rends compte qu'il s'agit d'une perruque.

Je tressaille. Une perruque. Une femme. La nuit. Victime d'une tentative d'homicide.

– Attendons un peu pour en savoir plus. Les gars de la Criminelle vont sûrement rappliquer, décide Diana, qui, apparemment, n'a aucune envie de retourner au turbin.

Une infirmière vient me chercher juste comme le Pasteur et ses adjoints font leur entrée. Il avance de son pas long et calme, ses cheveux blancs ramenés en arrière, lunettes étincelantes.

Dans le box, on me nettoie, on me panse, on me pose des questions. Je réponds le minimum : l'escalier.

L'interne grommelle, pas satisfait, en détaillant mes nombreuses cicatrices, les anciennes et les récentes. Il me plâtre, me file des analgésiques. Décèle avec étonnement et inquiétude les traces d'une dizaine de fractures disséminées sur tout mon corps. Est-ce que j'ai consulté quelqu'un ? C'est pas normal de se casser les os comme ça ! Je hoche la tête pour dire : « Et oui, je sais. » Peux difficilement expliquer que mes os ne sont pas plus fragiles que d'autres, mais pas plus résistants non plus, surtout face aux « corrections » paternelles de mon enfance.

Il remplit une fiche sans cesser de secouer la tête en signe de suspicion. Je donne mon numéro de Sécu et l'adresse de Linda. Il essaie d'accrocher mon regard, mais je suis champion à ce jeu-là. J'ai l'œil tellement vitreux qu'il doit avoir l'impression de parler à une huître. Il me demande si je mange assez, il me fait respirer, il me dit que je suis en mauvais état. Est-ce que je suis malade ? Est-ce que j'ai passé le test du sida ? Je lui explique que tout va bien, juste un peu de fatigue passagère, un mauvais moment dans ma vie cahotante d'intermittent du spectacle. Il hausse les sourcils, puis renonce.

Je me retrouve dans le hall, plâtré de frais, le bras soutenu par un suspensoir, soulagé par les comprimés, requinqué par les piqûres de vitamines, mon ordonnance dans la poche. Diana se rue sur moi.

– C'est Jésus ! me lance-t-elle, surexcitée.

– Jésus ?

– Jésus Ortega, tu sais bien, Marlène !

Ah ! oui, Marlène ! Un vieux de la vieille, spécialisé dans les hétéros. La perruque blonde.

– Il a été attaqué à coups de hache ! reprend-elle les yeux au ciel. Pauvre Marlène ! Ça fait quinze ans qu'il bosse à la station-service ! Le Pasteur dit qu'il a une chance sur mille de s'en tirer.

Je ne peux m'empêcher de marquer ma surprise :

– T'es copine avec le Pasteur, toi ?

– Oh, comme ci, comme ça. Je l'ai connu quand le Prince Philip s'est fait descendre.

Le Prince Philip, c'était son oncle. Filippo Rasetto. Abattu de deux balles dans la tête dans le parking en sous-sol de son luxueux immeuble. Il dirigeait une boîte de travestis, l'Alcade, près du port. C'était bien avant qu'on parle de drag-queens. J'y ai travaillé presque un an. Piaf, Lio, Arletty, Tina Turner, etc., parce que c'est mon gabarit, et beaucoup de chansons d'avant-guerre parce que ça me fait marrer. J'adorais chanter « Je me pique à l'eau d'Javel ». C'est là que j'ai fait connaissance avec Maeva, Stéphanie, Diana et bien d'autres, dont beaucoup ne sont plus.

Brusquement, ce qu'elle a dit se fraie un chemin à travers mes synapses.

– On l'a attaqué à coups de hache ? !

– Oui, une horreur ! T'imagines !

Des pas derrière nous. La voix de Mossa, fatiguée :

– Encore là ? !

– Ils viennent juste de finir Bo', lui explique Diana en lui montrant mon plâtre. Comment va Marlène ?

Mossa hausse les épaules.

– Il est mort. Le cœur a lâché.

– Oh ! non, c'est dégueulasse ! proteste Diana, outrée. Vous savez qui a fait ça ?

Il hausse les épaules et nous englobe tous les deux d'un geste de la main.

– Un des cinglés que vous vous tapez tous les soirs, sans doute.

– Mossa ! lance le Pasteur en nous rejoignant, son carnet de notes à la main.

Ce type se déplace aussi silencieusement qu'un chat. Il entraîne Mossa à l'écart. Du coup, on ouvre tout grand nos oreilles, Diana en parcourant avec passion l'affiche vantant les mérites d'une bonne nutrition pour la prévention du cancer, moi absorbé dans une brochure destinée à apprendre aux enfants à « dire non ». J'aurais mieux fait de la lire vingt ans plus tôt...

Des bribes de conversation nous parviennent, je les écoute, les jambes molles :

– ... légiste arrive. A mon avis, il s'agit de la même arme... C'est bien Ortega ?

– Ouais... Ortega Jésus, dit Marlène, 38 ans... Deux cures de désintoxication, plusieurs tentatives de suicide... *deal* de coke... liberté conditionnelle. Rien de particulier.

– En tout cas... pas un suicide... vu les blessures !... Curieux... pas achevé... interrompu ?

– ... toi le spécialiste...

Les portes qui battent. Un petit homme d'une soixantaine d'années, chauve, traits replets, pardessus en poil de chameau, sacoche noire à la main, s'avance d'un pas tranquille. Le Pasteur grimace un sourire à la « Mister Freeze ».

– Ah, bonsoir, docteur Spinelli ! lance-t-il, en serrant fortement la main du nouveau venu. Vous connaissez l'inspecteur Mossa, des Mœurs ?

Mossa lui tend la main poliment. Spinelli lève la sienne, pour signifier qu'il connaît Mossa, mais il ne la lui serre pas. Mossa remballe sa main. Raciste, le Spinelli, diagnostiqué-je.

– Où est le sujet ? demande-t-il en pinçant ses larges narines, un œil fixé sur sa Breitling bleu marine.

– Ils vous le descendent au sous-sol, lui répond le Pasteur en faisant un geste vers le vaste ascenseur au fond du couloir.

Deux infirmiers sont en train d'y pousser un chariot, qui glisse sans bruit. Diana se signe. Je bats des paupières.

– Vous pensez en avoir pour longtemps ? reprend le Pasteur en essuyant ses lunettes avec un pan de son polo gris.

– Comment voulez-vous que je le sache ? lui rétorque Spinelli avec aigreur. Ça dépend de l'état du corps. Si c'est comme hier… Une par nuit, ça fait beaucoup, mon vieux ! J'espère que ça ne va pas devenir une habitude…

Mossa lève discrètement les yeux au ciel. Le Pasteur cligne des paupières avec autant d'expression qu'un iguane.

– C'est pas « une », c'est « un », ce coup-ci, précise-t-il.

– Un tapin est un tapin, lui renvoie Spinelli, désinvolte. Si j'ai bien compris, le thorax a, là encore, été ouvert en deux…

– Mais il ne l'a pas vidé, l'interrompt le Pasteur, impavide.

Très brève image d'un thorax vidé. Je vois Diana écarquiller les yeux, figée devant son affiche.

– Et la langue, vous l'avez retrouvée au moins ? poursuit Spinelli comme s'il faisait passer l'oral du bac.

La langue ?

Diana vire livide, j'étouffe un renvoi.

– Pas encore, non, répond le Pasteur. On a fouillé tout le périmètre. Apparemment, ce salaud l'a emportée.

– Bref, aucune piste ? continue Spinelli en vérifiant que son dictaphone a des piles.

– *Nada !* répond le Pasteur avec un sourire machinal. On attend beaucoup du résultat des analyses.

– Comme d'habitude, soupire le doc. Bon, on y va ? J'ai promis à mon petit-fils de l'emmener skier demain, on part à 7 heures.

Les deux hommes s'éloignent en discutant à voix basse. Mossa se tourne vers nous et fronce les sourcils.

– On vous paie pour taper l'incruste ?

Diana lui lance une œillade mutine.

– Allez, soyez gentil, dites-nous ce qui se passe... On est concernés, quand même !

– Vous en savez autant que moi. Quelqu'un a une clope ?

Diana s'empresse de lui refiler une de ses king size mentholées. Mossa fait la grimace. Une infirmière crie :

– Interdit de fumer !

– OK, dit Mossa en allumant sa clope.

Il inhale à fond.

– Jésus s'est fait allumer derrière les chiottes de la station-service. Personne a rien vu, rien entendu. C'est un vieux qui promenait son clebs qui l'a découvert. Il était encore vivant. Si seulement il avait tenu une heure de plus, il aurait pu nous dire...

Il secoue la tête, tire une autre taf.

– C'est vrai qu'on l'a attaqué à coups de hache ? lui demande Diana, les sourcils en accent circonflexe.

– A coups de fendoir, la corrige Mossa. C'est plus pratique à transporter, je suppose.

– Deux femmes, un travesti... Trois prostituées. Vous pensez que le tueur a pris Marlène pour une femme ? lui demandé-je à mon tour, pensif.

– Possible. Ça expliquerait pourquoi il ne l'a pas achevé. Quand il s'est rendu compte de son erreur, il a laissé tomber.

– Est-ce qu'il les mutile ? Le docteur a fait allusion à une... langue, murmure Diana, une main sur son rang de fausses perles.

Mossa hausse exagérément les sourcils.

– Holà ! Deux nouvelles recrues pour la brigade ?

Il se penche vers nous comme s'il allait nous dire un secret et murmure :

– Je ne suis pas autorisé à commenter l'affaire avec des individus aussi peu recommandables que vous. Allez, bonne nuit, les petits ! conclut-il en jetant son mégot sur le carrelage sale.

Il remonte le col de son blouson et s'éloigne. Diana trottine derrière lui. Je la rejoins sur le parking. Mossa a déjà démarré. Diana soupire :

– Le fils de pute ! Bon, on n'a plus qu'à prendre le bus. Tu vas où ?

Je hausse les épaules.

– OK, viens chez moi, le Prince Charles joue au poker avec des copains, il rentrera pas avant demain matin.

Le bus brinquebale le long des rues désertes. Je me souviens brusquement de la dernière fois où j'ai vu Jésus-Marlène. C'était il y a quinze jours. Au bureau 38 de l'hôtel de police. Elle sortait de chez Derek. Elle ressemblait plus à un bouledogue mal rasé qu'à Marlène Dietrich. On s'était salués, sans plus. Pauvre vieille.

Mon poignet me fait mal. Un chat fouille une poubelle, un rat traverse la rue en courant. Cris des mouettes haut dans le ciel. Il n'y a pas de lune. Pas d'étoiles.

Un fin crachin dégouline le long des vitres. Je suis fatigué.

Chapitre 4

Quand je me réveille, Diana est en train de parler à quelqu'un. Je m'assois dans le canapé-lit et retiens un cri de douleur, j'avais oublié ce putain de bras. Je me penche pour voir Diana. Elle est debout dans la cuisine, en tailleur Chanel-du-Sentier, le combiné du téléphone à la main. Elle me fait un petit signe pour me montrer la cafetière fumante. Je hoche la tête.

Je me sens vaseux. Les comprimés de l'interne. Je me lève parce que j'ai envie de pisser. Les chiottes sont tapissés de photos de la famille royale. J'ai pas l'habitude de pisser sous le regard sévère de la reine, ça me perturbe. Arrêt à la salle de bains, je me lave les dents avec le doigt, je me rince le visage avec la lotion à la citronnelle du Prince Charles. J'attrape un débardeur noir qui a l'air à ma taille et l'enfile tant bien que mal. Je regagne la cuisine. Diana est toujours au téléphone.

– Une véritable abomination, du sang partout !... Oui... Exactement !... Non, mais tu te rends compte !... On n'est plus en sécurité nulle part !... Tu parles, un familier... Quoi ?... D'ac !

Elle se tourne vers moi, me sert du café.

– C'était Estelle, elle a un client, elle me rappelle. Elle a lu le journal, ils donnent tous les détails, je vais l'acheter. Il y a des biscottes dans le placard.

Elle fonce déjà dans l'escalier. Je grignote une biscotte,

sans appétit, bois un jus d'orange, touille mon café interminablement. Dans le salon, il y a une chaîne hi-fi. Je cherche un CD. Diana et le Prince Charles ont la plus belle collection de musique écossaise que je connaisse. Je me mets une petite sélection du Royal Regiment d'Édimbourg. Ça ravigote… Un album photos traîne sur la table basse. Le Prince Charles en smoking blanc à Monte-Carlo, des tas de gens que je ne connais pas, dans des boîtes, à des dîners, au bord d'une piscine, Diana avant son opération, quand elle s'appelait Frank, entouré d'éphèbes en paillettes et pattes d'éph. Je reconnais ses yeux, son menton. Le reste a été pas mal retouché, noblesse oblige…

– C'est en première page, regarde !

Elle surgit, essoufflée, me tend le journal. Gros titre à la une :

ENCORE UNE PROSTITUÉE ASSASSINÉE !
LA POLICE SUR LA PISTE D'UN MANIAQUE.
Voir page 6.

Au-dessous, une photo des lieux du crime, avec l'ambulance en stationnement, le brancard sorti, des flics qui agitent les mains en direction de l'objectif. On voit la station-service au fond.

– Le pompiste va être content, ça va lui amener de nouveaux clients, reprend Diana. Tous les charognards du coin.

Je déchiffre l'article pendant qu'elle nous beurre des tartines. Le journaliste rappelle que c'est la troisième fois qu'une prostituée se fait assassiner en moins de deux mois et précise que c'est la deuxième fois en quarante-huit heures ! Les deux premières victimes, Mariana Mikhalkov et Nathalie Devos, ont été retrouvées sur des parkings d'hypermarchés, la troisième derrière une station-service en bord de mer, station-service qui est fermée le soir et « *dont les abords sont bien connus des services de police comme terrain de prédilection de nombreuses péripatéticiennes* ».

– Péripatéticiennes, mon cul ! Il a eu peur de dire que c'était le coin des travestis ! s'exclame Diana. Ah ! la la ! Cette étroitesse d'esprit petite-bourgeoise…

– Tout le monde n'a pas la liberté de pensée des vrais aristocrates, je lui renvoie tout en poursuivant ma lecture.

Aucune empreinte relevée sur les lieux, on attend les analyses génétiques. Les victimes ont été tuées à l'aide d'une arme blanche particulièrement tranchante, précise encore le journaliste. L'assassin a frappé de nombreuses fois avec frénésie, allant jusqu'à mutiler le visage de ses victimes. Sans autre précision cette fois : c'est un quotidien familial.

– La langue ! s'exclame soudain Diana. Le docteur en a parlé, tu te rappelles ? Je suis sûre que c'est ça ! Il leur coupe la langue. Non, mais t'imagines ! Ça me fout mal au cœur de penser qu'on a vu passer cette pauvre Marlène sur son brancard, encore vivante, et de penser que sa langue… Tout ce sang dans sa bouche… Oh ! c'est vraiment dégueu !

J'avale ma salive. Aucune envie de m'imaginer ce genre de détails.

Le dernier paragraphe nous apprend que les enquêteurs passent au crible les clients et les relations des victimes. Vengeance ? Acte dément d'un *serial killer* ? Outre la langue coupée, le journaliste omet deux informations : la troisième victime était un travesti et il est mort en arrivant à l'hôpital. Donc, les flics veulent garder ces renseignements sous le coude. C'est toujours utile pour trier les aveux des maniaques de l'autodénonciation.

La porte d'entrée s'ouvre soudain comme sous l'effet d'une bourrasque et le Prince Charles fait irruption dans la pièce, titubant, le journal à la main. Il fonce sur nous, masque sombre exprimant la fureur et puant le scotch.

– T'as vu ça ? Non mais, t'as vu ça ? ! Y a plus de respect ! Y a plus rien !

Il s'effondre sur le canapé, tire sur sa cravate tire-bouchonnée, se débarrasse de sa veste prince-de-galles. On dirait Georges Foreman après sa défaite contre Ali à Kinshasa.

– Combien t'as perdu ? lui demande Diana, l'œil luisant.

– T'occupe ! File-moi du café. Qu'est-ce t'fous là, toi ?

« Toi », c'est moi. Diana répond à ma place :

– La pauvre Bo' est à la rue. Je lui ai dit de dormir là pour cette nuit.

– « La pauv' Bo' est à la rue... », singe le Prince Charles en me fixant d'un regard peu amène.

Il se tourne vers Diana.

– J't'ai déjà dit cent fois que j'veux pas qu'tu ramènes des pouffes ici.

Diana hoche la tête et lui tend une tasse de café bien serré. Le Prince Charles tapote le journal de sa main brune.

– Ce soir, tu vas pas travailler. T'vas pas travailler tant qu'on n'a pas mis la main sur ce cinglé, t'as compris ? !

– Mais on a les traites de la maison, proteste-t-elle.

Ils ont acheté un mas dans l'arrière-pays, avec des chèvres et des oliviers. Diana y joue à Marie-Antoinette pour se reposer.

– J'm'en fous ! T'restes là ! Putain, ce salaud on va le coincer et lui couper les boules, t'vas voir ça !

Flattée par ce déploiement d'inquiétude et de mâle autorité, Diana se penche vers lui et lui caresse amoureusement le visage. J'en profite pour m'éclipser, lesté d'un vrai petit déj' et encore propre.

Dehors, il fait froid. Le beau temps habituel a de nouveau cédé la place à un vilain ciel gris, il pleuvote, des gouttes froides, mars et ses giboulées. Je m'aperçois que Diana a glissé un billet de cinq cents balles dans la poche arrière de mon jean. Ça me réchauffe le cœur, comme on dit.

Je longe le Marché aux fleurs où le mimosa se fane. Mon bras plâtré pèse lourd. J'essaie de ne penser à rien, mais je ne pense qu'à ces meurtres. A la souffrance des victimes. J'ai l'habitude de la douleur d'aussi loin que je me souvienne. Quand je travaillais au club SM, on disait que j'étais la meilleure. La plus endurante. Certains clients allaient même tellement loin qu'on devait faire venir le toubib. J'en porte les traces, dehors et dedans. Quand je pense que je serais prête à m'offrir à Johnny, à m'immoler sur l'autel de sa brutalité, et qu'il ne veut pas de moi.

Sans que je m'en rende compte, mes pas m'ont ramenée devant chez lui. J'aperçois Bull qui traîne à la terrasse de chez Linda. Il sirote un Coca avec l'air satisfait d'une vache folle qui s'ignore. Il porte un pansement sur la lèvre supérieure : ça me fait plaisir. Je fais semblant de regarder la vitrine du pâtissier et j'observe l'entrée de l'immeuble.

Au bout de dix minutes, Johnny fait son apparition, costume gris foncé, cravate bordeaux, chemise gris clair, Weston bien cirées. Il est coiffé, rasé, et tient son attaché-case à la main.

Rectification : « Johnny » est aux abonnés absents, c'est « Jonathan » qui part au travail. Bull lui fait un signe, auquel il répond vaguement. Pas de place pour Bull dans l'existence de Jonathan. Il se dirige d'un pas assuré vers la station de taxis, monte dans le véhicule de tête, celui qui va l'emporter vers son autre vie dont j'ignore tout. Le besoin de savoir est soudain irrésistible. Je traverse la rue d'un bond et me rue dans le taxi suivant. Heureusement que Diana m'a filé du blé. Le chauffeur, qui ressemble à l'émir du Qatar, me lance un regard interrogatif. Sûr et certain qu'il va me foutre dehors en ricanant, je lui dis :

– Je veux suivre le taxi qui vient de démarrer.

Il ne répond pas et démarre à son tour, se faufilant dans la circulation intense. Devant nous, le taxi de Jonathan vire à gauche.

– Vite, on va le perdre.

Le chauffeur hausse les épaules, appuie sur un bouton de sa CB, lance quelque chose dans une langue que je ne peux identifier. Une voix aiguë lui répond. Bref dialogue. La radio grésille. Il me regarde dans le rétro.

– Pas de problème, dit-il. Le taxi devant, c'est mon cousin. Il va déposer votre ami à l'Ambassador.

L'Ambassador. Un palace quatre étoiles sur la Promenade, vestige des années vingt. Qu'est-ce que Johnny va foutre là-bas ? Je ronge mon frein pendant qu'on poireaute dans les embouteillages habituels. Chuintement régulier des essuie-glaces.

Je regarde les joggers qui filent le long des plages, sous la pluie. Les petits chiens frisés en imperméable qui crottent sagement dans le caniveau. Les boulistes qui palabrent sous leurs parapluies noirs.

Le taxi freine à quelques mètres de l'Ambassador. J'aperçois Jonathan en train de payer son chauffeur. Je paie à mon tour, me faufile dehors, manque renverser un cycliste en ciré jaune qui m'agonit d'injures.

Johnny escalade le perron de l'hôtel, s'engouffre dans les portes vernies à tambour. J'hésite. L'Ambassador est le genre d'hôtel où il y a tellement d'allées et venues qu'on y passe totalement inaperçu, entre le piano-bar avec fauteuils en cuir, le salon de thé, le kiosque à journaux, etc. Je décide d'entrer. J'attrape un élastique au fond de la poche de mon jean et m'attache les cheveux en queue-de-cheval. J'examine mes ongles machinalement : pas de vernis, ça va. Mes pompes : les gros godillots à la mode. Bien, mec. OK.

Un groupe de néo-Russes vient de débarquer, et les types de la réception sont assaillis. Je déambule dans les halls. Pas de Johnny en vue. Je fais une halte aux toilettes pour vérifier mon allure : un être au sexe indéterminé, pâle et émacié, aux cheveux très noirs, me regarde. Il porte un blouson de cuir noir, un débardeur noir lui aussi et trop grand, des jeans délavés. Un suspensoir soutient son poignet plâtré. Il a les yeux gris et des ridules sous les paupières. Sa pomme d'Adam ressort comme chez les dindons. D'habitude, il la cache sous une écharpe, un col roulé. Ses ongles sont longs et manucurés. A l'annulaire droit, il porte une bague en forme de scarabée : le cadeau d'un motard. Je lui adresse un clin d'œil qu'il me rend et je ressors.

L'idée me vient que Johnny a peut-être une chambre ici. J'intercepte un réceptionniste harassé pour demander M. Belmonte. Personne sous ce nom-là, me répond-il sans cesser de baragouiner en anglais avec les Russes. Je m'approche d'un groom gracile qui roupille debout contre une colonne. Je lui explique que je cherche quelqu'un qui vient d'entrer. Je lui décris Johnny. Il bat des cils et me sourit. Me dit que ce n'est pas bien de suivre les messieurs comme ça dans les hôtels. Je lui sors mon sourire le plus enjôleur et lui dis qu'on pourrait aller boire un verre un soir ; il me répond qu'il termine à 11 heures tous les jours. Un autre groom s'approche ; aussitôt, il rectifie sa position, se redresse et me dit avec déférence :

– Je pense qu'il s'agit de M. Garnier. Vous le trouverez au California Grill.

Garnier ? J'avais donc raison de penser que Belmonte n'était pas son vrai nom. Jonathan s'appelle Garnier. Comme l'opéra. Jonathan Garnier, fantôme de mon opéra personnel.

Je repère le California Grill, un truc chic branché design urbain cuir et métal, service non-stop de spécialités pseudo-californiennes plutôt coûteuses. Drôle d'endroit pour prendre son petit déj !

Je pousse la lourde porte vitrée, m'arrête devant un cordon de velours bleu. Une hôtesse en uniforme bleu assorti fonce vers moi, un menu gigantesque à la main. Deux Américains mâchent énergiquement d'énormes portions de ce qui ressemble à des tacos en s'interpellant comme s'ils étaient chacun d'un côté du Rio Grande. Je suis l'hôtesse en essayant de repérer Johnny.

Elle m'installe dans un box avec vue sur la mer en minaudant. Je me plonge dans la carte et finis par commander un café bien serré. Elle a l'air désappointé, essaie de me fourguer des brownies, mais je résiste : à quatre-vingts balles l'assiette de brownies, j'ai pas très faim. Elle disparaît en tortillant des fesses, elle m'exaspère. A la table voisine, une anorexique passée aux UV et fringuée Gucci apostrophe la chaise vide qui lui fait face.

– Non, mais tu te rends compte, me dire ça à moi !

A qui parle-t-elle ? Je me penche un peu et aperçois deux oreilles poilues et une truffe noire. Un gremlin ?

– Comme si c'était elle qui avait découvert Michaël ! poursuit-elle de sa voix aiguë.

Le gremlin, sagement assis sur la chaise, grommelle un vague acquiescement. Je me penche un peu plus et je le vois, ses yeux noirs de yorkshire sont fixés sur l'assiette de sa maîtresse.

– Tu as faim ? Tu veux que je te commande un carpaccio ?

Bref jappement. La prochaine fois, j'emmène Axelle et ses cornes en laiton prendre le thé. Elle sera tout à fait dans la note.

Je regarde la plage noyée sous la pluie. La mer a l'air d'un lac gris et froid, gelée glauque et baveuse léchant le sable. La fille revient, dépose le café devant moi sans se donner la peine de sourire. Je lève les yeux pour chercher le sucrier et je le vois.

Johnny. Debout, dans sa belle veste bleue à boutons dorés, tendant la carte gigantesque à une vieille peau aux cheveux bleutés. La révélation me frappe comme un infarctus. Johnny est serveur ! Je dois avoir un drôle d'air, je referme la bouche. Il ne m'a pas vu. Il place la vieille à une table, sourit aimablement à ses remarques acerbes, court passer la commande, revient vers un groupe d'hommes d'affaires stressés en affichant un sourire obséquieux. Johnny larbin ? !

Ou alors... Il aurait un frère jumeau ? Je l'observe un moment.

Il se montre affairé, compétent, d'une politesse parfaite. Ses yeux clairs et glacés comme voilés. Le léger spasme nerveux qui agite sa main gauche quand elle est au repos. Oh ! non ! Ce n'est pas un jumeau, pas un sosie. C'est lui. Le prince de mes nuits est serveur à l'Ambassador. Mon seigneur et maître courbe la tête devant des tas de friqués qui le méprisent. Empoche des pourboires en remerciant bien bas. J'ai envie de crier : « Il m'a cassé le bras cette nuit... Oui, ce type que vous ne voyez même pas, le grand blond si poli... il m'a cassé le bras parce qu'il ne veut pas que je l'aime. » A ce moment-là, il tourne la tête et me voit.

Il entrouvre la bouche, la referme. Sa peau pâle se marque de taches rouges aux pommettes. Il continue à répondre aux questions des hommes d'affaires, les débarrasse de leurs imperméables qu'il va déposer au vestiaire, droit comme un i. Je sais qu'il me hait. Je sais qu'il est humilié. Qu'il a peur que je sois venu faire du scandale. Qu'il va me le faire payer. Je voudrais lui dire que je ne savais pas, que je ne l'ai pas fait exprès. Mais il ne m'écoutera pas. Il me dira : « Alors, Bo', tu t'es bien amusé ce matin ? » Et il me punira. Me punira mal parce qu'il aura moins confiance en lui. Parce que je sais son secret. Mais peut-être aussi qu'il se montrera faible et craintif et alors je ne l'aimerai plus. Je serai libre. Délivré.

Je lève le doigt pour l'appeler. Il feint tout d'abord de ne rien voir, mais la serveuse est occupée à l'autre bout de la salle et il doit se résigner à venir.

Il est debout devant ma table, mâchoire serrée. Ma tête est à hauteur de son entrejambe. Je distingue le renflement sous le tissu bleu. En avançant le menton de quelques centimètres, je pourrais y poser mes lèvres.

– Vous désirez autre chose ? me demande Johnny d'une voix que je ne connais pas, froide, déférente.

– Non, merci. L'addition, s'il vous plaît.

Il repart, traverse la salle sous mon regard, revient avec la note. Vingt-cinq balles le café. Je paie avec l'argent de Diana. Il me rend la monnaie en silence.

– Le beau temps n'a pas duré, lui dis-je, poussé par le démon.

– La météo annonce de la neige, me répond-il, impassible.

J'empoche la monnaie, je me lève, il s'écarte pour me laisser passer, je ne peux pas résister : je laisse mes doigts courir discrètement à l'intérieur de sa cuisse. Il s'empourpre de fureur, je m'éloigne tranquillement. Je me retourne au moment de sortir et je croise son regard posé sur moi avec l'intensité cruelle d'un chat qui observe un oiseau hors de portée.

Dans la rue, j'ai envie de rire tout seul, de sauter en l'air, de chanter *Singing in the rain*. Je sais où travaille Johnny, j'ai prise sur lui, je peux l'atteindre quand je veux. J'embrasse mon plâtre avec enthousiasme.

Et s'il ne voulait plus jamais me voir ? S'il me rayait de sa vie ? Je viendrais l'attendre tous les jours sur le perron de l'hôtel. Je ramperais à quatre pattes derrière lui sur le gravier, lui collant la honte de sa vie.

Pour se débarrasser de moi, il devra me tuer.

Chapitre 5

Mon nouveau contrôleur me dévisage d'un œil torve. Dans les 35 ans, petit, tignasse brune et hirsute, collier de barbe, pull torsadé beige, jeans bien repassés, boots marron cirés. Devant lui, sur le bureau, une plaque annonce : « Théodore Morelli ». Une autre plaque : « Interdit de fumer ». Une troisième : « La liberté, c'est de savoir se gouverner soi-même ». Je ne suis donc pas fait pour la liberté. Il pointe l'index vers moi.

– Je suis sûr qu'on va bien s'entendre, Beaudoin.

Aussitôt, je suis sûr du contraire.

– Du moment que tu ne me racontes pas de craques, il n'y aura aucun problème. Mais si je m'aperçois que tu te fous de ma gueule, alors là…

Silence menaçant. Je prends l'air idiot : ils aiment bien. Il désigne mon bras.

– Tu as eu un accident ?

– Je suis tombé dans un escalier.

– Humm…

Il examine ma fiche, la parcourt en soupirant.

– Je n'ai pas l'impression que tu aies fait beaucoup d'efforts pour te réinsérer, Beaudoin.

– J'ai du mal à trouver du travail.

– Tu veux dire un travail honnête ? T'as déjà pas eu une enfance heureuse à ce que je vois, tu comptes aussi te pourrir le reste de ta vie ?

Il balaie mes objections silencieuses d'un geste.

– Je sais que tu as… disons… un problème. Des tas de gens ont des problèmes, continue-t-il en secouant la tête d'un air compatissant. Mais je vais te dire, Beaudoin : t'es un homme, que tu le veuilles ou non.

Regard morellien franc et direct, bien en face. J'y enfoncerais volontiers mes ongles.

– Ça ne te vient jamais à l'esprit d'agir en homme ? De prendre en main ton destin ?

Air contrit de Beaudoin. Essai de ressembler à un raton laveur sans défense. Morelli fronce les sourcils, reprend :

– Ici, c'est pas le bureau des pleurs, et je suis pas l'aide sociale. Moi, mon boulot, c'est de m'assurer que tu ne représentes pas un danger pour la société.

– Je fais des efforts.

– Ah ouais ? Comme travailler dans des boîtes à putes ? S'exhiber en travelo ?

– Les touristes aiment ça.

– Je crois que tu ne me comprends pas bien, Beaudoin. Je ne parle pas de garder un profil bas. Je te parle de faire des efforts, des vrais. Essaie d'y réfléchir jusqu'à la prochaine fois.

Il se lève, me signifiant que l'entrevue est terminée. Je tourne les talons, j'ouvre la porte, il remet ça :

– Parce que si tu ne fais pas d'efforts pour moi, je n'en ferai pas pour toi, conclut-il froidement.

Je referme la porte sans répondre. Je sens que ce type va me chercher des crosses. Contrôle antidope, tout le grand jeu. Mais je ne retournerai pas en taule, comme on dit dans les romans. Je ne jouerai plus les enculés de service. Je vais me tenir à carreau. Trouver un boulot. N'importe quoi. Il faut que je demande à Linda.

Chez Linda, c'est l'heure de pointe, tous les aficionados du pastaga se bousculent au comptoir. Les plaisanteries fines fusent en tirs groupés. Laszlo se démène au milieu des bouteilles tel un chef d'orchestre dirigeant une symphonie toujours inachevée. Je me faufile jusqu'à la cuisine où Linda officie, le cheveu en bataille, le tablier autour des reins.

Elle pousse un cri d'horreur en voyant mon plâtre et je lui ressors brièvement l'histoire de l'escalier. Elle fait semblant de me croire.

Je lui expose le problème du boulot entre deux commandes, elle me demande si je veux un peu de daube ; je me retrouve assis dans un coin à côté de trois mecs des P&T qui font des paris sur le match de ce soir. Coincé entre les vrais hommes et la vitre humide, j'avale ma daube sans appétit, en mâchant consciencieusement.

Dans la rue, les gens passent en courant, se faufilant sous les gouttes. L'eau ruisselle le long de la vitre, j'aime la pluie. L'odeur de la pluie. De l'herbe mouillée. Pas beaucoup d'herbe dans la vieille ville, sauf entre les feuilles de papier à rouler.

Les gars des P&T me lancent des regards en coin. Je me tiens trop droit, je mange trop proprement, mes gestes sont trop maniérés. Longue habitude devenue indéracinable. Je repousse mon assiette. A l'Ambassador aussi, ce doit être le coup de bourre. Johnny doit se démener, zigzaguant entre les clients avec déférence, servile. Je sais d'où vient toute cette rage qu'il déverse ensuite sur moi et les autres. Après une journée passée à faire des courbettes, le surhomme a envie d'exprimer sa virilité !

Les clients refluent peu à peu. Arômes de café, de digestifs. Ballet des additions. Claquements répétés de la porte. Linda se laisse enfin tomber sur la chaise en face de moi et soupire.

– Alors comme ça, tu veux travailler ? dit-elle.

Je hoche la tête en émiettant une tranche de pain.

– Laisse ce pain, il ne t'a rien fait. Le problème, c'est que je ne vois pas trop ce que tu pourrais faire.

– Parce que j'ai l'air d'une folle tordue, c'est ça ?

– Eh bien, à vrai dire… T'as pas vraiment le look légionnaire…

– Oh ! Mais ils m'aiment bien les légionnaires !

– Non, sans déconner, Bo', il te faut un boulot où tu n'as pas trop affaire au public. C'est marrant que tu sois passée juste aujourd'hui, parce que, si ça te dit, je peux te proposer de la plonge. Ali s'en va dans quinze jours, il a enfin réussi à entrer comme magasinier aux Galeries.

Je réfléchis un instant. La plonge, c'est pas vraiment le trip paillettes et glamour. Assez loin de ce que je fais habituellement. Mais sérieux. Près de Linda. Et solitaire.

– OK.

– Pour la paye…

– Je te fais confiance.

– Bon, tu commences à 7 heures le matin et tu finis à 15 heures.

– Et le soir ?

– Le soir, c'est Karim. N'en profite pas pour faire des tas de conneries.

– Juste quelques-unes…

– Tu crois que tu pourras te servir de ton bras d'ici deux semaines ?

– Pas de problèmes. Et merci.

– Ouais, on lui dira. Café ?

– Café.

Je sirote un de mes derniers expressos en tant que client. Linda discute avec un vieux mafioso adipeux qui a la réputation d'aimer les petites filles impubères. Elle est en affaires avec lui, il leur a prêté de l'argent. C'est en voulant regarder l'heure que je m'aperçois que je n'ai plus de montre. Les petits merdeux de l'autre nuit ont dû me la piquer. J'ai l'impression d'émerger d'un très long trip, de revenir après une longue, une très longue absence. La réalité de la douleur dans mon poignet, peut-être, ce poids lourd et brûlant serré contre moi. Et le fait que Johnny ne soit pas qu'un fantôme de la nuit. En le suivant dans sa vie diurne, je me suis retrouvé moi aussi dans le monde réel. Là où les barbes poussent sous le fard.

Ça me fait penser à la mienne. Quand j'avais du fric, j'avais commencé l'épilation électrique. A la sortie de prison, sans travail, je n'ai pas pu continuer, et comme cette conne d'esthéticienne avait commencé par le côté droit, j'ai une moitié du visage imberbe et l'autre velue. « Illustration de ma dualité », dirait le psy.

Qu'est-ce que je vais faire aujourd'hui ? Le calendrier au mur m'apprend qu'on est le 22. C'est l'anniversaire de ma grand-mère. Ma dernière visite doit bien remonter à six semaines. Je dis à Linda que je grimpe à la mansarde me refaire une beauté. Elle acquiesce, occupée à ses magouilles. J'ouvre mes deux énormes valises, je contemple cette débauche de tissus, de couleurs, d'accoutrements divers. Là, c'est ma Dalida, là c'est ma Piaf, là ma Tina Turner… Je choisis un ensemble discret : pantalon en daim beige, tunique en laine assortie, escarpins vernis. J'ai du mal à m'habiller à cause de mon bras, je me sens empotée. Je me maquille avec soin, me brosse les cheveux, noue une écharpe en soie autour de mon cou et pose sur mes épaules un imper beige retenu à la taille par une ceinture. Parapluie assorti. Bracelet en plaqué or, collier idem, gants en chevreau marron pour cacher mes mains. Et me voilà métamorphosée en yuppie provençale, mes hématomes masqués par le fond de teint.

Quand je redescends, Laszlo, le mari de Linda, émet un petit sifflement admiratif. Je lui adresse un doigt d'honneur, discret, et il se marre derrière son comptoir.

C'est un rescapé des camps, Laszlo, et il a décidé que la vie devait être belle.

Les premiers pas dehors, c'est le test. Si personne ne se retourne, si personne ne ricane, c'est gagné. Je hèle un taxi.

Là, deuxième épreuve décisive : la voix. J'ai pris des hormones pendant des années grâce à un médecin complaisant. Ma voix est douce, voilée, assez grave bien sûr, mais rien de choquant. Une voix de fumeuse. J'ai appris à la moduler en évitant les basses comme les aigus. Je donne l'adresse de la maison de retraite, et le chauffeur démarre tranquillement. Mme Ancelin part en visite.

Ça fait longtemps que ma grand-mère ne me reconnaît plus. Elle me prend pour Elsa, sa belle-fille. Elsa, ma mère. Au Calme bleu, ils croient que je suis sa petite-fille. Ma grand-mère n'est pas dans le besoin, c'est mon père qui règle tout par l'intermédiaire de son conseil juridique. Il n'a pas beaucoup de frais au fond de sa cellule. Ça doit faire huit ans que je ne l'ai pas vu. J'en ai 28. Quand il sortira, j'en aurai 36. Je croise les doigts, en espérant avoir un jour 36 ans et qu'il meure avant. Parce que je ne sais pas comment je supporterais de le revoir. J'ai l'impression que je me désintégrerais, tout simplement, ne laissant sur le sol qu'un petit tas de faux ongles.

Il a essayé de me donner de l'argent, mais je n'en veux pas. L'avocat verse une somme tous les mois sur un compte ouvert à mon nom. Je n'y touche pas. Je veux bien vendre mon corps à tout le monde, mais pas à mon père : il ne pourra jamais racheter ce qu'il a fait. A moi. Aux autres.

Elsa. Maman. Elle est morte quand j'avais 6 ans. Elle s'est habillée très élégamment, comme pour partir en voyage : tailleur Chanel, manteau en cachemire, écharpe Vuitton. Elle a recouvert le lit d'une bâche en plastique, elle s'est allongée sur la bâche et s'est ouvert les veines.

C'est moi qui ai découvert le corps. Je le sais parce qu'on me l'a dit, mais je ne m'en souviens pas. Avec le psy, on a travaillé là-dessus. Mais je ne m'en souviens toujours pas.

Comme ma grand-mère vivait avec nous, c'est elle qui s'est occupée de moi. Elle ne m'a jamais interdit de fouiller dans les penderies, de m'affubler des fringues de ma mère, de me maquiller des heures durant devant ma coiffeuse. Elle espérait peut-être que ressembler à une fille me mettrait hors d'atteinte du désir paternel. Je crois surtout qu'elle s'en foutait. Elle buvait. Elle n'était jamais saoule, non, mais jamais à jeun non plus. Un vrai cauchemar pour les domestiques.

Le taxi s'est arrêté sans que je m'en rende compte, je règle la course avec la monnaie de Diana. J'achète un bouquet de violettes au marchand en plein air qui s'abrite tant bien que mal de la pluie sous son auvent en tôle ondulée. La réceptionniste me fait un grand sourire et me dit que ma grand-mère va bien. Juste un peu fatiguée. Mais à 83 ans, c'est normal. « Et votre bras, mon Dieu, qu'est-ce qui vous est arrivé ? – Escalier… – Oh ! la la ! Pas de veine ! – Et oui, c'est la vie… »

Dans le couloir qui sent le médicament, je croise un vieillard qui avance péniblement en poussant son déambulateur, la respiration sifflante. Des larmes coulent sur ses joues ridées. Je détourne les yeux.

Je cogne à la porte de la chambre, personne ne répond, j'entre. Elle est couchée dans son lit, drap remonté jusqu'au cou, ses cheveux blancs rassemblés dans l'impeccable chignon que je lui ai toujours connu. Elle tourne la tête vers moi.

– Je ne veux pas de piqûre.

– C'est moi, Elsa. Tiens…

Je lui tends les fleurs. Elle les observe, puis sourit.

– « La violette à son papa est plus précieuse qu'une rose », récite-t-elle d'une voix enfantine.

Violette, c'est son prénom. Je l'embrasse sur la joue, elle pose sa main sur mon bras valide.

– Il faut que tu le quittes, Elsa.

– Je sais, ne t'en fais pas.

– Il est dangereux. Il…

Elle ne finit pas sa phrase, ses yeux roulent dans leurs orbites, ses doigts se crispent. Est-ce qu'elle se souvient que, par son silence, elle a été complice de mon calvaire jusqu'à ce que je m'enfuie, à 16 ans ? Est-ce qu'elle se souvient des cris et des sanglots de son petit-fils, de l'enfant tapi sous les meubles, livide et tremblant ? Je me redresse, je m'assois dans le fauteuil en plastique. La porte s'ouvre, c'est l'infirmière en chef. Je n'aime pas sa gaieté forcée, son air de tout savoir.

– Ah, madame Ancelin, comment trouvez-vous notre Violette ? me demande-t-elle.

– Un peu fanée, lui renvoie-je en minaudant.

Ça la lui coupe. Elle toussote et reprend :

– Elle a été un peu fatiguée avant-hier, mais maintenant ça va bien mieux. Elle a bien mangé à midi, elle a bien pris ses cachets, elle va bien se reposer.

– Eh bien, j'en suis bien contente, approuvé-je avec conviction.

Elle se raidit, subodorant que je me fous de sa gueule.

– Bien, je vous laisse…

Elle est déjà dehors. Je rigole dans ma moitié de barbe. Violette gémit entre ses draps blancs. Je prends sa vieille main ridée entre les miennes.

– Tout va bien, lui dis-je, tout va bien, ne t'inquiète pas.

– Il finira en enfer !

Je ne sais pas si elle fait allusion à moi ou à mon père. Je crois qu'elle a oublié mon existence.

– Beaudoin t'embrasse très fort.

– Le boucher ?

– Non, pas le boucher. Beaudoin, ton petit-fils, ton petit Bo'. Tu te rappelles de Bo' ?

– Il n'est pas beau ! Il est laid ! Va-t'en ! Je ne veux pas le voir !

Je soupire. Un beau soupir, profond et triste, digne de la Dame aux Camélias. Sur la commode en noyer près du mur, il y a des photos dans des cadres. Ma mère, en tenue de cocktail, souriante, debout près d'une Porsche rutilante. Ma grand-mère, les cheveux à peine grisonnants, tenant un joli bébé dans ses bras. Le joli bébé quelques années plus tard, avec ses longs cheveux bouclés, sa salopette unisexe, une poupée Barbie serrée contre son cœur. « Comme elle était mignonne, votre petite-fille, madame Ancelin », dit chaque fois l'aide-soignante.

Ma bouche se remplit toujours de sécrétions acides quand je regarde la dernière photo. Lui. Debout, devant son bureau Empire, dans son costume gris, une main sur mon épaule. Je dois avoir 13 ans. J'ai les yeux cernés. Je ne souris pas. Je porte un bermuda bleu marine, une ample chemise en coton blanche et des tennis blancs. Mes cheveux sont noués en catogan. Mes yeux passés au khôl. Juste avant la photo, il a abusé de moi, là, dans le bureau. Il savait que le photographe du *Figaro* allait venir, ça l'excitait.

Cher père. Ses ardeurs pédophiles ont finalement eu raison de sa situation de chef de service du département pédiatrie de la clinique... Viol et homicide requalifié *in extremis* en « involontaire ». Un tampon d'éther apposé sur le nez et la bouche d'un gamin de 6 ans, pour le faire taire. Le gamin s'était étouffé. Seize ans de réclusion. L'opprobre général. Son nom dans le quotidien local. La pseudo-stupéfaction de ses proches. Le réel dégoût de ses connaissances. L'écroulement de son univers soigneusement compartimenté.

Et moi jeté aux chiens de la Justice pour satisfaire leur appétit de vérité. Moi, dépecé, ouvert, fouillé, encore une fois.

J'ai déposé contre lui. J'ai dit que c'était un salaud. L'expert a énuméré les sévices subis durant mon enfance. Une femme dans le jury s'est mise à pleurer. Je n'écoutais pas. Je le regardais. Voûté, tassé sur son siège. Ses cheveux grisonnants. Sa bouche aux dents impeccables. Ses lèvres. Je me suis rendu compte que je serrais les poings comme pour les écraser contre ses putains de dents en porcelaine. Mais ce n'est pas si facile : je l'avais aimé. J'avais aimé ses caresses. J'avais appris à aimer la souffrance. Je ne pouvais pas tirer un trait sur ce type au regard fuyant. J'étais la chair de sa chair.

– Ce ne sont que des calomnies ! crie soudain grand-mère en se redressant, empourprée.

Elle a perdu la tête peu après que toute l'affaire eut été révélée. Les allées et venues des flics, le cabinet du juge d'instruction, moi, retrouvé au fin fond d'un bordel SM, la presse avide… Elle avait fait front, défendu son fils bec et ongles, mais, une fois la condamnation prononcée, pfuiit… Violette a tiré sa révérence, s'est mise pour toujours hors d'atteinte. Il n'y a pas eu de réconciliation familiale. Pas de pardon.

La porte s'ouvre de nouveau, c'est l'infirmière avec le bassin. Je me lève, j'embrasse grand-mère sur le front, elle se secoue avec dégoût. Je salue l'infirmière et je me retrouve dans le couloir encombré de fauteuils roulants.

La visite m'a cassé le moral. Je décide d'aller voir Maeva-la-Tahitienne. Avec ses 120 kilos et son profil de lutteur de sumo, Maeva n'est pas vraiment crédible en femme, mais ça lui procure un tel bonheur de porter des robes à fleurs taille 58 et de servir café et gâteaux juchée sur des escarpins que ça doit être communicatif. Les types l'aiment bien, surtout les gars du BTP. Elle a un léger accent et elle gazouille, ça doit leur faire poupée des Îles. Et puis, chez elle, il n'y a pas de drogue. Une vraie pub pour la Vitrine Magique, le studio de Maeva. Rideaux en dentelle ornés de chats, napperons brodés main, boîtes à musique en nacre, gadgets culinaires variés, gâteaux faits maison… Tout juste si elle ne leur fait pas enfiler les patins avant de se faire…

Le cache de l'œilleton se soulève et une voix flûtée me lance :

– Si c'est pour les Témoins de Jéhovah, ça m'intéresse pas.

– C'est moi, Bo' !

Elle ouvre la porte, me serre dans ses bras dodus.

– Bo' ! Comme tu es belle ! Entre, ma chérie, entre ! Une vraie princesse ! Tu veux du café ? Il est bien chaud !

– Volontiers, tu es gentille.

Je me pose sur une bergère rustique achetée sur catalogue. Maeva s'affaire dans la cuisine et revient avec un plateau surchargé. Je vois notre reflet sur l'écran éteint de la télé : deux types, un jeune et un moins jeune, déguisés en femmes, jouant de toute leur âme un rôle qui restera toujours un rôle. Grotesque ? Je grignote un biscuit à l'anis pendant que Maeva commente le meurtre de Jésus-Marlène d'un ton indigné. Brusquement, elle pose sa tasse sur la table avec colère, faisant déborder un peu de café.

– Et dire que je l'ai vu, ce type ! Tu te rends compte ! Si j'étais pas partie avec un client, cette pauvre Marlène serait encore en vie !

Je bondis dans mon fauteuil.

– Quoi ? Tu l'as vu ?

– Oui ! On était là à se les geler, au coin des pompes à essence, j'avais mis ma jupe verte fendue, tu sais…

– Et alors ?

– Et alors, elle n'est pas très pratique finalement…

– Non, je veux dire : « Et alors, qu'est-ce qui s'est passé ? »

– Ah oui ! Alors, voilà ce type qui arrive, à pied, avec un de ces blousons à capuchon, tu sais, rabattu sur le visage, et il se dirige vers Marlène et moi. A ce moment-là, il y a un client qui me klaxonne, un régulier, il s'arrête toujours quand il fait Gênes-Marseille, alors je l'ai rejoint. Si j'avais pu me douter…

– Mais comment sais-tu que Marlène est allée avec le type au capuchon ? Il lui a peut-être juste demandé du feu ?

– Non, je les ai vus par la vitre du camion, ils ont tourné derrière la station, sous les eucalyptus. Et quand je suis revenue, il y avait les flics, l'ambulance et tout et tout. Oh ! la la ! Le choc que j'ai eu ! Quand je l'ai vue sur le brancard, la pauvre, avec tout ce sang… Oh ! la la ! Elle vivait encore, tu sais ! J'ai essayé de m'approcher, mais ils m'en ont empêchée. Dire qu'elle est morte toute seule, comme ça, à l'hôpital…

– Tu as vu ce mec et t'as rien dit aux flics ?

– Oh ! les flics… Et puis j'avais pas envie de parler à Paul.

– Paul ?

– Paul Luther. C'est un vrai salaud.

Je note au passage le prénom biblique de notre cher Pasteur.

– Qu'est-ce qu'il t'a fait ?

– Rien de spécial. Il m'a… il m'a manqué de respect.

Elle pince les lèvres et baisse les paupières. J'imagine facilement le grand Luther la traiter de « belle grosse truie » ou de « jolie bonbonne à fleurs » sans se départir de son air onctueux. Je réfléchis un instant en silence. Si Maeva a vu le type, le type a peut-être vu Maeva. Enfin, je dis du bout des lèvres :

– Oui, tu as peut-être bien fait de te taire. Autant que ce type ne sache pas que tu l'as vu…

Elle me regarde un instant, puis son triple menton tressaute.

– Oh ! Tu crois que…

– Ouais, je crois que. T'aurais même pas dû me le dire. Après tout, ça pourrait être moi le tueur !

– Toi, Bo' ? Mais t'es une femme !

– Maeva !

– Enfin, je veux dire… Pourquoi tu tuerais des copines ?

– Je ne sais pas, mais pourquoi je le ferais pas ?

Elle porte une main grassouillette et chargée de bagues à son front mouillé de sueur.

– Tu me donnes mal à la tête, tiens.

Elle trottine jusqu'au bahut rustique assorti à la bergère, y prend une aspirine, s'essuie nerveusement les mains dans une serviette jaune brodée de canards roses et espiègles.

– Ça me fait froid dans le dos… Comment est-ce qu'on peut être aussi salaud ?

La question n'appelle pas de réponse. J'avale une gorgée de café, me tamponne délicatement la bouche. On prend vite les attitudes qui vont avec le costume.

– Quand je pense que je suis peut-être déjà montée avec lui…, reprend-elle en époussetant des miettes imaginaires.

Je garde le silence. Ça me semble improbable. Les trois victimes se ressemblaient : grandes, blondes, minces. Avec de grosses poitrines, y compris Jésus-Marlène et ses Wonderbra rembourrés. Bien sûr, Maeva arbore, elle aussi, une solide poitrine d'obèse enrichie aux hormones, mais ça évoque moins Pamela Anderson que la mère Denis.

– Est-ce que tu sais pourquoi Marlène pointait chez les flics ? je lui demande.

– Marlène ? Notre Marlène ?

– Non, Marlène de la télé.

– Ah bon, tu m'as fait peur.

Malgré moi, je gronde « Maeva ! » et elle me lance un coup d'œil malheureux. Je reprends, plus doucement :

– Oui, notre Marlène. Une fois, je l'ai vue sortir de chez Prysuski.

– Tu t'es pas gourée ? Marlène était nickel. Pas le moindre pépin depuis aux moins trois ans.

– Je l'ai bien reconnue, elle m'a même dit bonjour.

– Je vois pas. Saloperie de temps ! enchaîne-t-elle en jetant un coup d'œil sur la baie. Y aura personne ce soir.

Nous, les putes, c'est fou comme on est accros à la météo. Imbattables sur les anticyclones, les dépressions et les isomètres. Effectivement, la pluie a l'air de s'être installée. Il y a des éclairs au loin sur la mer. Maeva allume une lampe assortie au bahut et à la bergère. Lumière douce, giclées de pluie, saveur douce-amère du café : l'ambiance est chaude et réconfortante. Ça me donne sommeil.

– Excuse-moi, c'est l'heure de mon feuilleton !

Je cligne des yeux, je bâille discrètement derrière ma main. Elle allume la télé. Hurlements de sirène : une voiture de flics, gyrophare allumé, fonce le long d'une plage américaine : grande, propre, avec des filles blondes en bikini, des maîtres nageurs bodybuildés et des surfers à la bouche toujours grande ouverte. Maeva me fait rapidement le résumé de l'épisode précédent : Cynthia a appris que Matt avait passé la soirée avec Sue.

Je prends congé alors que Cynthia dit à Sue qu'elle n'est qu'une garce.

Chapitre 6

Nuit, pluie, froid. Je rentre à pied chez Linda. En passant devant le monument aux mort, je m'arrête pour y jeter une pièce de cinq francs. Le monument aux morts, c'est une fontaine du XVe siècle, près des Carmes. L'eau en jaillit des deux faces d'un Janus en marbre blanc. Un jour, j'ai expliqué la légende de Janus à Stéphanie et elle a décidé que la fontaine serait notre mémorial secret, pour tous les gens qu'on a connus et qui n'ont pas survécu à la maladie, victimes du double visage de l'amour. Le sourire du plaisir et le rictus de la mort.

On y jette toujours des pièces en passant, pour conjurer le sort, mais je ne m'inquiète pas vraiment. Quand j'ai commencé à « vendre mon corps », dans les années quatre-vingt-cinq, quatre-vingt-six, j'ai tout de suite fait attention. Plein de gens étaient déjà malades.

J'arrive chez Linda trempé et gelé. Je monte me défroquer, je me rince le visage, je me rhabille en androgyne. C'est l'heure de Johnny. Je le sens dans tout mon corps. Il vibre. Mon bras me fait un mal de chien, j'avale un des analgésiques que m'a fournis l'interne.

Linda me conseille d'être prudente. Je lui envoie un baiser du bout des doigts. Flic flac, mes pieds dans les flaques. J'achète un paquet de clopes pour amadouer Bull. Le calumet de la paix. Une fois devant chez Johnny, je m'immobilise sous l'Abribus. Deux vieux qui discutent s'écartent comme si j'avais la peste. Bull pointe son mufle au bout de dix minutes. Il s'engouffre dans la pizzeria. Puis c'est Johnny qui sort à son tour et le rejoint. Bon, ils vont bouffer là.

J'attends encore dix minutes et j'entre à mon tour. Reynaldo, le patron, ne m'a pas à la bonne. Il n'aime ni les Noirs, ni les pédés, ni les bébés phoques. Ses trophées de chasse sont accrochés au mur : daim, cerf, sanglier, tous bouffés aux mites et les dents jaunies.

Il est debout derrière le comptoir, il sert des pastis à des potes à lui, nez rouges-grandes gueules. Assis à une table au fond, Bull mastique du pain. Johnny s'est servi un verre de rouge épais. Il le fait pensivement tourner dans son verre. Youssef, le pizzaïolo, me regarde avec mépris. Il partage les opinions de son patron. En apparence, du moins. Je sais que c'est lui qui a tagué « nique ta mère » en vert fluo sur la BM de Reynaldo.

Je m'arrête derrière Bull. Sa nuque rose et épaisse forme des bourrelets. J'aimerais bien y planter une longue épingle à cheveux. Johnny me dévisage sans un mot. Puis il soupire. J'annonce :

– Il y a eu un autre assassinat cette nuit. Un travesti. Éventré.

Avant que Johnny ait pu dire qu'il s'en fout, Bull se retourne lentement.

– Espèce d'enculé, gronde-t-il, comment t'oses te pointer ici ?

– T'es encore fâché ? minaudé-je.

Je lui tends le paquet de clopes. Il me montre sa lèvre amochée.

– T'm'as fais saigner, mec ! T'as fait couler mon sang et t'oses venir t'asseoir à ma table !

Quel sens du mélo ! Un vrai scénariste, notre Bull-terrier.

– J'm'excuse, j'étais plombé.

– Putain, t'es vraiment qu'une salope ! C'est à toi qu'on devrait couper la langue !

– Je m'excuse, je te dis. Je suis désolé.

Je prends conscience de ce qu'il vient de dire.

– Comment t'es au courant ?

– De quoi ? marmonne-t-il en fronçant ses gros sourcils.

– Pour la langue, répété-je en le fixant dans les yeux.

Il détourne le regard.

– Y a pas que toi qu'as des potes dans la police…

Johnny nous interrompt :

– On s'en fout de vos histoires. Hé ! Reynaldo, elles viennent les pizzas ou quoi ?

Reynaldo se retourne vers le pizzaïolo.

– Putain, Youssef, elles viennent les pizzas ou quoi ?

– Elles viennent, patron, elles viennent.

– Elles viennent, Johnny, elles viennent.

– Qu'est-ce que tu t'es fait au bras ? me demande Bull. T'as encore fait chier le monde ?

– Je suis tombé dans un escalier.

– Y a une justice ! gueule-t-il en se versant du vin. Dommage que c'était pas le cou !

– J'essaierai de faire mieux la prochaine fois.

Johnny fait un signe.

– Assieds-toi, ça me fatigue de te voir debout. Je te préviens, je te paye pas à bouffer.

Je sors un billet de cent. Les pizzas arrivent. J'en commande une au saumon. Youssef ne réagit pas. Johnny lui répète ma commande ; il hoche la tête et s'en va.

– Tu sais pas parler aux mecs, murmure Johnny d'un air rêveur.

Bull me tape dans le dos.

– A force de se prendre pour une nana, ce pauvre Bo', y range ses couilles dans son soutif !

Il rit tout seul. Johnny examine sa pizza aux anchois.

Écarte une olive. J'observe ses mains. Puissantes, avec des ongles bombés, coupés ras, très propres. Des pouces larges, aux phalanges carrées. Le genre de pouces à écraser les carotides. Paumes larges et lisses, aux lignes de la main presque indiscernables. Des mains en latex. Johnny tout entier évoque un homme en latex. Une créature séparée des autres êtres humains par un film plastique invisible. Ne jamais le présenter à Axelle.

Ma pizza arrive, cramée. Youssef me défie du regard. Je ne dis rien. Je n'ai pas très faim, je n'ai pas l'habitude de manger aussi souvent. Bull nous décrit ses rapports avec une fille qu'il a levée près du lycée. Une gamine à qui il apprend l'art de la fellation à l'arrière de son Express. Je me dis à part moi qu'avec un tel professeur ce sera une piètre concurrente. Ça me rappelle le bahut. J'avais la réputation d'être la meilleure de toutes les secondes. Les filles étaient jalouses. Une fois, il y en a une qui m'a sauté au visage, toutes griffes dehors. Les mecs se bidonnaient à mort. Elle a failli m'arracher un œil, je saignais comme un porc, il a fallu trois pions pour nous séparer et après on m'a viré en conseillant à mon père de m'emmener chez un psy. On ne pouvait pas continuer à accepter en classe un élève mâle qui se vernissait les ongles, se rimmelisait les cils, arborait des pendentifs d'oreilles dignes de Liz Taylor et traversait la cour en se déhanchant comme un top model.

Au comptoir, les tueurs de sangliers s'échauffent. Leurs groins s'allongent et s'illuminent. Les plaisanteries se font salaces, les rires grasseyent, les inévitables histoires de pédés fusent. Beuglements de bonheur chez les porcs à deux pattes. Comme quoi, il suffit de pas grand-chose pour être heureux. Je dois être drôlement con pour ne pas y arriver. Johnny a fini de manger, il a gaspillé la moitié de sa pizza, il jette du fric sur la table, se lève.

– Allez, salut la compagnie.

Je suis déjà debout, je laisse un billet près de mon assiette et lui emboîte le pas. Bull marmonne :

– Putain, vous vous tirez comme ça, les mecs, merde !

Johnny pousse la porte. On se retrouve dehors sur le trottoir mouillé. Il se retourne et me regarde.

– J'ai rencontré une femme, me lâche-t-il tout à trac.

La douleur me descend jusqu'aux chevilles.

– Une vraie femme, précise-t-il. Avec tout ce qu'il faut où il faut.

Je me retiens au mur crépi, je balbutie :

– Qui c'est ?

– Qu'est-ce que ça peut te foutre ? Une femme. Elle me plaît. Je lui plais. Alors, tu gicles.

– Je te demande pas de m'aimer.

– Tu me demandes de te laisser m'aimer et ça me fait chier. T'es toujours après moi comme un clébard. Ça me donne envie de te foutre des coups de pied. Tu me rends méchant, Bo'.

C'est drôle, cette conversation devant la pizzeria, à se dire des trucs importants pour la première fois. A se regarder dans les yeux. Les siens clignent. Il ment. Je suis sûr qu'il ment. Il dit ça pour se débarrasser de moi. Il n'y a pas de femme, enfin… pas de femme qui compte. Je l'ai vu agir avec les femmes. Il ne les aime pas. Il n'aime personne. Et s'il me ment, c'est parce que je représente quelque chose pour lui. On ne ment pas au néant. Je me raccroche à cette idée pendant que Johnny commence à marcher, un pied dans le caniveau un pied sur le trottoir, faisant gicler l'eau devant lui comme un gosse.

– Comment elle s'appelle ?

– Ça ne te regarde pas. Il n'y a que moi qui ai le droit de prononcer son nom.

Cherchant désespérément une méchanceté à lui dire, je lance :

– Elle va peut-être se faire descendre cette nuit.

– Ce n'est pas une pute.

– Qu'est-ce qu'elle fait ?

– Elle m'aime. Bon, je crois que nos routes se séparent ici, Bo'.

Il ouvre la portière de la Toyota. Je la contourne rapidement pour me trouver du côté du passager.

– Désolé, mais j'ai un rencard.

Il se glisse derrière le volant et démarre. Je cours derrière la voiture, je m'accroche à la poignée, je tombe à genoux, je sens mes jeans se déchirer, la route me râper la peau, je pends à la portière, désarticulé, mon bras blessé cogne sur le sol, je serre les dents, il prend un tournant, me projette contre un lampadaire. Extinction des feux.

Quand je rouvre les yeux, Bull est penché sur moi. J'ai la tête en compote. Du mal à ajuster ma vision. Sensation de froid sur mon bas-ventre. Il a débouclé mon jean. Et il tient son cran d'arrêt à la main. L'enfoiré ! Avant que je l'aie décidé, mes deux genoux lui remontent en plein dans la gueule, il tombe à la renverse, je roule sur le côté, je lui décoche un coup de pied entre les jambes, il couine, un autre dans le ventre et un autre et un autre, il gueule : « Arrête, Bo', merde, je rigolais, arrête ! », mais il prend pour Johnny, pour mon père, pour tous les cons de la terre, et je crois que je l'aurais tué si une main ne m'avait pas obligé à m'arrêter.

C'est Youssef, il parle bas, le regard fuyant :

– Casse-toi, le patron arrive !

Il me relève. Bull gémit, roulé en boule. Le sang dégouline le long de mes joues, j'ai dû m'ouvrir le front contre le lampadaire. Je pars en crabe dans les ruelles sombres de la vieille ville, tandis que le patron et ses potes poussent des cris d'orfraie en découvrant Bull.

En voyant mon reflet dans une vitrine, je me dis que je n'ai vraiment plus qu'un très lointain rapport avec l'élégante Elsa de cet après-midi. Par les déchirures de mon jean tout taché, on voit mes genoux écorchés. Une manche de mon sweat est décousue. D'une entaille au cuir chevelu, le sang a coulé, barbouillant mon visage d'une pellicule poisseuse. Avec mon bras en écharpe, j'ai tout d'un accidenté. L'éclat d'un gyrophare me pousse dans un renfoncement sombre : aucune envie de m'expliquer avec des flics. La voiture passe lentement devant moi : ils font gaffe à ne pas érafler les portières contre les murs resserrés. Ils tournent le coin de la rue, je sors de ma cachette et regagne le bar de Linda.

Exclamations, amicales admonestations, eau oxygénée, Mercurochrome qui me dégouline sur le front, je regagne la mansarde, vanné. En enlevant mon sweat, je découvre que je suis couvert de bleus. Se cramponner à une voiture en marche est une nouvelle façon de se faire mal que je ne connaissais pas. Tout blanc avec ces taches bleu-noir, je ressemble à un léopard des neiges, y compris les côtes efflanquées. Et comme le léopard, je me pieute seul et grelottant sur le sommier défoncé, le bras blessé ramené sur la poitrine et l'autre sur les yeux.

Agréable tiédeur. Je repousse la couverture. La pièce est baignée de soleil grâce à la lucarne qui ouvre dans le toit. Une mouette passe en piaillant, pressée. J'aperçois son ventre blanc et rond, ses petites pattes palmées. J'aime bien les mouettes.

Je me redresse avec précaution. Pulsations derrière les sourcils. Ça se calme. Je m'étire au maximum, éveillant tous les points endoloris : ça fait circuler le sang. Je me rince la bouche, me rase la joue gauche, tâte précautionneusement l'entaille sur le sommet de ma tête. Une croûte sèche s'y est formée. J'appuie un peu, ça ne saigne pas. Je tamponne avec de l'alcool à 90°, par sécurité – l'alcool à

90° et moi, c'est une longue histoire d'amour. Je me rhabille tant bien que mal avec des fringues propres : treillis kaki, T-shirt vert à manches courtes à cause du plâtre, large blouson en Nylon orange qui dissimule ma minipoitrine. Une tenue ambiguë qui convient à mon humeur : je n'ai pas le cœur à me maquiller et le reste, alors que Woody Woodpecker se déchaîne entre mes deux oreilles. Je descends lentement, comme le vieux que je ne serai jamais si j'en crois Mossa.

En bas, Linda est en train de briquer le percolateur. Les premiers clients sont partis au boulot. Les vieux poivrots se sont installés pour la belote, leurs cabas pleins de provisions à leurs pieds.

Linda a l'air soucieuse. Elle m'apporte un expresso, s'assied à côté de moi les sourcils froncés, pendant que Laszlo se plonge dans *L'Équipe*.

– Les flics te cherchent, m'annonce-t-elle à voix basse.

– Moi ? Merde, mais j'ai rien fait ! Ce con de Bull, il a eu ce qu'il méritait ; c'est un pourri, ce mec.

– C'est pas à cause de Bull. Il a refusé de porter plainte. Tu vois qu'il est pas si pourri que ça. Et c'étaient pas des uniformes, c'étaient deux mecs en costard.

– Le FBI ?

– Ha, ha, ha ! Très drôle. Tu devrais téléphoner à ton copain Mossa. Il t'affranchira.

– Ce n'est pas vraiment un copain.

– Arrête, il t'adore !

– Tu crois qu'il accepterait de m'épouser ? Ça m'éviterait de venir faire la plonge dans ce boui-boui.

– Tu tiens la grande forme, je vois.

– Ouais, chaque fois que j'ai une conversation intime avec un réverbère, ça me redonne du punch.

Elle me flanque une claque sur l'épaule et va trinquer avec le facteur qui vient d'entrer. J'hésite près du pointphone, puis je me fends d'une pièce. Le numéro du commissariat, je le connais par cœur. Au bout de dix minutes et trois autres pièces, j'ai Mossa en ligne.

– C'est Bo'.

– Pas trop tôt ! Faut que tu ramènes ton cul par ici.

– Qu'est-ce qu'il se passe ?

– On t'expliquera, me répond-il sobrement.

– Mais j'ai rien fait !

– Alors, tant mieux.

– Et si je viens pas ?

– Il faut que tu viennes, Bo'. Disons qu'on a besoin de ton témoignage.

– A propos de quoi ?

– Je n'ai pas l'intention d'en parler au téléphone et en plus ce n'est pas de mon ressort. C'est Luther qui veut te voir.

Le Pasteur ? Pourquoi diable le Pasteur voudrait-il me parler ? Ça me fout les jetons. L'idée affreuse que Johnny est mort me traverse l'esprit. Mossa raccroche en me lançant : « Magne-toi. » Je reste debout, le combiné à la main, puis, « mû par un sombre pressentiment » comme on dit dans les romans, je quitte le bar pour me rendre au commissariat.

Derrière l'église, je croise Youssef, qui fait semblant de ne pas me voir. Je crie à tue-tête :

– Youssef chéri !

– Ta gueule ! me lance-t-il en regardant de tous les côtés.

Puis il ajoute, sans ralentir :

– Les flics sont venus hier soir, ils voulaient emmener Bull à l'hosto, Bull voulait pas, heureusement qu'y'avait Johnny, il a tout arrangé et il a aidé Bull à rentrer chez lui.

– Johnny ?

– Ouais, il a vu passer la voiture de flics, alors il a fait demi-tour. Putain ! Ce qu'il a pu se marrer quand le patron lui a dit que c'était toi qui avais massacré Bull...

Et, sur ce, il s'engouffre dans l'entrée d'un immeuble vétuste et me claque la porte au nez. C'est celle du Centre médico-psychologique. CMP. Ça sonne un peu comme MP, Military Police. Je trace. Si Johnny est revenu voir ce qui se passait, c'est qu'il était pas si pressé que ça de retrouver sa meuf. Première pensée agréable de la journée.

Au moment où je vais traverser l'avenue, une vieille dame cassée en deux m'agrippe par le bras et me demande si elle peut traverser avec moi. Je lui dis : « Oui, on y va. » Elle avance si doucement que j'ai peur qu'on se fasse écraser. Une fois saine et sauve de l'autre côté, elle me remercie dix fois. Ça me fait mal au ventre de l'imaginer en train de se dépêcher de toutes ses forces pour être sur le trottoir avant que le feu change de couleur, ça me fait mal au ventre de penser aux efforts qu'elle doit déployer pour simplement aller s'acheter du pain. Qu'est-ce qui t'arrive, Bo' ? C'est la perspective d'affronter le Pasteur qui te rend si sensible ?

Au commissariat, rien n'a changé depuis la veille au matin. Agitation, stress, fumée, café. Un planton mal rasé me dit de grimper au troisième. Je gagne le bureau du Pasteur le cœur battant, le crâne en compote, avec l'angoisse irraisonnée de sortir de là avec des menottes.

Le Pasteur est en train de taper sur le clavier d'un gros ordinateur. Il lève les yeux vers moi, les rabaisse vers l'écran. Je reste debout, muet. La pièce est petite, claire. Une armoire métallique déborde de dossiers soigneusement étiquetés. Boîte à disquettes avec serrure posée sur le bureau en stratifié blanc. Grand presse-papiers en verre transparent en forme de Ferrari. Stylo Mont-Blanc posé sur une ramette de papier blanc. Par la fenêtre, je vois un palmier qui balance ses palmes et une femme qui étend son linge.

– Assieds-toi.

Curieux comme personne ne me vouvoie jamais. Je m'assois sur une chaise en plastique beige, il détaille ma tenue : apparemment l'orange vif n'est pas sa couleur préférée.

– Beaudoin Ancelin ?

J'acquiesce.

– Né le 17 mars 1970 à Menton ?

Même jeu. Comme s'il ne le savait pas !

– Tu tapines toujours ?

Ah, on y vient.

– Non. J'ai arrêté depuis que je suis sorti de taule.

« Aucune envie de retourner là-bas pour m'être tapé un beauf en goguette derrière un palmier », pourrais-je ajouter.

Il pianote sur son clavier, soupire, fait craquer ses longs doigts. Se penche vers moi. Je manque crier « Heil Hitler » dans mon souci de bien faire.

– Où t'étais cette nuit ?

Je me sens glacé. Ça pue le piège à cons. J'essaie de réfléchir à toute vitesse.

– Pourquoi ?

– C'est là que t'étais, à « pourquoi » ? Et c'est où, ça, tu veux bien me le dire ?

Il me dévisage de ses yeux perçants enfoncés sous les sourcils. Je décide que ça ne sert à rien de mentir puisque je n'ai rien fait.

– J'étais chez Linda.

– Linda ?

– Le bar-tabac Aux Copains, rue des Pénitents-Blancs.

– T'as passé la nuit là-bas ?

– Oui. Je ne savais pas où dormir. Linda m'a proposé de rester.

– Pas de domicile fixe ? Pourtant, t'as une adresse là-dessus…

Il me montre son écran.
– Je pouvais plus payer le loyer, j'ai dû partir.
– Et tu l'as pas signalé à ton contrôleur ?
– Il est en réanimation.
– Tu trouves ça drôle ?
– J'ai oublié de le lui signaler.
– Bon, on s'en fout. Ce que je veux savoir, c'est si quelqu'un peut confirmer que t'as passé la nuit là-bas.
– Oui, Linda.
– Tu y es arrivé à quelle heure ?
– Je sais pas, vers 11 heures, minuit…
– Et avant ça ?
– J'ai mangé une pizza chez Reynaldo, avec des amis.
– Des amis ?
– Des connaissances, quoi.
– Cargèse et Belmonte, énonce-t-il avec toute la jovialité d'un entrepreneur de pompes funèbres.
Il est donc au courant. Je n'arrive pas à penser autre chose que « Johnny est mort, on l'a tué, et il croit que c'est moi ». Les mots fusent entre mes lèvres sèches :
– Il s'est passé quelque chose ?
– Perspicace, la petite Bo' !
Je ne réagis pas. J'attends.
– Un de tes copains s'est fait descendre.
Je le savais ! Chute vertigineuse de mon cœur dans mon estomac.
– Raymond Makatea.
Surpris, je répète :
– Makatea ? Je ne connais pas.
Il a un sourire de pasteur coinçant un fauteur récidiviste.
– Mais si, tu connais. Ta copine Maeva.
Maeva ! Ce n'est pas possible ? Hier après-midi encore…
Je m'entends demander d'une voix chevrotante :
– Mais quand ?

– Cette nuit. Quelqu'un se l'est faite au couteau. Une vraie boucherie.

– Oh ! non !

Bref silence. Je suis sous le choc. J'ai du mal à assimiler qu'on ait pris le café ensemble moins de vingt-quatre heures auparavant et qu'elle soit morte. Assassinée, qui plus est. Puis je me souviens qu'il m'a demandé où j'avais passé la nuit. Je relève la tête.

– Mais pourquoi…

Il finit ma phrase à ma place.

– Pourquoi on a pensé à toi ? Tu dois bien avoir une idée.

– Aucune.

– Quand est-ce que tu as vu Makatea pour la dernière fois ?

Ne pas parler de ma visite d'hier après-midi.

– Je sais pas, deux ou trois jours.

– Où ça ?

– Dans la rue, je crois.

– Ça t'a pas marqué ?

– Non. On se voyait souvent.

Il m'adresse un sourire de requin apercevant un nageur blessé.

– Trop souvent ?

– Non, normal. Merde, expliquez-moi !

– Reste polie, ma biche. Vous vous entendiez bien, Makatea et toi ?

– Mais c'est dingue ! Pourquoi vous me demandez ça à moi ?

– Devine.

– Deviner quoi ? ! J'ai rien à voir avec ça !

– Tu viens pas de tirer trois ans pour avoir poignardé quelqu'un ?

– Mais ça n'a aucun rapport ! Le mec m'avait attaqué !

– C'était quand même un meurtre, ma poule. Si chaque

fois que quelqu'un te menace, tu pètes les plombs... Après tout, peut-être que Makatea t'avait menacé ?

Outré, je me laisse aller à hausser la voix :

– C'est pour ça ?! C'est à cause de ça que vous me soupçonnez ?!

Il lève la main.

– T'excite pas, c'est mauvais pour le teint. A vrai dire, si je t'ai fait venir, c'est pas à cause de ton petit séjour au frais.

Silence. Accouche, connard !

– Non, c'est juste parce qu'il y avait ton nom écrit sur le mur, enchaîne-t-il, l'air ravi du mec qui trouve un spécimen dans son piège à souris.

– Sur le mur ? répété-je sans comprendre.

– Hmm, hmm. Écrit avec du sang. Le sang de Maeva, précise-t-il en faisant craquer ses longs doigts pâles.

J'en reste bouche bée, puis je parviens à articuler :

– Mon nom ?

Il acquiesce, tout souriant :

– Hmm, hmm. B O. Juste ces deux lettres.

J'ai l'impression qu'on m'a rincé le cerveau à l'eau de vaisselle. Pour quelle raison Maeva aurait-elle écrit mon nom avant de mourir ?

– Elle voulait peut-être écrire « Boris », dis-je.

– Ouais, ou « Bonsoir », ou « Belle Ordure ». Mais vu que tu t'appelles Bo' et que tu la connaissais...

Les mains épiscopalement jointes, il laisse sa phrase en suspens. Je proteste :

– Mais pourquoi est-ce que j'aurais assassiné Maeva ! On était amis.

– C'est presque toujours les amis qui s'entre-tuent. Vous étiez amants ?

– Pas du tout. Franchement...

– Ouais, je me doute que c'était pas ton type.

Ombre de sourire méchant suggérant à quel point Maeva

était moche. Quel dommage qu'on ne puisse pas frapper impunément un officier de police ! Est-ce qu'il pense sérieusement que je suis impliqué dans ce meurtre ? Et d'abord, comment l'aurais-je commis ? Je lui montre mon bras.

– Pas très pratique, un bras dans le plâtre, pour poignarder quelqu'un…

– Tu ne peux pas imaginer ce dont est capable un type pris de folie homicide. Parce que t'es bien toujours un type ?

Je hoche la tête en l'abreuvant mentalement d'insultes choisies. Il pointe son stylo vers mon bras :

– Le bras gauche, c'est ça ?

– Le poignet gauche.

Pour qu'il n'aille pas supposer que c'est bidon, je précise :

– On m'a plâtré à l'hôpital…

– Je me souviens, t'étais dans le hall, avec Son Altesse… T'es gaucher ? ajoute-t-il.

– Non, soupiré-je.

Bref sourire reptilien. Il tapote la pile de feuilles blanches avec son Mont-Blanc.

– Bon, t'as pas de questions à me poser ?

– Si, mais je ne pense pas que vous me répondrez.

– Pose toujours.

– L'heure de la mort ?

– Vers minuit, 1 heure. Les voisins n'ont rien entendu.

– A minuit, en général, elle bosse.

– Il pleuvait à verse. Makatea n'est pas sorti hier soir. On le sait parce qu'il a invité sa voisine à dîner, une veuve de 84 ans qui n'a pas la langue dans sa poche. Elle nous a dit aussi qu'il avait reçu une visite dans l'après-midi. Une femme très élégante. T'as une idée ?

Je me demande s'il se fout de ma gueule. Mais non, il ne sait pas. Je hausse les épaules pour lui signifier mon ignorance.

– La veuve et ta Maeva ont mangé une daube-polenta, reprend-il, et regardé *Colombo* à la télé. La vieille est rentrée chez elle vers 11 heures et s'est endormie tout de suite parce qu'elle avait pas mal bu et qu'elle n'a pas l'habitude.

– Elle sait que Maeva n'est... n'était pas une femme ?

– Tout le monde le sait. J'aime pas dire du mal des morts, mais avec la gueule qu'il avait...

– Et personne n'a rien entendu ? Vous dites qu'elle a été tuée à coups de couteau. Elle a dû se débattre, crier !

L'idée de Maeva saignant à mort dans son joli salon me fait mal au cœur.

– L'appartement d'en dessous est vide, ils sont partis en vacances, me répond-il. Le tueur est entré sans effraction ; on suppose donc qu'elle lui a ouvert. A peine entré, il lui a tranché la gorge, d'un coup, chlac... Elle ne pouvait plus crier. Mais elle n'est pas morte tout de suite. Il a eu le temps de lui filer une vingtaine de coups de couteau un peu partout.

Je ne veux pas écouter. Je ne veux pas savoir. Je ne veux pas imaginer Maeva essayant d'empêcher le sang de jaillir de sa gorge en se traînant sur le tapis, essayant de crier pendant qu'un tueur fou s'acharne sur elle... Elle voit la lame descendre, s'enfoncer en elle, encore et encore, la putain de trouille et de douleur folle... Je ferme les yeux. Avec tous les films qu'on voit, rien de plus facile que d'imaginer une scène de crime comme si on y était. Imaginaire pollué. Même si je ne veux pas, je la vois, agonisante... mais plongeant ses doigts dans le sang qui gicle et écrivant mon nom sur le mur ? Ça ne tient pas debout.

Le Pasteur s'est tu et m'observe.

– Tu as quelque chose à me dire ?

– Non. Je ne comprends pas. Pourquoi est-ce qu'on essaierait de me faire porter le chapeau ?

– T'as peut-être des ennemis..., murmure-t-il, reconnaissant implicitement qu'il ne me soupçonne pas vraiment.

Je ne me connais pas d'ennemis. Pas de vrais ennemis. Je le lui dis.

– Je ne suis pas assez important pour avoir des ennemis.

Il m'adresse un clin d'œil.

– Très joli, je la ressortirai. Une vraie philosophe, notre petite Bo'.

Je déteste qu'on me parle sur ce ton macho-con. On frappe à la porte, un mec lui tend un papier, puis ressort. Le Pasteur lit, lentement.

– C'est le rapport d'autopsie de Jésus Ortega. Pas joli joli. Le tueur avait ouvert le thorax en deux et commencé à faire un peu de ménage à l'intérieur quand il s'est interrompu.

Je serre les dents en essayant de ne pas visualiser la scène.

– Tu le connaissais aussi, Jésus.

Ce n'est pas une question. Il ne va quand même pas essayer de me coller Jésus sur le dos ! Et pourquoi pas tous les meurtres non élucidés depuis que je suis sorti de taule ? Je lui montre de nouveau mon bras.

– J'étais justement à l'hôpital quand on l'a tué. On a vu arriver la civière.

– Ah, oui, c'est vrai. Tu vois, t'es un veinard !

Le téléphone sonne. Il décroche, dit « ouais » deux ou trois fois, puis « attends une seconde ». L'imprimante crache deux feuilles. Il me les tend.

– Signe en bas, c'est ta déposition.

Je les parcours rapidement. Rien à dire. Je signe.

– OK, tu peux y aller. Mais ne quitte pas la ville.

Chapitre 7

Je me retrouve dehors, triste et perplexe. Apparemment, il y a des affaires nettement plus importantes que trois ou quatre meurtres de putes. Dans ce cas, le meurtrier de Maeva risque fort de se la couler douce. Et si c'était le même que le tueur au fendoir ? Mais pourquoi aurait-il changé de *modus operandi* ? Il aurait égaré son fendoir ? Et surtout que signifie le lien avec moi ? Est-ce que Maeva a voulu me dire quelque chose ? Est-ce bien elle qui a écrit ? Il va falloir attendre les résultats de l'expertise graphologique.

Et dans la série des questions : le Pasteur envisage-t-il vraiment que je puisse être un meurtrier ? Va-t-il essayer de me coller ça sur le dos, histoire d'avoir un coupable vite fait et de juguler l'épidémie de gros titres style « Un maniaque en liberté ! » ?

Coup de Klaxon furieux. Je fais un bond de côté. Perdu dans mes pensées, j'ai failli me faire écraser. « Connasse ! » hurle le conducteur. Je lui envoie un baiser du bout des doigts. Coïncidence : mes pas m'ont mené machinalement tout près de chez la pauvre Maeva. Feu Raymond Makatea. L'appeler par son vrai nom, c'est comme penser à un inconnu. J'essaie de me représenter un jeune Raymond, en costard. Dur.

La rue est vide, tout est calme. Les flics semblent avoir levé le camp. Juste comme je passe devant l'entrée de l'immeuble, une vieille dame, emmitouflée dans un manteau gris perle et chargée d'un gros sac à provisions, s'escrime à maintenir la lourde porte d'entrée ouverte. Et si c'était la voisine de Maeva, la veuve ? Je me précipite pour lui tenir la porte ouverte.

– Merci bien, mad... Heu... mons...

– De rien.

– Ah, je n'ai plus une très bonne vue, s'excuse-t-elle.

– Aucun problème, les gens se trompent très souvent.

Elle soulève son sac d'où sortent des blettes, soupire, commence à le tirer vers l'escalier.

Je tends ma main valide vers le sac.

– Je vais vous aider.

Elle est plus petite que moi et lève la tête pour planter deux malicieux yeux noisette dans les miens.

– Vous n'êtes pas un voleur, au moins ?

Je lui offre mon sourire « bambin charmeur ».

– Ne vous inquiétez pas. Je suis un ami de Maeva, la dame du troisième.

Elle devient toute pâle, laisse tomber son cabas, croise les mains.

– Oh ! mon Dieu, vous ne savez pas !

Air étonné de Bo'.

– Quoi donc ?

Elle m'entraîne vers les boîtes aux lettres et m'apprend l'affreuse nouvelle. Je mime l'état de choc sans trop me forcer. Cinq minutes plus tard, elle m'invite à prendre l'apéritif.

On monte l'escalier de concert, lentement, moi avec le cabas, elle en économisant son souffle. Ça me fait tout drôle de me retrouver sur le palier de Maeva, de penser que hier encore je sonnais à sa porte, travesti en Elsa. Aujourd'hui, je suis de l'autre côté du couloir. Une étiquette jaunie punaisée sur la porte de la vieille dame annonce, en italiques violettes : « Louisette Vincent ».

Louisette Vincent me précède dans un trois pièces sombre, encombré de meubles de tous styles et de bibelots qui auraient besoin d'être époussetés. Une télé à coins carrés trône sur un bahut Louis-Philippe. Au mur, un grand cadre avec la photo jaunie d'un homme en uniforme, moustache bien taillée, l'œil charbonneux.

– Fernand, mon premier mari, il était comique troupier, m'explique-t-elle avant de me montrer un autre cadre où un gros barbu en bermuda et toque de maître queux sourit devant une bouillabaisse. Raymond, le second, chef cuisinier. Il est parti il y a huit ans, le pauvre. Il mangeait trop. Mais quel brave homme !

Elle me guide devant un troisième cadre où une jeune femme, vêtue d'une ceinture de bananes et le visage passé au brou de noix, se déhanche en roulant des yeux.

– Et ça, c'est moi. Dans une imitation de Joséphine Baker. J'étais danseuse. Enfin… danseuse de revue.

Je regarde la vieille dame au chignon gris qui me fait face, ses traits ridés, sa blouse blanche à col montant, sa jupe en tweed. Elle me tape sur le poignet.

– Eh oui, on change ! Enfin, tout ça pour dire que j'ai connu la vie, quoi. Alors, Maeva…

– Vous saviez que c'était un transsexuel ?

La vieille secoue la tête.

– Oh, elle n'était pas… Enfin, je veux dire, c'était encore un homme. Porto ou pastis ?

– Porto, s'il vous plaît.

– Asseyez-vous sur le canapé, on voit la mer.

Je m'assois, mais je ne vois pas la mer parce que les rideaux sont tirés.

Elle revient avec un plateau, un carafon et deux petits verres en cristal taillé qu'elle pose sur un guéridon bas en acajou. J'ai l'impression de jouer les jeunes filles de bonne famille dans un drame bourgeois. Elle me demande ce qui est arrivé à mon bras et je sors mon histoire d'escalier pour la centième fois. Puis je bois une gorgée de son porto et la complimente. Elle me remercie, soupire : « Cette pauvre créature... » Je comprends qu'elle parle de Maeva.

– Vous l'avez vue hier soir ?

– Oui, figurez-vous que nous avons dîné ensemble... Vous vous rendez compte...

Elle me raconte la soirée, la dernière soirée de Maeva. Ça correspond à ce que m'a dit le Pasteur.

– Si j'avais su que je ne la reverrais jamais... Sa vie n'était pas facile – vous voyez ce que je veux dire – mais elle avait toujours un mot gentil pour tout le monde. Il y avait bien des messieurs qui lui rendaient parfois visite, mais jamais de scandale, jamais de bruit. Je ne sais pas pourquoi les gens étaient si méchants avec elle. C'est pour ça qu'elle allait faire ses courses à l'hypermarché. Elle ne voulait plus aller dans le quartier parce que les commerçants faisaient des réflexions désagréables. Qu'est-ce que ça peut bien leur faire, aux gens ? Heureusement qu'elle était propriétaire de son appartement, sinon, ils auraient tout fait pour la chasser ! La pauvre créature ! On s'amusait bien...

Elle finit son porto, s'en ressert un autre ; je commence à comprendre pourquoi elle n'a rien entendu. J'imagine leurs douces soirées alcooliques, la pute obèse travestie et l'ex-danseuse devenue veuve et qui s'ennuie. Je lui demande qui a prévenu les flics. C'est elle.

– Je ne dors plus beaucoup, j'ai l'habitude de me lever tôt. Quand je suis sortie à 7 heures pour aller acheter le journal, j'ai vu ces petites taches rouges dans le couloir, elles allaient de sa porte à l'escalier. Je me suis penchée... Oh ! mon Dieu, pas besoin de lunettes pour voir que c'était du sang ! J'ai eu peur qu'elle se soit fait mal, j'ai sonné. Pas de réponse ! Elle m'avait laissé sa clé, au cas où... mais je n'ai pas voulu ouvrir... Oh ! vous savez, j'ai tout de suite compris qu'il y avait eu un malheur ! J'ai toujours été très intuitive… Mon premier mari…

– Et vous êtes revenue ici pour téléphoner ?

– Oui… Je suis tombée sur une espèce de gourde qui m'a tout fait répéter deux fois. Mais après, ils sont arrivés presque tout de suite. Un inspecteur tout en noir, je l'ai pris pour le croque-mort, il a eu l'air vexé. Un homme très poli, mais plutôt froid… Le genre de personnes à qui on évite de marcher sur les pieds. Je lui ai dit que sa tête ne m'était pas inconnue et il m'a dit qu'il était en photo dans le journal la semaine dernière pour le braquage de la Poste.

Ça ne m'étonne pas de notre ami Luther, qui ne rate pas une occasion de se faire mousser. Très médiatique, le Pasteur.

– Et puis d'autres policiers sont arrivés, des techniciens avec des mallettes et des combinaisons blanches, continue Louisette, et un photographe laid comme un pou. Il a photographié les taches et ils les ont raclées avec un machin, pendant que l'inspecteur en noir faisait le tour de l'appartement. Il est ressorti et leur a dit qu'ils pouvaient y aller. Je lui ai demandé ce qui s'était passé.

Sa voix se brise :

– Il m'a dit que la pauvre Maeva était morte. Qu'on l'avait tuée à coups de couteau ! J'en suis restée baba ! Et puis le médecin légiste est arrivé. Un chauve avec des narines comme des calanques. En voilà un qui ne se prend pas pour de la crotte. Après, ils m'ont fait entrer pour que j'examine les lieux. Pour voir si on avait volé quelque chose.

Sa voix s'étrangle à nouveau :

– Elle était là, par terre, et tout ce sang, mon Dieu ! Tout ce sang, et ses yeux ouverts comme si elle me regardait, comme si elle m'appelait au secours… J'ai failli tomber dans les pommes ; l'inspecteur m'a donné un cognac. J'ai dit que tout était en ordre, que rien ne semblait avoir été volé. Les ambulanciers l'ont mise dans un sac en plastique, comme dans les films, zippp ! et l'ont emportée. J'ai dû m'appuyer contre le mur tellement j'avais les jambes toutes molles.

Je murmure quelques mots de sympathie. Elle avale une gorgée, soupire :

– L'inspecteur voulait avoir l'avis du médecin, mais celui-ci ne voulait pas se prononcer. Ils se sont engueulés, avec l'inspecteur. Quel homme antipathique, ce docteur ! Encore un peu de porto ?

– Non, merci, je n'ai pas fini mon verre...

– A votre âge, on ne sait pas profiter de la vie. Et après, c'est trop tard !

J'acquiesce en silence, mon verre en équilibre sur mes genoux. Si rien n'a disparu, il ne s'agit pas d'un cambriolage.

– Et puis, il y avait cette inscription, sur le mur, reprend Louisette. Deux lettres : un B et un O majuscules. « Elle les a tracés avec son sang, certainement », a dit le médecin. Et l'inspecteur a fait : « Ah, vous êtes graphologue, maintenant ? » Moi, je n'ai rien dit, mais je sais qui c'est, BO.

Mon cœur rate un battement.

– Pardon ?

– Oui, je sais qui c'est. C'est une amie à elle. Une bonne amie. Elle m'en parlait souvent. Elle trouvait qu'elle avait de la classe. Une fois, elle m'a montré une photo. Attendez, je l'ai peut-être encore ici.

Elle se lève, farfouille dans un secrétaire bourré de paperasses, revient avec une enveloppe de photos.

– Voilà... Regardez, elles ont été prises l'automne dernier.

Je regarde. Maeva, imposante dans son paréo à fleurs multicolores, les bras surchargés de bracelets, chaussée de sandalettes en cuir blanc, un petit sac en paille accroché à son bras, souriante. Elle tient par le cou une jeune femme hyper maquillée, en minirobe de satin émeraude, escarpins assortis, cascade de cheveux noirs bouclés retombant sur les épaules. Toutes les deux brandissent des flûtes pétillantes de champagne vers l'objectif. Au fond, on aperçoit la station-service. Je me souviens…

Il était 9 heures du soir, elle avait acheté une bouteille de champagne parce que je venais d'être libéré. On s'était bien marrés. C'est un de ses clients qui avait pris la photo, un Italien sympa.

– Vous voyez, claironne Louisette, qui est un peu pompette, c'est BO. Elle a de beaux cheveux, n'est-ce pas ? Comme vous, noirs, bouclés…

Elle se recule, me dévisage, ouvre la bouche, la referme, porte une main à son cœur.

– Oh ! mon Dieu !

– Non, moi, c'est juste Bo'…

Elle ne sourit pas, sa main se crispe sur sa poitrine.

– Vous m'avez fait un de ces chocs… Moi qui croyais… Enfin, la femme sur la photo, je pensais que c'était une vraie…

Je souris.

– C'est la première chose sympa qu'on me dit de la journée.

– Oh ! la la ! Alors, c'était vous !

Je la regarde droit dans les yeux et j'articule nettement :

– Je n'ai pas tué Maeva.

– Mais j'en suis sûre, mon petit ! Pourquoi auriez-vous fait une chose pareille ?

– Je ne sais pas, mais les flics le pensent. Ils pensent que, si on prend la peine d'écrire le nom de quelqu'un sur un mur alors qu'on est en train de mourir, c'est parce qu'il s'agit de votre assassin.

– Elle voulait peut-être écrire autre chose…

– Je ne connais personne qui s'appelle Boléro ou Bocage.

– Parce que vous pensez à un prénom. Mais si c'est le début d'un nom de famille ?

Je reconsidère la veuve joyeuse d'un autre œil. Effectivement, c'est une hypothèse qui se tient. Mais ça signifie de toute façon que Maeva connaissait son meurtrier. Or celui-ci n'a rien volé et on n'a pas parlé de viol. Bon... Le type entre, se jette sur elle et la poignarde. Pourquoi ? Une vengeance ? A qui Maeva aurait-elle bien pu faire du mal ? Comment savoir ?

– Est-ce qu'elle fréquentait quelqu'un ces derniers temps ?

– A part ses... heu... les messieurs qui passaient la voir, non.

Elle réfléchit un instant.

– Il y en a bien un qui venait assez régulièrement, toujours la nuit, je l'ai vu par l'œilleton.

– A quoi est-ce qu'il ressemblait ?

– Je peux pas vous dire, il montait dans le noir. J'ai juste aperçu sa silhouette... de dos.

Maeva n'a jamais fait allusion à un amant sérieux. Mais pourquoi serait-ce un amant ? Pourquoi pas un ex-associé, un ami ? Après tout, j'ignore tout de son passé masculin. De ce qu'elle faisait avant de se mettre à arpenter le trottoir. Je sais tout juste son nom, et encore, c'est parce que le Pasteur me l'a appris.

Je demande à Louisette si Maeva lui parlait parfois de son passé. Elle me dit que non. La conversation de Maeva tournait surtout autour des feuilletons télé et des recettes de cuisine. Maeva était une fervente adepte de la cuisine du terroir et concoctait des plats régionaux que Louisette devait goûter et noter. Le tout accompagné des vins fins que la même Louisette sortait de la cave de son deuxième mari. J'éprouve une petite pointe de jalousie en pensant à ces paisibles soirées culino-télévisuelles bien arrosées. Pourquoi est-ce que je suis incapable de vivre comme ça ? Pourquoi faut-il que je sois toujours en mouvement comme si j'étais perpétuellement en fuite ?

On sonne. Louisette va ouvrir.

– Oh ! Entre, Simone !

Elle revient, précédant une dame de son âge impeccablement permanentée bleu lavande et qui brandit un carton à gâteaux.

– J'avais oublié que Simone devait venir déjeuner... avec cet affreux drame... Ma voisine a été assassinée ! lance-t-elle à Simone qui est en train d'ôter son manteau.

– Le travelo ? ! s'écrie Simone. Quelle horreur ! Il faut que tu fasses changer tes serrures !

– Et moi, il faut que je me sauve ! dis-je en me levant. Merci encore pour tout.

Je prends congé sous l'œil scrutateur de Simone. Le déjeuner ne devrait pas manquer de conversation...

Soleil haut dans le ciel. Impossible de se souvenir qu'il pleuvait hier. Je marche jusqu'à la mer. Des rouleaux blancs d'écume se brisent sur la plage jonchée d'algues. Le vent a forci. Un hors-bord fonce au large. Un avion décolle, lent arrachement. Je distingue le sigle TWA sur son flanc. Destination New York, peut-être.

L'autre soir, avec Linda, on a regardé à la télé une émission sur les transsexuels. Transsexuels-prostitués de la 14e Rue à New York, entre autres. Pas vraiment réjouissant. Plein de types dans mon cas, à divers stades de la grande mutation : hybrides, opérés ou simples travestis. Moi, j'avais commencé à me faire pousser une jolie petite paire de seins, mais j'ai dû arrêter, faute de fric. Quand j'aurai assez d'argent, je reprendrai le traitement et je me ferai opérer. Alors, je serai une femme, légalement. Je m'achèterai toutes les fringues dont j'ai envie et je les porterai la tête haute, parce que j'en aurai le droit. Ça, c'est mon fantasme préféré : quand j'aurai du fric et que je serai opérée. L'avion continue à monter droit dans le ciel, long sillon blanc bien net sur le bleu vif.

Comment font les gens qui se noient en marchant dans l'eau, tout droit vers le large ? Comment font-ils pour ne pas se mettre à nager ? « Ils te ressemblent », me siffle ma méchante petite voix.

Je traverse, je vais m'acheter un hamburger au McDo de la Promenade. Pas besoin de bosser tant que je n'aurai pas fini de dépenser l'argent de Diana et de Johnny. Pas besoin d'avoir la trouille en grimpant dans la voiture d'un inconnu. Pas besoin de batailler avec des cons qui ne veulent pas mettre de préservatif. Le repos, pour mon corps, à défaut de mon idiote d'âme.

Je grignote mon burger en regardant passer les gens, hébété. Je n'arrête pas de penser à Maeva. Au meurtre. A ce connard de Pasteur. Mais qu'est-ce qui a bien pu se passer ? Est-ce que la police est au courant pour le mystérieux visiteur nocturne ? Qui me semblerait un coupable bien plus plausible que moi.

Une phrase de Louisette Vincent me revient en mémoire : « Elle m'avait laissé sa clé, au cas où… mais je n'ai pas voulu ouvrir… j'ai appelé la police. » Il faut que je retourne chez elle, que je lui emprunte cette clé. Que je voie les lieux du crime. Et mon nom sur le mur. Il y aura peut-être un détail, quelque chose qui me permettra de comprendre. Un indice que les flics n'auront pas su ou pu interpréter.

Je cavale jusque chez Louisette, je monte, je sonne. Remue-ménage. Je m'annonce à travers la porte close. Elle m'ouvre, la bouche pleine, la taille ceinte d'un tablier de cuisine. J'aperçois Simone assise à la table, derrière une bouteille de bourgogne bien entamée. J'expose brièvement ma requête à Louisette. Elle acquiesce en silence, se dirige vers le bahut, farfouille dans une coupelle en céramique en forme de poisson et revient avec une clé plate.

– Qu'est-ce qu'il y a ? lui crie Simone en se tordant le cou pour mieux voir.

– Rien, c'est un voisin. J'arrive. Et si la police revient ? me demande-t-elle à voix basse en chiffonnant son tablier entre ses doigts noueux d'arthrite.

– Je dirai que Maeva m'avait confié une clé, ne vous inquiétez pas. A tout à l'heure.

Elle referme la porte derrière moi.

L'escalier est désert. On entend la télé à tous les étages. J'ouvre la porte le plus discrètement possible et je me faufile à l'intérieur. Tous les rideaux sont tirés, mais il fait assez clair pour y voir. Je respire à fond dans la pénombre. Des traînées sombres maculent les murs de la petite entrée. Et il y a une odeur. Forte. Iodée. La célèbre « odeur métallique » du sang ? J'avance avec précaution en évitant d'effleurer quoi que ce soit.

Dans le séjour, un dessin à la craie marque l'emplacement du corps. Devant la baie vitrée. Traces de mains sanglantes sur les vitres. Les doigts sont écartés et les traces glissent vers le bas. C'est là qu'elle est morte. Il y a du sang sur le canapé, sur les fauteuils, sur le tapis. Il a séché, formant une croûte rougeâtre. Je me vois sur l'écran éteint de la télé, debout au milieu de la pièce, le visage masqué par une giclée de sang. Hier, je contemplais notre reflet en train de boire un café. Le joli petit appartement de Maeva n'est plus qu'une coque sinistrement silencieuse et silencieusement sinistre.

Je renifle. Odeur des produits chimiques qu'ont dû utiliser les flics. Odeurs de bouffe avariée. Dans la cuisine, un plat posé sur la table en bois vernis. De la viande hachée crue, du tabasco. Maeva s'était préparé un tartare. C'est la viande qui pue. Elle n'a pas été mise au frigo.

Non, elle ne s'était sûrement pas préparé un tartare à minuit, après avoir dîné avec Louisette. Elle a dû le préparer pour quelqu'un d'autre. Quelqu'un qu'elle attendait ?

Ça expliquerait que la porte n'ait pas été forcée. Un familier, comme disent les journaux. Un familier qui l'appelle pour lui demander s'il peut passer quelques instants. Et Maeva, la mère poule type, se précipite pour lui confectionner un petit quelque chose.

Je retourne au salon. Le silence et la pénombre sont oppressants. Je regarde les murs. Et là, à côté de l'autographe encadré de Nicole Croisille, je vois mon nom. Deux grandes lettres rouges, au tracé tremblotant. Un B et un O, pas de confusion possible. L'idée que c'est écrit avec du sang me donne envie de vomir. Est-ce qu'elle a trempé son doigt dans une de ses plaies béantes ? Je me précipite aux toilettes et je dégueule mon hamburger. Je tire la chasse en espérant que ça ne s'entendra pas dans l'immeuble.

Retour au salon. Ce n'est pas la première fois que je me trouve dans un endroit où quelqu'un s'est fait tuer. Mais il ne s'agissait pas d'un meurtre prémédité. D'un assassinat.

La première fois, c'était dans une boîte. Un type est entré et a tiré sur le barman avec un fusil de chasse. Les bouteilles du bar ont explosé, le barman a reçu une balle dans l'œil, il est mort sur le coup, le sang a giclé sur les gens assis au bar, tout le monde criait et se planquait sous les tables. Moi, j'étais sur scène, en nuisette transparente, en train de glapir : « Où sont les feêêêmmes ? » Je me suis planquée si vite en coulisses que j'y suis arrivée à plat ventre.

La deuxième fois, c'était près du port. Deux types éméchés sont sortis d'un bar. Ils ont commencé à s'engueuler, et puis l'un des deux a sorti un couteau et l'a planté dans la poitrine de l'autre avant de s'enfuir en courant. On remontait la rue avec Maeva, justement, et Stéphanie. Là aussi, il y avait plein de sang, le type blessé vacillait au bord du trottoir une main sur le cœur. Il est tombé en avant, Stéphanie a essayé de le retenir, mais il était trop lourd. Il faisait que répéter : « Mais putain, c'est pas vrai ! Mais putain, c'est pas vrai ! » J'ai couru à la cabine téléphonique. Le type est mort dans les bras de Stéphanie, pendant qu'on attendait l'ambulance. Elle l'a reposé par terre et on a foutu le camp pour pas avoir d'embrouilles avec les flics.

Dans les deux cas, c'était flippant, ça faisait peur, mais ce n'était pas sinistre comme ici. Ici, c'est un tombeau. Un mausolée. Un endroit chargé de souffrance et de terreur. Et les deux lettres de mon nom inscrites sur le mur sont comme deux yeux qui me regardent d'outre-monde.

Secoue-toi, Bo'. Je me secoue. J'ouvre des tiroirs, la main enveloppée dans la manche de mon blouson. Vieux papiers, lettres, factures, tout bien rangé dans des chemises en plastique. Albums photos, coupures de journaux jaunies. Il me faudrait des heures pour trier tout ça. Je prends un paquet au hasard et le fourre dans mon jean.

Un bruit de pas. Ça se rapproche. Des voix. Merde ! Je fonce vers la baie vitrée. Quelqu'un est en train d'ouvrir la porte. Je me glisse sur le balcon et, plaqué contre le mur, je referme le panneau coulissant au maximum.

Des voix d'hommes :

– Cet enfoiré de Spinelli me tape sur les nerfs…

Le Pasteur.

– C'est un vieux con raciste, mais il connaît son boulot.

Mossa.

– C'est un vieux con tout court, reprend le Pasteur. Au fait, l'analyse a confirmé que les lettres avaient bien été tracées avec le sang de la victime.

– Mais on ne sait pas si c'est elle qui les a écrites.

– Ouais, faut que je leur ramène des trucs manuscrits, pour comparer.

La voix de Mossa, plus lointaine :

– Tiens, ici, t'as un paquet de fiches cuisine écrites à la main. Qu'est-ce que cette viande fout sur la table ? Elle est en train de pourrir, ça pue.

– Mets-la dans un sachet plastique, je vais l'emporter au labo, le mec y a peut-être touché.

Mossa, plus près :

– Tu me fais faire des heures sup…

– Dany a la grippe, ce con. 40 de fièvre. Coincé chez lui avec les trois gosses. Et puis, tu connais bien ce milieu. Mieux que moi. Le grand manitou des Mœurs, c'est bien toi, non ?

– Arrête la brosse à cirage, j'suis déjà noir.

Le Pasteur rigole. Mossa reprend :

– Apparemment, Maeva était fâchée avec l'orthographe. Regarde-moi ça.

Il épelle :

– P-a-n-s-é o p-i-n.

– Eh oui, deux millions d'illettrés en France, lâche le Pasteur qui s'en fout. Alors, lieutenant, qu'est-ce que t'en penses ? Tu crois qu'on a affaire à l'agité du fendoir ?

– Hé ! J'en sais rien, moi ! proteste Mossa. C'est possible, vu la langue arrachée.

Je tressaille sur mon balcon. Langue arrachée ? Arrachée ? ! Le Pasteur ne m'en a pas soufflé mot ce matin. Le genre d'atout que les flics gardent dans leur manche.

– Ouais, deux tueurs se mettant à arracher la langue de leurs victimes, ça me semble un peu gros, approuve le Pasteur. On peut toujours imaginer qu'il y a un copieur, mais vu que rien n'a transpiré dans la presse pour les autres, je vois pas comment il aurait pu copier.

– Mais, si c'est le même, il n'a pas agi pour les mêmes raisons, poursuit Mossa. Dépecer une femme à coups de fendoir à viande, ça relève de la compulsion homicide. Ici, ça ressemble à un meurtre utile.

– Hou la ! Scotland Yard, tu peux préciser ta pensée ?

J'entrevois Mossa qui compte sur ses doigts.

– Il n'a pas utilisé son arme de prédilection. Il n'a pas frappé sur un parking, mais il est venu au domicile de sa victime. C'était certainement un familier puisqu'elle lui a ouvert. Tu m'arrêtes si je dis une connerie.

– Non, non, continue, t'as tout bon.

– Bien. Mon opinion est qu'il a cessé de massacrer Jésus Garcia lorsqu'il s'est aperçu que c'était un homme – trop tard pour Garcia, malheureusement.

– Et ça, ça voudrait dire que c'est un tueur impulsif qui ne s'attaque qu'aux femmes, enchaîne le Pasteur.

– Maeva n'était pas une femme et son assassinat était organisé, reprend Mossa. Donc, son meurtre n'a rien à voir avec les pulsions qui ont abouti aux trois autres.

Le Pasteur se marre.

– Tu devrais demander ton transfert au FBI. A part ça, meurtre organisé, c'est vite dit...

– Il lui a tranché la gorge dès qu'il est entré ! T'as vu le sang dans le vestibule ?

– Je sais...

– Putain, on pédale vraiment dans la semoule ! conclut Mossa.

– Tu veux dire qu'on se moule dans la pédale ! réplique le Pasteur.

Aboiements de rires.

– Tu le connaissais bien, toi, ce Maeva ? reprend le Pasteur.

– Il tapinait depuis une vingtaine d'années. Ne se camait pas. Faisait des économies pour se faire opérer un jour. C'est leur saint Graal, l'opération. En fait, c'était une grosse mémère plutôt sympa. Une fois, elle m'a proposé de venir manger une blanquette.

– De la blanquette pour un black, tu crois que c'était une insulte raciale ?

– T'es trop con, Luther.

– Et Jésus ? Qu'est-ce qu't'en pensais ?

– Bof… Le mec qui rampe dans le tunnel sans aucun espoir d'en sortir. Mais pas méchant. Son seul titre de gloire, c'était d'avoir sauvé la vie à Derek.

– Ah, t'es au courant ?

– C'est Marlène qui me l'a dit, un jour où son sang titrait à 12°. Ça datait de quand Derek était aux Mœurs.

– Avant qu'on soit nés, ricane le Pasteur.

– D'après Garcia, Derek se serait trouvé pris dans un règlement de comptes entre dealers. Un des mecs lui a ouvert la gorge au couteau et notre Marlène lui a sauvé la mise en lui faisant un point de compression jusqu'à ce que les secours arrivent.

– Un joli conte de fées.

– Tu crois ?

– Plutôt ! Hé, regarde, un album photos. Je suis sûr que le gros Tahitien, là, c'est ta Maeva.

– Fais voir… Ah ouais, t'as raison. Et là, changement de costume. *Exit* Raymond Makatea, bonjour Maeva… Ça fait drôle de voir un catcheur en minijupe, ajoute Mossa, mais ses clients l'adoraient. Un soir, pendant un contrôle, un énorme routier est venu me dire que j'étais un sale con.

– Ouais-ouais-ouais, tout ça ne nous avance pas beaucoup… Tiens, c'est pas la Bo', là ?

– Oui. Et à côté, c'est un transs' qui se fait appeler Stéphanie. Gros seins et grosse bite, très recherché.

– Et Ancelin, il est opéré ? demande le Pasteur.

Ça me fait drôle d'entendre parler de moi comme si je n'étais pas là.

– Non. Pas encore, répond Mossa que j'entends feuilleter l'album.

– Qu'est-ce que t'en penses ? reprend le Pasteur de sa voix froide.

– De Bo' ? Tu le vois tuer Maeva qui pesait une tonne et demie de plus que lui ? Et puis, pour quelle raison ? Tu le vois se balader la nuit avec un fendoir en guettant les putes ? Et Bo' savait forcément que Jésus était un mec, donc si ta théorie est juste il n'avait aucune raison de l'attaquer.

Le Pasteur soupire, insiste :

– Oui, mais si on considère qu'il y a deux tueurs différents, on peut imaginer que Bo' aurait eu un motif de rancune contre la vahiné. Makatea lui avait peut-être prêté de l'argent et il ne voulait pas lui rendre. Ou piqué un petit ami… Je sais pas, mais il y a toujours des raisons de haïr quelqu'un, même la Sainte Vierge. Et puis il y avait ces fameuses économies. Rien ne nous dit qu'elle ne planquait pas son fric ici.

– C'est même sûr, approuve Mossa. Elle détestait aller se balader en ville. Je l'imagine mal au guichet d'une banque. Ouais, faut peut-être bien chercher du côté du fric. Parce que je pense que ça devait représenter un joli petit magot… Et que, ces derniers temps, elle semblait soucieuse.

– Soucieuse ?

– Préoccupée. J'y ai pas vraiment prêté attention sur le moment, mais ça me revient, répond Mossa. Elle avait des ennuis avec un type…

– Un mac ?

– Non, non. Un truc de famille ou je sais pas quoi, elle a pas voulu me dire.

Par une fente entre les rideaux, je le vois s'accroupir devant l'inscription sur le mur.

– Qu'est-ce que donnent les premiers résultats d'analyse ?

– Que dalle, répond le Pasteur en soupirant. Pas de

sperme, pas de salive, pas d'empreintes, pas de poils, pas de fragments de peau sous les ongles de la victime. Autant pour l'ADN. Le mec a travaillé avec des gants en plastique. Et comme il pleuvait, il y a de fortes chances qu'il ait été protégé du sang par un vêtement imperméable qu'il lui a suffi de rincer dans la baignoire, vu les traces qu'on y a trouvées.

– Donc, certitude à 99 % que c'était un meurtre prémédité visant spécifiquement Maeva, conclut Mossa.

– Et 1 % de chances pour que ta Maeva ait été la victime : *a*) d'un tueur qui s'est trompé de cible ; *b*) d'un type décidé à tuer quelqu'un, n'importe qui, souligne le Pasteur.

Toutes ces informations se télescopent dans ma tête. Mossa est toujours accroupi devant l'inscription. Il se relève, s'étire, touchant presque le plafond du bout des doigts.

– J'y comprends rien. Tu te rappelles le mec qui a flingué trois tapineuses, il y a quatre ans, parce que sa femme l'avait quitté et qu'il voulait se venger sur la gent féminine ?

– Ouais, c'est moi qui l'ai bouclé. Tu penses à un déséquilibré dans ce genre ?

– C'est toi le spécialiste, Luther. Le problème, c'est qu'on ne sait pas si on cherche un mec ou deux.

Ils se dirigent vers la sortie, Luther enfouit un paquet de feuilles manuscrites dans un sachet plastique. La porte se referme. J'attends cinq minutes, par sécurité, puis je rentre dans l'appartement, le cœur battant encore à cent à l'heure. Apparemment, ils envisagent toutes les hypothèses.

Je me tiens un instant debout dans la pièce, essayant de comprendre. Et puis, soudain, je revois Maeva en train de me dire qu'elle a vu l'assassin de Jésus, un type en blouson et capuchon. Ça expliquerait qu'il soit venu lui faire la peau. Non, ça n'explique pas, parce qu'elle n'a rien dit aux flics. Je m'assois sur le canapé, du bout des fesses, et je me concentre en regardant le tapis souillé.

L'assassin de Jésus-Marlène sait que Maeva l'a vu. Mais si elle ne le connaît pas, qu'est-ce qu'il en a à foutre ? Elle dit elle-même qu'elle n'a aperçu qu'une silhouette encapuchonnée. Pour qu'il décide de venir la tuer, ce qui est prendre un nouveau risque, il faut que Maeva le connaisse... Oui, j'y suis : Maeva le connaît ; c'est même pour ça qu'il vient ici si facilement et qu'elle lui prépare à bouffer. L'assassin des autres filles et l'assassin de Maeva ne sont qu'un seul et même homme, et cet homme l'a tuée pour se protéger, parce qu'il ignorait si Maeva l'avait ou non reconnu.

Je me lève d'un bond. Oui, ça se tient.

Non, merde, si le mec connaît Maeva, il sait que c'est un travelo, et donc il sait que Jésus en est un aussi, donc pourquoi l'attaquer s'il ne s'attaque qu'aux « vraies » femmes ?

J'ai la tête en compote. Après un dernier regard autour de moi, je ressors sans bruit. La porte de Louisette s'ouvre aussitôt.

– La police ne vous a pas trouvé ? J'ai eu une de ces peurs ! chuchote-t-elle.

Je lui explique que je me suis caché sur le balcon et que je dois filer. Je lui tends la clé, mais elle murmure :

– Non, non, gardez-la. Je ne veux plus jamais aller là-bas.

Je la remercie, lui dis que je repasserai pour la tenir au courant. Elle m'assure que je serai toujours le bienvenu et rentre chez elle en tanguant légèrement.

Avant de sortir dans la rue, j'observe les environs. Pas de flics en planque, je sors. Je suis surexcité. Il faut que je comprenne !

Chapitre 8

Le soleil est bas sur l'horizon, de gros nuages s'amoncellent à l'est, annonciateurs d'une nouvelle perturbation.

Je marche longtemps au milieu de la foule pressée, me laissant porter au hasard des courants, ressassant tout ce que je viens d'entendre.

Et je bute toujours sur les mêmes obstacles. Rien ne peut expliquer qu'au moment de mourir Maeva ait choisi d'écrire mon nom sur le mur. Et rien ne peut expliquer non plus que son assassin ait sciemment décidé de me compromettre. Sauf si je le connais. Voyons un peu… Je reprends mon raisonnement de tout à l'heure : Maeva et moi connaissons l'assassin. Il panique quand il aperçoit Maeva dans le camion alors qu'il s'éloigne avec Marlène. Il décide de supprimer Maeva de peur qu'elle ne l'ait reconnu. Et de faire porter le chapeau à cette brave Bo'. Jusque-là, ça va.

Mais le hic, c'est que quiconque connaît Maeva ou me connaît, moi, sait que nous ne sommes pas de vraies femmes ; et donc a de fortes chances de savoir que Marlène était un travesti. Donc il faut chercher quelqu'un qui nous connaît sans vraiment bien nous connaître. Donc pas un des habitués.

Pourquoi pas ?

Langues arrachées. Des doigts gantés qui s'introduisent dans une bouche distendue par la terreur et les hurlements, qui saisissent la langue et qui tirent. Flots de sang, contorsions désespérées de la victime. Est-ce que ça s'arrache facilement, une langue ? Les doigts de Johnny dans ma bouche, serrés autour de ma langue, étouffants, le contact du latex contre mes joues, presque sexuel. Et l'arrachement, la déchirure…

Johnny. Et si c'était lui ? Je joue un instant avec cette idée. Et puis je me rappelle Youssef me disant que Johnny avait aidé Bull à rentrer chez lui. Pile à l'heure où Maeva se faisait égorger. Johnny a beau être mon dieu, je ne le crois pas doué du don d'ubiquité. A vérifier quand même, par principe.

Je m'assois sur un rocher, au bord de la mer, et je sors les papelards que j'ai fauchés chez Maeva. Photos de lagons, photo d'une femme qu'un tout jeune et gros Raymond tient par la taille, son visage épais plissé par un sourire triomphant. Une femme ? Tout le monde a droit à l'erreur. Là, un bébé, qui agite les pieds vers l'objectif. Femme ? Bébé ? Une sœur sans doute. Puis des copines de Nice. Des visages barrés d'une croix. Moi, toute gamine, en mini de cuir rouge. Quel maquillage atroce ! Stéphanie au bras d'un comptable qu'elle a mené en bateau trois mois durant en la lui jouant virginale.

Des coupures de journaux relatant des descentes de flics. Les menus drames du trottoir. « Fusillade sur la Promenade. Deux morts. » « Éconduit, il revient se venger avec un fusil à pompe. » « Paillon : la discussion entre proxénètes s'achève à coups de couteau. » De temps en temps, des noms que je connais : « Raymond Makatea, dit Maeva, sans profession. » « L'inspecteur Mossa, de la brigade des Mœurs… » « L'inspecteur Paul Luther nommé inspecteur divisionnaire… » « Le procès Ancelin s'ouvre aujourd'hui à huis clos devant la cour d'assises de Nice. »

Mes doigts tremblent. Un dessin illustre la rubrique du chroniqueur judiciaire. Moi, telle une Mowgli ébouriffée, et le Cher Père, les traits veules, la lippe boudeuse. Maeva ne m'a jamais dit qu'elle avait gardé cet article. Je ne veux pas le lire, je tourne les feuillets, rapidement. « Un policier sauvé par un travesti ! »

Retour en arrière. « Gravement blessé lors d'un règlement de comptes entre trafiquants de drogue, l'inspecteur Derek Prysuski, de la brigade des Mœurs, n'a dû la vie qu'à la présence d'esprit de Jésus G., dit Marlène… », etc. Ce n'était donc pas un conte de fées. Je repense à Marlène que j'ai vu sortir de son bureau l'autre fois… Bon, de toute façon, ça n'a rien à voir avec le reste. Les petites histoires de Derek et de Jésus-Marlène…

Mais, putain, Bo' ! Et si c'était Derek que Maeva avait vu avec Marlène ? ! Et si c'était lui le tueur de femmes ?

Débile : il savait que Marlène était un homme, donc pourquoi le tuer ?

Certes, mais s'il y avait bel et bien deux tueurs comme le suggérait Mossa ? Derek pourrait avoir tué Marlène pour une raison toute personnelle. Et Maeva ensuite parce qu'il avait peur qu'elle le reconnaisse.

Et, pris de remords, il se suicide !

Le seul petit problème, c'est que Derek s'est suicidé *avant* d'avoir commis ces crimes. Et pour agresser Marlène comme pour tuer Maeva, il aurait fallu qu'il sorte du coma.

Je me remets debout, d'assez méchante humeur. Je tourne en rond, faut que je me calme. Cinéma. Voilà. Bien, le cinéma.

Je choisis un film au hasard, avec un beau mec sur l'affiche. C'est l'histoire d'une bande de copains qui tous ont plein de problèmes existentiels : qu'est-ce que l'amour ? qu'est-ce que les femmes ? qu'est-ce que le cul ? Et le beau mec joue comme un pied. Je décroche. Les problèmes existentiels, c'est pas mon truc, vu que c'est mon existence tout entière qui est un problème. Au bout de deux heures de répliques aussi brillantes que de l'argenterie passée au lave-vaisselle, je me retrouve dehors.

Je descends l'avenue sans me presser jusqu'au jardin Albert-Ier. Je fais semblant de regarder les vitrines pour m'occuper l'esprit, sans parvenir à penser à quoi que ce soit d'autre qu'aux événements de la journée. Et, comme un vieux canasson bien dressé, je me retrouve devant le café.

Chez Linda, c'est le coup de feu de la fin d'après-midi. Dans la salle enfumée, les types se dépêchent de boire avant de rentrer chez eux. Il y a la queue devant les cigarettes et les jeux à gratter. Est-ce que Johnny est en train de servir le thé à des mémères permanentées, le petit doigt sur la couture du pantalon ? Je n'aime pas qu'il fasse ce boulot. Je n'aime pas qu'il reçoive des ordres. Les ordres, c'est pour les gens comme moi, ceux qui aiment courber l'échine.

Je m'apprête à monter à la mansarde quand on me tape sur l'épaule. Mossa.

– J'ai du nouveau pour toi, Bo', dit-il. Maeva a reçu un appel téléphonique à 23 h 30. Appel passé depuis une cabine de la place Sainte-Réparate. A deux pas d'ici.

– J'étais rentré, demandez à Linda.

– Linda te fournirait un alibi même si t'avais tué sa propre mère…

Je ne relève pas, je demande :

– Un appel qui a duré longtemps ?

– Trois minutes et des poussières.

– Et vous pensez que c'est lié à ce qui s'est passé après ?

– On pense que le meurtrier, quel qu'il soit, l'a appelée

pour lui demander s'il pouvait passer. On pense que c'était un familier de la victime, quelqu'un qu'elle n'hésitait pas à recevoir tard le soir.

– Vous savez, on vit plutôt la nuit. Minuit, c'est comme qui dirait l'heure de l'apéro.

– Ce soir-là, elle avait dîné, elle ne travaillait pas à cause de la pluie. Remarque, rien ne dit que c'est un mec qui ait fait le coup. Aussi bien, c'est la mystérieuse visiteuse de l'après-midi. La femme classe…

Malheureusement, pour moi, c'est blanc bonnet et bonnet blanc. Linda nous apporte deux autres bocks et nous regarde d'un air interrogatif. C'est pas tous les jours qu'un flic des Mœurs trinque avec un travelo en public. Il est en train de me compromettre, de me donner une image de balance. Mais je crois qu'il ne s'en rend pas compte, qu'il est simplement venu pour me tenir au courant.

– Y'a un problème ? demande Linda en posant les verres sur la table.

– Meurtre, lâche Mossa du bout des lèvres.

Linda me regarde. Je lâche :

– Maeva…

– Oh ! merde, la pauvre ! s'exclame Linda. Quand ça ?

– Cette nuit, précise Mossa, vers minuit.

– Juste après que tu sois rentrée… Heureusement que tu n'es pas allée la voir…, dit Linda, ébranlée.

Je hausse les épaules.

– Dommage, tu veux dire. Le mec n'aurait peut-être rien tenté.

Elle demande d'autres éclaircissements, que Mossa lui fournit obligeamment, puis elle fonce au comptoir prévenir Laszlo. Ils nous connaissent toutes, depuis le temps. C'est un des seuls bars-tabac ouverts tard la nuit et toute la-faune-interlope-de-la-nuit a pris l'habitude de s'y retrouver. De là, on peut rayonner sur la vieille ville, la gare, le port, le quai des États-Unis, la Promenade…

– Tu es sûr que tu ne sais rien qui pourrait nous aider, Bo' ? insiste Mossa.

Je le regarde droit dans les yeux et je dis « non », ce qui est quasiment vrai. Il se lève, jette de l'argent sur la table et s'en va en me recommandant, comme d'habitude, de prendre soin de ma santé. Je finis sa bière et la mienne.

Puis je sors pour guetter Johnny. Je sais qu'il est trop tôt, mais je suis tellement énervée… Et d'ailleurs, non, il n'est pas trop tôt, parce qu'il déboule dans la rue, déjà changé, l'air pressé. Je fonce sur lui, avec l'impression d'avoir la langue pendante comme un caniche en adoration devant son maître. Et Johnny me jette le coup d'œil excédé du maître dont le caniche veut aller pisser.

– C'est pas vrai ! lance-t-il en shootant dans une canette.

– Je peux t'accompagner ?

– M'accompagner ? Mais va te faire foutre, oui !

Je lui emboîte le pas.

– Oh ! non, Bo' ! Tu vas pas recommencer ? Je t'ai dit que j'ai quelqu'un.

– Tu mens.

Il se fige.

– Tu me traites de menteur ?

– Tu mens, Johnny. Je le sais. Je le sais. En moi.

– Mais, bordel, tu veux bien me lâcher !

– Je marcherai derrière, je parlerai pas.

Il fait le geste de s'arracher les cheveux. Puis il se penche vers moi, me saisit à la gorge et me propulse contre un mur.

– OK, Bo', tu veux venir, tu vas venir. Mais tu viendras pas te plaindre.

Il ponctue sa phrase d'une méchante gifle à l'entrejambe, qui me fait l'effet brûlant d'une promesse. Il s'éloigne d'un pas rapide et je trottine pour le rattraper sous le regard interloqué d'une femme en jogging blanc qui promène ses deux lévriers.

Il marche devant moi, sans se retourner, sûr que son esclave le suit. J'aimerais qu'il me promène au bout d'une laisse, avec de petits coups secs pour m'intimer de rester au pied. J'aimerais m'asseoir près de lui et poser ma tête sur ses genoux pendant qu'il lirait le journal sous le cercle jaune d'un abat-jour des années cinquante, comme dans les vieux livres de lecture. J'aimerais, j'aimerais, j'aimerais...

Pour le ralentir, je crie :

– Maeva a été assassinée !

A peine s'il tourne la tête vers moi.

– Qui c'est, Maeva ?

– Ma copine, la Tahitienne. Je te l'ai montrée un soir.

– Ça m'a pas frappé. Elle était mignonne ?

– Pas trop.

– Ah ouais ! Je vois...

– Elle s'est fait assassiner cette nuit. Égorgée.

Cette nuit. Il n'y a même pas vingt-quatre heures. Et cet après-midi, je me trouvais dans son salon puant la mort.

– Dommage pour elle. Mais tu me l'as pas déjà dit hier ?

– Non, hier, c'était Marlène.

– Putain d'hécatombe ! Ils ont peut-être ouvert la chasse sans vous le dire, ricane-t-il.

Il s'est remis à marcher de son pas rapide et lâche du bout des lèvres, par-dessus son épaule :

– Au fait, en parlant de meurtre, t'as intérêt à éviter Bull...

– Je sais. Youssef m'a dit que t'étais allé le border dans son lit.

– Youssef, je l'encule avec son rouleau à pizza. Le Bull, je l'ai aidé à rentrer, il arrivait pas à marcher, la pauvre grosse vache !

Perfide, je lance :

– Ça a dû te mettre en retard pour ton rencard.

Bref arrêt. Sa main droite part en arrière et m'attrape par les cheveux. Yeux couleur ciel plantés dans mes yeux couleur nuit. Frémissement de sa lèvre supérieure. Torsion brutale de son poignet, je me plie en deux.

– Tu sais, Bo', me susurre-t-il, si tu m'emmerdes, je vais vraiment te faire bobo.

Il me lâche, je manque m'étaler, il se remet à marcher. On arrive dans la rue des filles. C'était donc ça... Il s'arrête, se tapote le menton de l'air indécis de la ménagère qui se demande si elle va prendre les six boîtes de thon de 300 grammes à 22 F 40 ou les cinq boîtes de 350 grammes à 22 F 25. Les filles se tortillent et lancent des conneries. Faites qu'il ne choisisse pas Elvira. Il parcourt la rue des yeux et se dirige droit vers elle. Elle en frétille sur place, son gros cul coincé dans son fourreau en latex violet.

Il attend que je l'aie rejoint en détaillant paresseusement ses charmes.

– Alors, Bo', je monte ou tu montes ? lance-t-il avec un sourire enjôleur.

Elvira éclate de rire à l'idée que je puisse monter avec elle. Moi, ça me donne plutôt envie de vomir.

Johnny dévisage Elvira, très sérieux, et Elvira arrête de rire. Il demande le prix. Elle annonce ses tarifs. Il opte pour le spécial. Je me blinde intérieurement. Il peut bien baiser Elvira sous mon nez, je m'en fous. Si c'est tout ce qu'il a trouvé pour me blesser, c'est qu'il n'est pas très en forme. Elvira proteste quand il lui dit que je monte aussi. Mais c'est ça ou rien, dit Johnny, les mains dans les poches. Ça ne la branche pas de m'avoir comme spectateur, mais elle finit par accepter.

On se retrouve dans un studio minable tapissé de noir, vu qu'Elvira fait dans le SM d'opérette. Spots rouges. Grand lit drapé de noir, plutôt avachi. Moquette rouge élimée et brûlée par endroits. Des cravaches pendues au mur. Des chaînes, menottes, pinces et autres outils de travail. Colliers à clous, bustiers, cagoules, il ne manque pas un clou à la panoplie. Rien à voir avec le club où j'ai travaillé après m'être enfui de chez moi : techno à fond, bondage, piercings, fist fucking, etc., dans un décor de bloc opératoire. Et tous ces mecs à moustache... J'avais l'impression d'être à l'armée. Commando spécial X.

A l'époque, je n'avais pas vraiment pris conscience de mon désir de changer de sexe. J'étais convaincue d'être une femme et ça me suffisait. Mais le regard des autres me disait chaque jour que je mentais. C'est à ce moment-là que j'ai décidé de franchir le Rubicon. De recourir aux traitements médicaux. De mettre de l'argent de côté. De partir pour le big voyage sans retour. Bienvenue au *no man's land*, ha, ha, ha !...

Johnny hume l'air comme un clébard : ça sent l'encens, le lubrifiant et l'eau oxygénée. Pratique, l'eau oxygénée : la mère Elvira peut s'en servir à la fois pour nettoyer le paf de ses clients et pour décolorer son duvet. Johnny caresse les menottes, les chaînes. Elvira s'est déjà déloquée, elle est en string noir, les seins écrasés par un bustier lacé assorti. Elle décroche une cravache et la tend à Johnny avec un sourire lubrique. Il la soupèse, la fait claquer dans le vide, puis l'abat sur sa croupe nue. Elle se tord sur le lit en roulant des yeux extasiés, c'est ridicule. Johnny continue à frapper, mécaniquement. Au bout d'un moment, Elvira se retourne :

– Écoute, chéri, si on passait à la suite ?

Johnny ne répond pas et je vois une lueur d'inquiétude dans les yeux d'Elvira. Il se penche sur elle, lui plaque la tête contre l'oreiller et lui enfonce d'un coup sec le manche de la cravache entre les cuisses. Elle se débat, furieuse. Je m'absorbe dans la contemplation de la moquette. Je savais que ça allait merder. Il la lâche ; elle se redresse, rouge de colère.

– A quoi tu joues ?

Pas de réponse. Il examine les instruments offerts et choisit une paire de pinces très douloureuses qui ont l'air toutes neuves.

– Reprends ton fric et tire-toi, t'es trop con !

Le poing de Johnny est parti avant qu'elle ait fini de parler. Elle tombe à la renverse, le nez pissant le sang. Maintenant, elle a vraiment peur. Johnny soupèse les pinces cloutées et me fait un clin d'œil. Je ne comprends pas à quoi il joue. Mais quand il se retourne vers Elvira, celle-ci lui pointe sur la tête un petit automatique noir.

– *Qué pasa ?* s'enquiert Johnny en faisant sauter les pinces dans sa main.

– Casse-toi !

Elle me lance un coup d'œil rapide, le flingue toujours braqué sur Johnny.

– Bo', dis-lui de se casser. Je fais pas les malades.

Johnny écarte les bras, conciliant et menaçant à la fois.

– Tu devrais te reconvertir en nurse d'enfants... Je croyais que c'était sérieux tout ça.

Il montre les gadgets, la chambre, et poursuit :

– C'est sérieux, la souffrance...

– J'ai pas envie de discuter. Je te dis de te barrer.

Je retiens mon souffle. J'entends déjà la détonation quand il va se jeter sur elle. Mais non. Il repose les pinces, hausse les épaules et sort. Son chien Bo' le suit.

– Bo' ! Attends ! me lance Elvira, sans baisser son flingue d'un pouce.

Je ne réponds pas, je trotte derrière Johnny dans l'escalier qui pue le désinfectant.

– Ne va pas avec ce mec, me crie-t-elle, il est dingue ! Bo' ! T'as vu ses yeux ?

Oui, Elvira, je les ai vus. Clairs et bourbeux à la fois. Translucides et opaques. Comme son sourire. Des yeux de cadavre exquis. Ils sont tournés vers moi, justement.

– Elle est conne, ta copine, me dit-il.

– Je ne crois pas. Elle sent quand ça pue, c'est tout.

– Tu dis que je pue ?

– Le mal, ça pue.

Il me regarde avec curiosité.

– Et c'est une odeur que t'aimes ?

– Je suis habitué. Je n'ai pas peur de la merde, la vraie ou celle qui est dans la tête des gens.

– Bo', le chiotte ambulant ! Allez, ciao, je me casse.

– Attends !

Il est déjà loin. J'essaie de le rattraper, mais je me cogne dans la vieille Miranda qui m'agrippe par l'épaule.

– Tou sais ? Por Marrlène ?

Elle en est encore à Marlène ? « Faut suivre le feuilleton, Mamie », je pense, méchant, alors qu'elle me dévisage, affolée, plâtrée de fond de teint jusqu'aux oreilles, sa vieille bouche plissée d'indignation. J'essaie de me dégager, mais elle s'accroche en piaillant :

– On va toutes y passer, tou entends ? Toutes !

Je vois ses iris et je comprends qu'elle s'est administré un petit tonique. Elvira nous a rejointes, entortillée dans un kimono rouge et noir. Eh merde !

Elle allume une cigarette d'une main tremblante.

– Qui c'était, ce mec ?

– Un ami.

– Un ami ? Je pense pas que ce type ait des amis ! Il est complètement louf.

– Il plaisantait.

Elle me regarde d'un air incrédule.

– « Plaisantait ? » Putain ! Bo', t'es vraiment trop conne !

Je me dégage des jérémiades de Miranda et de ses prophéties, du ricanement condescendant d'Elvira, et déambule au hasard dans la foule en essayant d'apercevoir Johnny. J'ai pas bouffé, j'ai la migraine et pas le moral. De toute façon, la soirée est foutue.

Dès que je mets les pieds dans le bar, Linda m'attrape par le bras et m'intime de tout lui raconter à propos de Maeva. Je m'exécute à voix basse. Elle me lâche pour s'occuper d'une table de six qui vient de s'installer et demande des « zpézialidés du bays ». Laszlo se gratte la tête en se demandant si le couscous-brochettes entre dans cette catégorie. Autant aller se pieuter.

Je me jette sur mon lit en pensant que je ne vais jamais m'endormir.

Chapitre 9

Quelle heure est-il ? J'ai tellement faim que j'ai l'impression d'avoir un trou acide à la place du ventre. Je me fais belle et je descends.

Brouhaha, toutes les tables sont prises. L'horloge au-dessus du bar indique 14 heures. J'ai fait le tour du cadran ! Linda me sert d'office une portion d'aïoli et un verre de rosé sur un coin du comptoir. Un peu raide au réveil, mais je n'en laisse pas une miette. Autant terminer sur un cognac. Je me sens nettement mieux. Un vrai prince russe après un gueuleton soigné.

Bon, encore une journée à remplir. En attendant que des envoyés du Pasteur viennent poliment me prier de les suivre. J'ai même pas d'avocat à qui m'adresser. Le seul que j'aie jamais connu, c'est celui de mon père. Un pourri de première, toujours prêt à défendre la cause de la veuve et de l'orphelin en public et à les dépouiller en privé au profit de ses riches clients. Et si j'allais voir Derek ? Il a peut-être repris connaissance ? Qui sait ce qu'il pourrait me dire d'intéressant ?

A l'hôpital, je me dirige droit vers l'aile B que je connais bien. J'y suis souvent venu rendre visite à des malades en phase terminale. Le fait que j'aie un plâtre me permet de circuler à ma guise sans qu'on me demande quoi que ce soit. Je gagne l'unité des soins intensifs. Une famille arpente le couloir, visages fermés, mains nouées. Une infirmière passe, rapide. « Derek Prysuski ? – Chambre 234. » Elle file au bout du couloir jusqu'à une porte d'où s'échappe une sonnerie lancinante.

Je pousse la porte de la chambre 234. Derek est couché sur le dos, la bouche grande ouverte. Son visage est crayeux. J'avance d'un pas. Il me regarde sans réagir. En me demandant s'il est sorti du coma, je lance un timide : « Derek ? »

Pas de réponse.

Je pose une main sur son bras. Aucune réaction.

Je regarde l'écran du monitoring. Qui se met soudain à hululer. Une ligne verte et plate traverse l'écran. Il est mort !

Je ressors en trombe de la chambre. Aucune envie de me trouver là quand l'infirmière va rappliquer. J'emprunte l'escalier de service, pousse la porte donnant sur le palier inférieur et me cogne dans un type qui attend l'ascenseur. Haute stature et cheveux blancs. Putain, le Pasteur ! Je referme la porte sur moi et dévale l'escalier. J'entends la porte s'ouvrir, une voix étonnée crier : « Ancelin ? » Je ne réponds pas, je débouche dans le hall d'entrée comme un boulet de canon et franchis les grandes portes vitrées sans me retourner. Un autobus est à l'arrêt, j'y grimpe d'un bond juste au moment où il démarre. Le Pasteur déboule à son tour sur le parking et regarde autour de lui, perplexe. Je me rencogne sur mon siège, manquerait plus qu'on m'accuse d'avoir tué Derek !

Je reste dans le bus jusqu'au terminus, ça me fait une balade. J'aime bien les couleurs quand le vent souffle. On dirait que la ville est repeinte par Van Gogh.

Après, je m'offre une escale au cybercafé pour décompresser. Axelle est plantée devant un écran.

– *Sick* ! lâche-t-elle en me voyant.

– T'es malade ?

– Non, *Sick*, le film. Happenings sadomaso. Paraît bien.

Je me penche par-dessus son épaule osseuse. Elle sent le déodorant à chiottes. Un bref instant, je me dis qu'elle pourrait parfaitement être une femme en céramique. Elle s'est branchée sur notre site habituel, où on signale la sortie d'un film documentaire relatant la vie de Bob Flanagan, un mec qui est mort à 43 ans de la mucoviscidose et qui, avant ça, a expérimenté tout le registre de la souffrance volontaire.

– On ira le voir ? me demande-t-elle en caressant son implant.

– Bien sûr. T'as pas une clope ?

– Non. T'as l'air bizarre, reprend-elle en plissant les yeux pour mieux me voir. C'est comme, j'sais pas..., c'est comme si t'étais mal ajustée, t'vois ? Les deux moitiés de la tête qui vont pas ensemble.

– C'est pas la grande forme en ce moment. Une amie à moi s'est fait assassiner.

– Je la connais ?

– Tu l'as déjà vue. Maeva.

– La fatwoman branchée napperons ?

– Hmm, hmm. On l'a égorgée.

– Underground City, tout l'monde descend ! lance-t-elle en reniflant nerveusement. Qui c'est qui l'a tuée ?

– On sait pas. Les flics croient que c'est moi.

– Mauvaise secousse, ça. T'sais qu'y vont intégrer des caméras dans les yeux des aveugles ? Cyberman, mec.

Je soupire.

– Ta pote, l'aurait eu ça, paf ! on savait qui est le meurtrier. Comme les boîtes noires des avions, tu vois ? Dommage.

– T'es gentille, dis-je en me levant. A plus.

Retour chez Linda. J'ai l'impression d'être une aiguille de boussole. Faut croire que j'ai vraiment besoin d'une famille. Je blague un peu avec Laszlo et je me prépare à aller m'asseoir au soleil quand on me tape sur l'épaule. C'est Bull, la gueule en compote. Merde, je l'avais oublié, ce con ! Instinctivement, je lève mon bras valide devant mon visage. Mais non, il me désigne un coin de table libre.

– On s'en boit un ?

Tout en me demandant « quand est-ce qu'il va m'en coller une ? », je hoche la tête et on s'assoit. Ça me fait plaisir de voir que je l'ai salement amoché. Il commande deux demis. On boit la première gorgée en silence.

Puis il allume une Gitane, se gratte le front, renifle en m'observant à travers ses paupières enflées. Je sirote ma bière, prêt à lui casser le bock sur la tête au moindre geste suspect. Finalement, il se penche en avant, je sens son haleine de type qui confond brosse à dents et brosse à chiottes.

– La grosse pute qui s'est fait rétamer l'autre nuit, c'était ta copine, la Tahitienne ?

Je plisse les yeux, sans dire ni oui ni non. Il a parlé d'une voix sourde entre ses lèvres tuméfiées. Je me demande pourquoi il ne me massacre pas. Il boit encore un peu de bière, se penche encore plus près, je vois un gros point noir au coin de sa narine gauche.

– Tu sais quoi ? reprend-il. Ça va pas s'arrêter… Elles vont toutes y passer, l'une après l'autre…, murmure-t-il quasi en extase.

Une lueur trouble brille dans ses yeux globuleux. Est-ce qu'il est défoncé ? Ses gros doigts serrent le verre avec force.

– Elles vont être sacrifiées l'une après l'autre.

Il a prononcé « sacrifiées » avec le plaisir d'un académicien utilisant un mot rare. Un frisson me parcourt des pieds à la tête. Et s'il était vraiment au courant de quelque chose ?

– Qu'est-ce que tu veux dire, Bull ? Tu sais qui les a tuées, c'est ça ?

Il se rengorge, sa figure bleuie et boursouflée se plissant de contentement.

– T'aimerais bien savoir, hein, Miss Je-sais-tout ? T'aimerais bien que Big Bull accouche...

Putain ! Hier soir, je défonce la gueule à ce connard et il n'a jamais été plus amical ! J'en déduis qu'il est comme ces gros chiens hargneux qui se mettent à lécher les bottes qui les cognent. Qu'il admire la force et qu'il a peur de moi.

Alors, je me penche à mon tour vers lui, en essayant de ressembler à Al Pacino dans *Scarface*.

– Écoute, Bull, ou bien t'as quelque chose à me dire ou bien t'es qu'une outre pleine de pets, mais t'as dû remarquer que je suis pas très patient... Me fais pas perdre mon temps.

Il aspire une longue bouffée de sa clope, me souffle la fumée dans la figure. On se jauge. Deux animaux face à face, poils hérissés, oreilles couchées en arrière, bouches entrouvertes dégageant les crocs. C'est lui qui se couche.

– J'ai qu'un truc à t'dire, Bo', c'est qu'il va y avoir du sang partout ! On va repeindre les trottoirs en rouge, mon pote !

Je sens mes tempes s'emperler de sueur.

– Comment est-ce que tu le sais ? C'est toi qui les butes ?

Il ricane.

– Moi ? Allez... T'sais bien qu'j'suis doux comme un agneau, moi. Non, c'est l'grand méchant bouc qui les bute !

Nouveau ricanement. Est-ce qu'il se fout de ma gueule ? J'insiste :

– Comment tu le sais ?

– Parce que je l'ai suivi... Parce que je l'ai vu !
– Bull, si tu déconnes...
– J'déconne pas, j'te dis que je l'ai vu !
Et si c'était vrai ? S'il savait ? Je murmure :
– Qui c'est ?
– T'as une minute, Bo' ?
Oh, merde ! Mossa est debout devant nous. Bull finit sa bière d'un trait et se lève. Mossa rigole :
– Hé, Bull, t'es passé sous un dozer ?
Bull ne comprend pas, il lance « ciao » et se tire. Il n'a pas un bon contact avec Mossa, surtout depuis que celui-ci l'a fait plonger deux ans pour le viol d'une gamine en fugue.
– Vous bossez pas ce soir ? demandé-je à Mossa, plutôt nerveusement, en regardant Bull sortir.
– Si, justement. On fait une descente au Bugsy.
Le Bugsy est une boîte échangiste qui date d'avant-guerre et où il y a des descentes une fois par an, histoire de faire sérieux.
– Tu sais que Derek est mort ?
Merde, c'est pour ça qu'il a interrompu Bull ? Je vais pour dire oui, puis je me souviens que je ne suis pas censé le savoir.
– Ah bon ? Quand ça ?
– Cet après-midi, à l'hosto.
– C'est pas de veine, dis-je en me demandant où Bull a pu aller.
– Ouais. Bof, autant mourir comme ça que coincé sous un camion.
Quelle drôle d'idée. Jamais pensé à ça. Sous un camion ? Et pourquoi pas sous un frigo ?
L'air sinistre, Mossa empoche un paquet de Gitanes et lance à la cantonade :
– Quand faut y aller, faut y aller.
Et moi, il faut que je retrouve Bull, que je lui fasse cra-

cher son histoire. Je m'éclipse avant que Linda, coincée derrière le bar, ait pu venir me demander des précisions sur ce que m'a dit Mossa.

Pas de Bull dans les parages. Je grimpe chez lui, je sonne, je frappe, sans succès. Je redescends.

Je fais tous ses coins favoris, du tatoueur à la toiletteuse pour chiens en passant par la salle de gym : personne ne l'a vu. Je pousse jusqu'au sex-shop. Keppler, le gérant, me dit qu'il a reçu un nouveau lot de vibromasseurs en provenance de Hongkong, des trucs fantastiques ; il insiste pour me les montrer. Effectivement, il y a de quoi défoncer un éléphant, et dans une qualité exceptionnelle.

– Regarde-moi ça, on dirait vraiment de la peau humaine, et celui-là quand t'appuies là, il gonfle, t'as vu, y'a même la veine qui palpite, super, non ? !

Je dis : « Oui, oui, génial » et je ressors.

Dans la rue des filles, même topo : pas un poil de Bull. La nuit est tombée. Halos de réverbères, vitrines scintillantes, coups de Klaxon. Un vent coupant balaie les trottoirs, je commence à sentir le froid. Papiers gras qui volent.

Je me retrouve près de la jetée. Où est passé ce con ? Un ferry arrive, au loin, tous feux allumés, il corne trois fois, mugissements graves qui semblent remuer les flots.

Je reviens sur mes pas, je me retrouve en bas de l'immeuble. Bull est peut-être rentré ou alors il est chez Johnny. Je pousse la porte et manque heurter un Asiatique d'une trentaine d'années.

– Pardon…

– Excusez-moi, me dit le type qui a d'épais cheveux

noirs coupés en hérisson, est-ce que c'est bien là qu'habite Beaudoin Ancelin ?

Dring dring, signal d'alarme, d'autant plus qu'il est taillé comme un Cubitainer.

– Non, il a déménagé, dis-je, l'air dégagé. C'est à quel sujet ?

– C'est personnel, me renvoie-t-il en évitant mon regard.

J'essaie de la jouer fine :

– Dans ce cas, désolé. J'aurais pu lui transmettre un message, mais là…

J'écarte les mains en signe d'impuissance. Il soupire, se gratte la joue, se balance d'un pied sur l'autre. Puis il hausse les épaules et s'en va. Je réfrène mon envie de lui courir après. Il y a plus urgent. C'est peut-être un ancien client qui me l'envoie ou quelqu'un à qui je dois du fric, et, dans un cas comme dans l'autre, ce n'est pas à l'ordre du jour.

Je grimpe les quatre étages. Je frappe chez Johnny. Pas de réponse. Je frappe chez Bull.

Cette fois-ci la porte s'ouvre et, comme dans les polars, il n'y a personne derrière. Un coup d'œil dans la porcherie qui lui sert de chambre : vide. Je m'avance sans bruit, je pousse la porte de la minuscule cuisine-douche. Il est là. Penché sur l'évier comme s'il dégueulait.

Je l'appelle, il ne se retourne pas. Je lui touche l'épaule, inquiet.

Il bascule lentement en arrière et je sens mes yeux s'écarquiller. Il est bien en train de vomir. De la sauce tomate. De la sauce tomate trop rouge et… oh, merde… c'est du sang, des flots de sang rouge foncé qui se déversent de sa bouche enflée, inondant l'évier et son sweat-shirt.

La pensée folle qu'il a une hémorragie interne à cause

des coups que je lui ai flanqués hier soir me traverse, je sens la panique qui monte. J'essaie de le soutenir, il pèse une tonne. Ses yeux vitreux, et tout ce sang qui coule et qui coule…

Avec un seul bras je n'arrive pas à le retenir, il heurte la table en Formica jaune, je l'accompagne dans sa chute, il est à demi assis sur le carrelage sale, qu'est-ce qu'il faut faire ? Il n'a pas le téléphone et je n'ose pas le laisser. Ses yeux roulent dans ses orbites, le sang continue à sourdre entre ses lèvres avec une odeur aigre. Je me demande s'il n'a pas essayé un nouveau produit. Un truc frelaté qui est en train de le tuer.

– Bull ! Bull, tu m'entends ? ! Tu as pris un truc spécial ?

Il bat des paupières pour dire non. Brusquement, il m'agrippe par le bras, essaie de parler, s'étouffe à demi.

– Ne bouge pas ! Je vais chercher du secours. Qu'est-ce qui s'est passé ?

Il tend la main vers quelque chose, mais vers quoi ? Je regarde partout. Le bordel habituel : baskets sales, bouteille de Coca entamée, coup-de-poing américain, comprimés anabolisants, batte de base-ball, barrette de shit, calendrier de l'année dernière… Je me retourne vers lui, désemparé, conscient que chaque seconde compte et que je ne fais rien.

Une grosse bulle rosâtre éclate sur ses lèvres. Il me regarde comme s'il était suspendu à ma main quinze étages au-dessus du vide. En train de glisser irréversiblement vers l'abîme. J'ouvre la bouche, je la referme. Il balbutie : « J'ai vu… j'ai vu… chambre… » Ses doigts se tétanisent sur ma manche, il s'arc-boute en poussant un râle qui me glace, nouveau jet de sang rouge foncé, et puis plus rien, plus de regard, plus de Bull. Un buffle mort dont les yeux maintenant opaques sont fixés sur mon visage. J'ai plein de sang sur les mains, sur mon T-shirt, sur la joue. Je me relève lentement. Il s'écroule et sa tête cogne le sol avec fracas. L'espace d'une micro-seconde je me dis qu'il a dû se faire mal. Puis la vérité me frappe comme une gifle : Bull est mort !

Et je suis chez lui, couvert de son sang. Ça me dégoûte autant que si c'était vraiment du vomi.

J'enlève mon pull frénétiquement, j'ouvre le robinet en grand, je me lave les mains, le visage aussi, tant bien que mal, d'une seule main. Le sang s'écoule par la bonde : film d'Hitchcock.

Je m'asperge de Mir, je rince mon pull en me disant que je suis con, que je ne peux pas ressortir avec un pull trempé en plein hiver. La présence de Bull, mort, derrière moi, me fout la trouille. Je me retourne sans arrêt pour surveiller son cadavre. J'ai peur qu'il bouge ou qu'il se relève avec un sourire de dingue.

Je fonce dans sa chambre, je fouille dans le tas de fringues, je lui pique un sweat bleu marine orné d'un Mickey. La manche gauche coince sur le plâtre, je l'arrache. Dans l'appart à côté, on passe Will Smith à fond la caisse. J'aurais bien besoin des *Men in Black* pour remettre un peu d'ordre dans le monde. Surtout dans le mien.

Je me regarde dans la glace : ça va. J'essuie une trace rouge près de mon oreille. Oh non, mon putain de plâtre ! Couvert de taches ! Il faut que je l'enlève. Je cherche partout, je trouve une paire de gros ciseaux, je m'escrime sur cette saloperie, ça me fait un mal de chien, douleur fulgurante qui explose au moindre mouvement, mais je continue. On m'a dressé à continuer, quelle que soit la douleur.

Je finis le boulot à la main, en tirant comme un dingue, le plâtre s'écarte : vue plongeante sur mon poignet boursouflé. J'ai mal, oh, bordel, j'ai mal ! Je me tiens le bras en me balançant d'avant en arrière, en me répétant : « Bull est mort par terre dans la cuisine. »

Les cachets dans ma poche arrière ! Je m'en enfile trois sans eau. Il faut que je me casse d'ici.

Je remets le suspensoir, je fourre les morceaux de plâtre et mon pull trempé dans un carton à pizza vide et je sors.

J'écoute : personne dans l'escalier. Je me faufile jusqu'en bas, le bras serré contre ma poitrine, le carton pesant une tonne.

Dans la rue, j'ai l'impression que tout le monde me regarde. Je suis mal barré. Je connaissais Maeva, je connaissais Bull ; ils meurent à vingt-quatre heures d'intervalle... Sans parler de ma visite à Derek ! Le Pasteur va me tomber dessus à la puissance mille.

Je me débarrasse du carton à pizza dans un conteneur à ordures. Je marche au hasard, complètement sonné. Le visage de Bull devant mes yeux, sa bouche vomissant du sang comme dans un film d'horreur. Je dois avoir un drôle d'air, les gens détournent les yeux.

Je me traîne jusqu'à la pharmacie la plus proche. Je connais un des préparateurs, il accepte généralement de me filer des trucs qui ne se délivrent que sur ordonnance, mais ce soir ce n'est pas de ça dont j'ai besoin, c'est d'un plâtre. Je réussis à attirer son attention et il m'emmène dans un coin calme, planqué derrière la colonne des préservatifs. Je lui montre mon poignet, il s'insurge à voix basse :

– T'es fou, retourne à l'hosto !

Je dis non, il dit non, j'insiste, il dit oui. Rendez-vous à l'arrêt du bus dans une heure.

J'y vais directement et je m'assois sur le banc, près d'un SDF enveloppé dans un manteau usé. Il regarde dans le vide, sa pancarte « pour manger SVP » à ses pieds. Les bus défilent. Les gens bousculent la pancarte et la soucoupe, rare tintement de pièces de monnaie. Je serre mon bras contre moi en me balançant doucement. Le type commence à me raconter sa vie. Je hoche la tête : « Non, merci, pas ce soir. » Il marmonne quelque chose sur les « cons de pédés » et s'en va bavarder avec le vendeur de châtaignes.

Montée, descente, flots de gens aux visages fatigués, plaisanteries lasses, corps déformés par la vieillesse, la bouffe industrielle, le manque d'exercice. Ils défilent dans mon champ de vision en surimpression sur le corps de Bull, le salon ensanglanté de Maeva. Bull savait-il vraiment quelque chose ? « *J'ai vu... la chambre.* » Quelle chambre ? Et son délire sur les trottoirs qui allaient se teindre de sang...

Si Bull savait vraiment quelque chose, alors...

Sirène d'ambulance au loin, de plus en plus proche ; elle passe devant moi en trombe suivie d'une voiture de flics et tourne à gauche. Quelqu'un a trouvé le corps. Johnny ?

L'envie me démange d'aller aux nouvelles, mais j'attends, il me faut ce plâtre. Marco se pointe enfin, on descend dans le parking souterrain, on s'installe derrière une Mercedes 250 SE. Il examine ma blessure, émet des sons dubitatifs, asperge la plaie avec une poudre et m'entoure le poignet d'une solution de plâtre qu'il humidifie avec une bouteille d'eau minérale.

– Si je te rate, l'os se ressoudera de travers, tu seras infirme.

– Ça sera plus pratique pour faire la manche...

Il secoue la tête en soupirant. La plupart des gens que je connais ont renoncé à s'énerver contre moi.

– Voilà, c'est fini, dit-il.

Il me file une boîte de comprimés.

– Fais gaffe, ils sont forts. J'espère que ça ira.
– Moi aussi. Combien je te dois ?
– Comme d'habitude, dit-il en me caressant la main.

Une fois à l'air libre, je fonce vers l'immeuble de Bull et Johnny. L'ambulance est garée en bas, gyrophare allumé, on charge une civière recouverte d'une forme humaine empaquetée dans du plastique. Des flics tiennent les gens à distance. Le Pasteur parle avec Farida, une des voisines de Bull. Elle a l'air drôlement secouée et lui drôlement en colère. Attroupement de badauds curieux.

Et puis, je vois Johnny. Il n'est pas en costard, il porte son vieux blouson, ses jeans délavés. Il passe la main dans ses cheveux, je m'imagine être sa main. Je me porte à sa hauteur, un peu à l'écart de la foule. Il se retourne avant que j'aie parlé.

– Bull est mort.

Moi, yeux écarquillés :

– C'est pas vrai ?!

– C'est Farida qui l'a trouvé, m'explique-t-il. Elle venait reprendre son CD de Khaled, et Bull était mort, là, étalé par terre, dans la cuisine.

Je mime le frisson révulsif.

– Mort comment ?

– On sait pas. Couvert de sang. Un truc moche.

Je me fends de quelques mots de compassion. Personne ne doit savoir que j'étais là quand il est mort. Mais quelqu'un le sait : le type que j'ai croisé dans l'entrée !

– Les flics ont trouvé quelque chose dans l'évier, reprend Johnny, les yeux fixés sur l'ambulance.

Mon cœur rate un battement.

– Quoi ?

– Une bague.

Mon cœur rate tout un riff de battements. Ma bague !

Comme un con, je l'ai enlevée pour me nettoyer. Bordel, si quelqu'un la reconnaît… La voix altérée, je demande :

– Une bague comment ?

– Comme ça, il répond en me glissant ma bague dans la main. C'est Farida qui l'a vue. Je lui ai dit que tu l'avais prêtée à Bull.

Je serre les doigts sur ma bague. Maintenant, je suis à la merci de Farida et de Johnny. L'ambulance démarre, emportant le gros Bull vers les mains manucurées du docteur Spinelli. Johnny ne me regarde toujours pas.

– Dis-moi, Bo', pourquoi t'as tué Bull ? murmure-t-il soudain.

Bordel, je rêve !

– Mais je l'ai pas tué !

Johnny tourne ses yeux aigue-marine vers moi.

– Ah non ? Tu l'as pas cogné à mort avec la batte de base-ball ? T'avais pourtant déjà commencé hier soir, non ? Tu le détestais tant que ça, ce pauvre con ?

Avec la sensation de m'engluer dans des sables mouvants, je proteste :

– Je te dis que j'ai rien fait ! R-i-e-n à foutre de Bull !

– Si tu le dis…

Il a son sourire en coin. Il me désigne le Pasteur du menton.

– C'est un de tes copains flics ?

– Non. C'est Paul Luther de la Brigade criminelle. On l'appelle le Pasteur. C'est lui qui enquête sur la mort de Maeva et des autres.

– Décidément, tes amis claquent comme des mouches, me fait remarquer Johnny, sarcastique.

Et ce soir, c'est le tour de Bull. C'est comme si le temps tournait en accéléré, manège létal dont les passagers sont éjectés un à un dans le Grand Rien.

Je caresse la bague scarabée entre mes doigts.

– Quand c'est que t'as vu Farida ?

– En rentrant. Elle a jailli de chez Bull comme une folle. Elle bégayait, elle disait qu'il était mort, je suis allé voir avec elle. Il a saigné comme un cochon, si tu voyais ça…

Je ne l'ai que trop vu, hélas ! Rien que d'y repenser, j'ai l'estomac noué. Mais c'est surtout un sentiment diffus d'inquiétude et de danger qui me taraude. Pourquoi, dès que surgit un cadavre, trouve-t-on toujours que je ferais un meurtrier tout à fait plausible ? « *Tu l'as pas cogné à mort avec la batte de base-ball ?* » Je pose ma main valide sur l'épaule de Johnny qui pivote comme si une mygale lui grimpait dessus.

– T'as pas le droit de me toucher, Bo'. Combien de fois je dois te le répéter ?

– Pourquoi t'as parlé de la batte de base-ball ?

Il hausse les épaules.

– On voyait pas de blessures. Et tout ce sang qui lui était sorti de la bouche… On aurait dit un mec tabassé à mort. Alors, j'ai pensé à la batte. T'éclates facilement le foie de quelqu'un avec un truc comme ça.

– Et tu penses que j'en aurais été capable ? Moi, la petite pédale affolée ?

Il ricane, se penche vers moi.

– Mais t'es une vraie petite sauvage quand tu veux… Tu sais, je crois même que je vais commencer à avoir peur de toi, Bo', susurre-t-il.

Je suis tout près de lui, je sens son odeur, peau plus eau de toilette. Envie de faire crisser mes ongles sur ses joues. Envie qu'il continue à me parler. Il y a quarante-huit heures, il était allongé sur moi en train de me briser le poignet. Et maintenant, on discute dans la rue en regardant une ambulance emporter le corps sans vie de Bull.

Soudain, le Pasteur traverse la rue et se dirige vers nous. Je ne vais pas m'enfuir en courant, j'essaie de prendre un air dégagé. Il s'arrête devant nous.

– Alors, Bo', quoi de neuf?

Je hausse mes ravissantes épaules.

– Rien de spécial.

Et avec l'impression de répéter une mauvaise pièce, je me fends d'un :

– C'était qui sur la civière ?

– Un gars que tu connais. Sébastien Cargese, dit Bull, me répond le Pasteur en se grattant le nez comme si Bull n'était qu'une crotte.

– Il est mort ?

– Extra mort.

– De quoi ?

– Mystère et boule de gomme. Faudra l'ouvrir pour savoir.

Il se tourne vers Johnny et lui demande :

– Vous êtes un ami de notre petite Bo' ?

– Pas vraiment, répond Johnny avec calme.

– Vous avez raison, les amis de Bo' ne font pas de vieux os !

Ricanement de hyène.

– Au fait, t'étais pas à l'hosto cet après-midi ? poursuit-il en se curant la deuxième narine.

– J'y suis passé, pour mon plâtre, improvisé-je en montrant le plâtre neuf.

– Mmm. Tu sais que Prysuski est mort ?

– Merde !

– Comme tu dis.

Il tourne les talons sans ajouter un mot. Monte dans la bagnole de police avec Farida, qui est bonne pour se faire chier des heures au commissariat.

La bouche de Johnny me sourit pendant que ses yeux me jaugent.

– « C'était qui sur la civière ? » minaude-t-il en m'imitant. Dis donc, Bo', tu sais drôlement bien mentir.

Je hausse les épaules, je fais tournoyer mes cheveux :

je sais que ça l'énerve. Crispation de sa paupière droite. Il me tourne le dos et se casse. Hop-hop-hop, Bo', on trottine dare-dare derrière Vilain Johnny. Vilain Johnny grimpe dans sa caisse, met le contact, je m'apprête à m'accrocher à la portière, etc., quand le scénario change. Il ouvre la boîte à gants, sort son flingue et le braque sur ma tête.

– Je compte jusqu'à trois, dit-il d'une voix calme et même courtoise.

Les gens passent autour de nous sans rien voir. Moi, je vois nettement le petit trou noir, juste entre mes deux yeux. Le regard fixe de Johnny. Son index sur la détente. S'il croit que je vais lâcher cette saloperie de portière…

– Un…

Est-ce qu'il va tirer ? Oui, je pense qu'il va tirer. La détonation sera couverte par le vacarme de la benne à ordures qui passe à dix mètres.

– Deux…

Est-ce qu'il peut me rater à cette distance ? Improbable. Est-ce que je vais être mort dans une seconde ? Je ne lâcherai cette foutue portière pour rien au monde.

– Trois.

Clic.

Il regarde l'arme d'un air étonné.

– Quelle saloperie ! dit-il et, brusquement, il me la lance au visage.

Par réflexe, je lève le bras pour esquiver. Il démarre en trombe. Le flingue retombe à l'intérieur de la voiture. Je me suis fait avoir.

Oh, et puis je m'en fous. Je me sens vidé. Même pas un petit coup d'adrénaline pour me faire sentir que je viens d'échapper à la mort. Tout s'enchaîne trop vite. Toutes ces vies brisées. Ça me laisse un sale goût dans la bouche. Je n'aime pas que les autres souffrent. Ils n'ont pas mon entraînement. Ils partent perdants. Moi, je suis un survivant, comme on dit. Quelqu'un qui vit au-dessus. Juste au-dessus du trente-sixième dessous.

Je marche. Un groupe de Japonais mitraille les vieilles maisons XVIIIe. L'Asiatique. Il m'a vu, mais moi aussi je l'ai vu. Il sortait de l'immeuble. Et si c'était lui qui avait frappé Bull à mort ? Un type qui me cherche. Qui tombe sur Bull. Qui s'énerve. Va savoir ce que l'autre taré aura pu lui raconter. Un mec ayant un contrat sur ma tête ? Non, il aurait eu ma photo, il m'aurait reconnu et descendu dans le hall de l'immeuble. Je commence à débloquer complet. N'empêche que ce type me cherchait. Et que Bull est parti pour le Grand Pâturage céleste.

Je quitte la vieille ville, je longe la mer, il fait froid, le vent soulève de la poussière, du sable et des embruns. Douleur pulsante dans le poignet, incessante. Je marche, bras serré contre les côtes. Goût salé sur mes lèvres. Mon sweat Mickey n'arrête pas le vent qui souffle de la mer en rafales. Moutons blancs sur l'eau noire. Je marche.

Plus d'étoiles, lune voilée, vacarme des vagues qui s'écrasent sur la grève. Je me sens las, triste. Je marche.

Finalement, je retourne à l'immeuble. Je m'assois dans le couloir, odeur familière de pisse de chat et de poubelles à vider. Appuyer mon épaule contre le mur me soulage un peu. Dire qu'il y a deux heures à peine des brancardiers emportaient le corps de Bull par ce même escalier. J'ai l'impression d'avoir été happé par un tourbillon d'eau glauque dont la seule issue est la noyade. Natty, Marlène, Maeva, Bull : quatre morts en un peu moins de quatre jours, dont trois personnes que je connaissais bien. Sans compter la fille qui s'est fait tuer il y a deux mois. Ni Derek et son tuyau de gaz. Attaque en règle de la Faucheuse. Microclimat ou nouvel avatar du déséquilibre écologique ?

Il fait moins froid ici. Parfois, Johnny ne rentre pas pendant deux ou trois jours, personne ne sait où il va, ce qu'il fait. Je l'imagine en chasse comme un félin lâché dans la nuit. Mes yeux brûlent de fatigue et les cachets contre la douleur me donnent sommeil. Fermer les paupières quelques secondes…

– Bo' ! Réveille-toi !

Farida…

– Qu'est-ce que tu fous dans l'escalier ?

– J'attends Johnny.

Elle hoche la tête avec commisération.

– Allez, viens, je te fais un thé.

Je me lève. Membres engourdis, milliers de fourmis rouges affamées sous le plâtre. Montée de l'escalier, yeux rivés sur le carrelage à l'ancienne, bleu et blanc. Cafard écrasé à la douzième marche. Mégot à demi fumé à la seizième. Re-cafard noir mahousse à la trentième. Kleenex froissé entre le deuxième et le troisième. Boîte de Coca dans l'angle du palier du quatrième. Petit tas de mégots devant la porte du rempailleur : il fume toujours dans le couloir, va savoir pourquoi. Peut-être parce que plus personne ne fait rempailler ses chaises. Ou qu'il a peur de brûler vif avec la paille.

Arrêt au sixième.

Farida ouvre, m'invite à entrer. Elle habite un minuscule deux pièces sous les combles. Tous les murs sont décorés de posters de footballeurs car son frère joue dans l'équipe locale. Il est toujours très mal à l'aise quand il me voit, mais sinon c'est un brave mec.

Elle s'affaire autour de la plaque chauffante, les traits tirés, en me racontant sa soirée.

Elle a dû attendre un temps fou au commissariat : un quadruple meurtre venait de se produire dans une résidence huppée, sur les collines. Le mari, fidèle et aimant, avait flingué sa femme, qui voulait divorcer, et ses trois gosses dans la foulée. Il avait ensuite retourné son fusil de chasse contre lui, mais s'était raté. Bizarre le nombre de types capables de loger une balle dans la tête de n'importe qui à plus de trois mètres, mais pas dans leur propre tronche. Les mystères de la balistique.

Bref, les flics étaient en effervescence, d'autant qu'un des leurs avait clamsé dans l'après-midi à l'hôpital et qu'ils faisaient une collecte pour une couronne. Avec tout ça, le cas de Bull n'était pas de première urgence vu qu'on ignorait la cause du décès.

Elle a cru comprendre que l'inspecteur Luther penchait pour un accident causé par ces foutus produits hors la loi que Bull se faisait rapporter d'Amsterdam en vue de pouvoir prétendre au premier prix du concours agricole, catégorie charolais.

Pendant qu'elle attendait dans le couloir, un grand flic noir hyper sexy lui avait proposé un café et lui avait demandé son numéro de téléphone. Sacré Mossa !

Le thé est prêt, un thé vert et sucré qui me brûle l'œsophage quand je bois. Elle ouvre une boîte de gâteaux secs et on pioche dedans en silence, hormis pour quelques remarques décousues.

– Demain, je me lève à 6 heures ! Je vais être complètement nase, me dit-elle. Je n'arrête pas de penser à Bull...

– Essaie de penser à autre chose.

– Merci du conseil, mais c'est pas facile. Si tu l'avais vu, tu comprendrais...

Je comprends très bien, mais je ne peux pas le lui dire. Je lui presse la main, style réconfortant.

– Tu devrais aller dormir. Je vais ranger.

– Oh, te casse pas la tête. Tu peux prendre le canapé-lit, si tu veux.

– Je vais rentrer chez Linda.

Elle ne dit rien, mais je remarque la tension dans ses épaules.

– A moins que tu préfères ne pas rester seule…
– Je préfère.
– Bon, alors, file-moi un T-shirt.

Elle me tend un grand truc bleu pâle à l'effigie de Bugs Bunny. Dix minutes après, on est au lit : elle dans la chambre-douche, moi dans le salon-bureau. Peut-être que j'entendrai Johnny rentrer…

Chapitre 10

Je me réveille en sursaut dans le noir. J'allume : il est 6 heures. Farida vient de se lever, je l'entends dans la cuisine. Je me suis endormi d'un coup, comme si j'avais pris des somnifères. Et je me sens aussi pâteux. Je reste allongé entre les draps frais. Mon poignet s'est réveillé lui aussi et il réclame. Je lui file son petit déjeuner : deux comprimés. De l'autre côté de la cloison, menus bruits de la vie, sécurisants. Si j'étais allé en fac, au lieu de me barrer de chez moi... Mon père voulait que je fasse médecine, comme lui. Élève brillant, bien noté, tous les espoirs étaient permis. Mais pas d'espoir si je restais là. La mort comme seule issue. J'étais jeune, je voulais vivre. Je croyais sincèrement que je voulais vivre. Je suis parti. Prostitution, cabarets minables, traitements, hormones, fringues, projets, le cercle restreint où peut caracoler une créature hybride.

Cercle, nouvel assaut des images montées en boucle, le répit a été de courte durée. Jésus sur son chariot, Maeva dans son salon, Derek dans son lit, Bull dans sa cuisine, et du sang, du sang, du sang... Si ce n'est pas Maeva qui a écrit sur le mur, c'est son meurtrier. Et ça signifie qu'il me connaît, on n'en sort pas. Et qu'il m'en veut. Et ça, ça signifie qu'un type, qui manie le couteau et le fendoir à viande comme d'autres leur stylo bille, me veut du mal. Encore une radieuse journée en perspective.

Vous me direz que, maso comme je suis, ça ne devrait pas trop m'affoler. Mais les gens confondent toujours le désir de se faire du mal, même par l'intermédiaire d'autrui, et le fait qu'un connard quelconque se permette de vous en faire pour son plaisir à lui.

J'essaie de tout reprendre depuis le début. Quelqu'un assassine une prostituée d'origine russe avec un fendoir. Puis c'est le tour d'une prostituée d'origine belge. Puis c'est Jésus-Marlène, qui était d'origine portugaise. J'en parle avec Maeva, qui, elle, est d'origine tahitienne. Elle me dit qu'elle est la dernière à avoir vu Marlène. Avec un mec encapuchonné. Sans signalement particulier, donc ni bossu, ni nabot, ni boiteux, ni géant, ni gros, ni maigre. Un mec. Et la même nuit, on tue Maeva à coups de couteau et on trouve mon nom écrit sur le mur de son salon. Le lendemain après-midi, Derek Prysuski, flic d'origine polonaise, décède dans son lit d'hôpital, mais lui, ça ne compte pas puisque ce n'est pas un meurtre.

Où en étais-je ? Ah, oui. Hier soir, chez Linda, d'origine juive, Bull, d'origine italienne, me dit quelque chose à propos de ces meurtres. Qu'il va y en avoir d'autres. Il parle de sacrifice, de grand méchant bouc. Et quand je le trouve mourant deux heures plus tard, il me dit qu'il a « vu la chambre ». La chambre de qui ? J'ai deux hypothèses : ou bien il a assisté au meurtre de Maeva, ou bien il a suivi le tueur jusqu'à son repaire. Dans les deux cas, la mort de Bull ne serait pas accidentelle : le tueur aurait encore éliminé un témoin.

Les différentes origines des victimes ont-elles une importance quelconque ou expriment-elles simplement le *melting pot* français ? Le meurtrier est-il xénophobe ? Ou applique-t-il avant l'heure les accords de Maastricht ? Non, là je me fourvoie. Restons sur du solide.

Un tueur qui me connaît. Qui connaît Maeva. Que Bull connaît puisqu'il prend la peine de le suivre...

Et si c'était le type que j'ai croisé dans le couloir ? L'Asiatique qui connaît l'existence de Beaudoin Ancelin et sort de l'immeuble à l'instant même où Bull est en train de mourir ? Un type qui tue des prostituées. Se fourvoie avec Marlène. Traque Maeva qu'il connaît et avec qui il a un compte à régler. Maeva qui lui a parlé de son amie Bo'. Il décide d'éliminer Maeva et de faire porter le chapeau à ladite Bo'. Se rend ensuite à la dernière adresse connue de Bo'. Y tombe sur Bull. Bull qui l'a suivi la nuit précédente, Bull qui sait qu'il est le tueur ! Il élimine Bull et..., s'il cherche Bo', c'est pour la tuer. Parce qu'une fois Bo' morte, les flics laisseront tout tomber. Le coupable se sera suicidé, bonsoir, merci. Ce nouveau scénario me plaît beaucoup.

Je me tourne sur le côté, vers le mur couvert de posters de foot. J'ai le nez à hauteur du short de Platini, mais je refuse d'être aussi intime avec un type qu'on ne m'a pas présenté. Je me remets sur le dos. La porte d'entrée se referme. Farida est partie. Je suis seul.

Je me lève, une barre entre les sourcils. Je me douche à moitié, en essayant de ne pas mouiller le plâtre. J'ai les yeux cernés, les traits tirés. Un vraie momie. Je farfouille dans l'armoire de toilette et je me refais une beauté avec les produits de Farida. Blush, Rimmel, rouge à lèvres, je me sens mieux. Un foulard autour de cette conne de pomme d'Adam que les hormones n'ont pas encore éliminée. Si cet enfoiré d'Adam avait pu s'étrangler avec sa pomme, la terre serait encore un havre de paix pour dinosaures et autres bestioles. Et encore, c'est pas sûr : Ève se serait tapé le serpent et j'aurais peut-être des écailles à la place de mon joli duvet, et les écailles c'est dur à dissimuler, même sous du fond de teint Christian Dior.

Stop ! Arrête ! Va boire un thé. J'obéis.

J'ai la flemme de le faire réchauffer, je l'avale froid,

trop sucré, écœurant. Je pioche dans une boîte de Petit Prince, puis je la repose : y en a marre de s'empiffrer de biscuits.

Je range la kitchenette, ce qui permet de retarder le moment de décider ce que je vais faire jusqu'à ce soir. Je repense à Maeva et au tartare sur la table de la cuisine.

Elle n'aurait pas préparé un tartare pour un inconnu.

Il faut que je me renseigne sur les gens qu'elle voyait ces derniers temps.

Steph ! Stéphanie sait peut-être quelque chose. Je dévale les escaliers.

J'ai dû forcer un peu sur le maquillage parce que je vois des passants froncer les sourcils en me regardant et deux gamins ricaner ouvertement. A une époque ou *Priscilla folle du désert* passe en « prime time » à la télé, je ne pense pas que ça les traumatise.

Dans le bus, personne ne s'assoit à côté de moi, jusqu'à ce que monte une mamie avec son vieux loulou de Poméranie. Elle revient de chez le vétérinaire. Le chien a du diabète, et elle aussi, alors ils vont se mettre au régime tous les deux : si c'est pas malheureux, devoir se priver de tout quand on a si peu de temps devant soi… En descendant, elle me lance un « bonsoir, madame » bien sonore qui fait se bidonner la moitié du bus. Je ne sais pas pourquoi certains jours je suis une femme et d'autres un travelo. L'instinct des gens serait-il plus affûté les jours de grand soleil, comme aujourd'hui ? C'est vrai que les zones d'ombre étant plus dures, ça marque les reliefs des mâchoires, les pommettes, l'ossature. Perdu dans mes pensées oiseuses, je manque rater l'arrêt.

Stéphanie habite une tour dans les quartiers ouest, elle va au boulot en Fiat Uno, ce qui lui pose des problèmes quand elle tombe sur un contrôle routier. Je lui ai souvent dit qu'elle devrait déménager, mais c'est là qu'elle est née, c'est sa cité et elle y est attachée. Elle vit avec sa mère dans un trois pièces avec vue sur les collines. Comme Maeva, Stéphanie s'habille toujours en femme, et la plupart des gens n'y voient que du feu. Elle cultive un petit air Marilyn, avec des cheveux blonds, une poitrine laiteuse mise en valeur par des chemisiers noués à la taille, des lunettes fifties et des jupes moulantes. Les types raffolent de cette affriolante petite blonde qui, lorsqu'elle se déshabille, exhibe un engin de taille plus que respectable, comme l'a dit Mossa.

C'est sa mère qui m'ouvre.

– Bo' ! Comment tu vas, ma fille ? Entre, entre, fais comme chez toi ! Stéphanie, c'est Bo' ! crie-t-elle pour couvrir le bruit du sèche-cheveux dans la salle de bains.

On s'embrasse sur les deux joues, elle me tâte le flanc, me trouve trop maigre, pousse des cris d'horreur en voyant mon bras plâtré. J'y vais de mes petits mensonges. Elle disparaît dans sa cuisine pour faire réchauffer du café en secouant la tête, pas dupe.

Stéphanie émerge, en peignoir d'éponge blanc, un flacon de vernis à la main, ses éternelles lunettes noires sur le nez. On s'assoit sur le canapé-lit trois places en cuir beige qu'elle a offert à sa mère pour Noël juste en face de la télé à douze mille balles sur laquelle, posée au centre d'un napperon brodé main, trône la photo en noir et blanc d'un homme émacié. Le père de Stéphanie, un Algérien qui travaillait pour les Ponts et Chaussées. Il est mort écrasé par un bloc de ciment quand elle avait 8 ans. Quand on demande à Stéphanie ce que faisait son père, elle répond toujours avec fierté : « Il construisait des autoroutes. » Tout ici est si loin des sentiments que j'ai pu éprouver dans ma propre famille. Où sont donc passées la haine, la peur, la colère, l'ambiguïté ?

– Je fais chauffer un peu de tourte, crie Peppina.

Au début, quand je venais, je ne pouvais pas croire que ça se passait vraiment bien entre elle et Stéphanie. Qu'une femme ayant élevé un petit Stéphane aux cheveux en brosse puisse le voir soudain se transformer en pin-up de calendrier sans ressentir de l'indignation, voire du dégoût, me dépassait. Mais j'ai dû me rendre à leur évidence : le jour où Stéphanie a annoncé à sa famille qu'elle voulait devenir une femme – que dis-je ? qu'elle était une femme à l'intérieur d'elle-même – et que c'était son destin, Peppina a seulement levé les bras au ciel et lui a dit : « Comme tu veux, mon ange. » Les trois frères de Stéphanie ont eu un peu plus de mal à accepter que leur cadet se mette à porter des gaines et se fasse pousser une superbe paire de seins, mais aujourd'hui ça y est, le phénomène est accepté et Tata Steph fait sauter ses neveux et nièces sur ses genoux aux réunions familiales. Une vraie réclame pour l'insertion des transfuges sexuels, la famille Boucebsi. Parfois, je cherche à déceler une once de méchanceté, de perfidie dans ce cocon bienheureux : sans réussite à ce jour.

A peine assise, Stéphanie entreprend de se tartiner les ongles des pieds de vert émeraude.

– Je n'ai rien dit à ma mère, me souffle-t-elle.

Je hausse les sourcils.

– Pour Maeva, m'explique-t-elle à voix basse. C'est affreux. Je ne veux pas qu'elle sache, ou elle aura la trouille.

J'acquiesce en silence. Peppina entre avec la cafetière et deux énormes parts de tourte aux blettes. Elle nous encourage à manger et retourne préparer son agneau farci. Stéphanie ôte ses lunettes et je vois qu'elle a les yeux cernés et les traits bouffis comme si elle avait beaucoup pleuré. Et moi ? Je n'ai même pas versé une larme. Je pleure si rarement. Est-ce que je saurais même encore pleurer ? Tout est si sec en moi. Je pose ma main sur son bras. Elle renifle en passant son vernis avec obstination.

– C'est tellement injuste ! Elle était si gentille !

– Je sais. Je suis passée chez elle, l'après-midi, juste avant... On a bavardé. On venait d'apprendre pour Marlène.

– Tu parles d'une série ! On va plus oser aller bosser.

– Elle m'a dit qu'elle avait vu Marlène le soir où elle s'est fait attaquer.

– Ah oui ? Moi, j'étais à San Remo, tu sais, avec le Libanais...

Le Libanais est un riche client à elle, qui l'invite dans les palaces et les grands restos, heureux de faire la nique aux bonnes mœurs. Le rêve secret de Stéphanie, c'est de l'épouser après son opération.

– Si j'avais été là, reprend-elle, peut-être que rien ne serait arrivé.

– Tu veux dire ?

– Je veux dire : ni à Marlène, ni à Maeva. Peut-être que c'est moi qui aurais récolté le taré. Peut-être que je serais morte. Ou alors on aurait toutes décidé d'aller boire un café juste à ce moment-là et personne ne serait mort ! Oh ! tiens, j'en ai marre de cette vie, si tu savais...

Je hoche la tête avec compassion, mais je sais bien que ce n'est pas vraiment vrai. L'excitation de la nuit, de la rue, d'« ailleurs » est difficilement remplaçable. Et puis être « autre », être littéralement un monstre, celui qu'on montre, et donc qu'on regarde, vous fait vous sentir différent, au-dessus des règles, des normes, des lois. Proche des phénomènes de foire que les gens contemplent d'un œil fasciné. Ce n'est pas pour rien que Stéphanie remet toujours son opération à plus tard. Et moi ? Qu'est-ce que j'attends ? Pourquoi est-ce que je m'arrange pour que ce soit si difficile ? De quoi ai-je peur ?

– Et toi, qu'est-ce que tu deviens ? On ne te voit plus..., est en train de dire Stéphanie, les yeux encore humides d'avoir évoqué Maeva.

– Je me tiens à carreau. Je ne veux pas replonger pour une connerie.

– Ben, voyons ! Hé, Bo' ! C'est à moi que tu parles, pas à ton contrôleur.

– Il est mort, il s'est suicidé.

– Merde alors !

On se tait une seconde, puis le fou rire vient, sournois, nerveux, irrésistible.

– Qu'est-ce qui vous fait rire ? demande Peppina de sa cuisine.

– Rien, des conneries ! lui renvoie Stéphanie en reprenant son souffle.

– Ah, les jeunes ! philosophe Peppina.

– Et ton mec, là, Johnny, t'avais l'air vachement accrochée..., reprend Stéphanie.

– Il n'aime pas les hommes.

– Justement, t'es pas vraiment un homme.

– Justement, j'en suis vraiment un, si tu vois ce que je veux dire.

– Laisse tomber, conclut-elle. T'auras que des emmerdes avec lui.

– Écoute, Steph, tu t'es jamais demandé ce que tu feras une fois opéré ? Parce que tous les mecs avec qui tu couches, ce qu'ils veulent c'est une femme en apparence, mais un garçon au lit. Alors une fois transformé, tu devras complètement te recycler.

– Ah non ! Putain, Bo' ! Me prends pas la tête, s'écrie-t-elle, je viens à peine de me lever !

Elle se verse une tasse de café, je ramasse un petit bouquin défraîchi qui traîne sur la table basse : *Comment se comporter en société*. Le papier et la mise en pages évoquent les années vingt.

– Je l'ai trouvé chez un bouquiniste, m'explique Stéphanie. C'est marrant.

J'ouvre l'opuscule, le feuillette au hasard et lis à haute voix : « C'est surtout pour les personnes du beau sexe que la bienséance du maintien est une condition essentielle. C'est sur leur maintien dans les différentes circonstances de la vie qu'on les juge ; de là l'importance des attitudes parfaitement correctes… »

– Putain ! Tu verrais mon maintien dans certaines circonstances ! s'esclaffe-t-elle.

Elle sort un flacon de la poche de son peignoir et s'envoie deux comprimés.

– C'est quoi ?

– Oh, un truc pour être en forme. Je suis un peu à plat en ce moment.

– Pas de partout, je dis en lui montrant son 95 C.

– T'es vraiment trop conne. Dis, il paraît que les flics ont une piste.

– Je crois pas. D'après Mossa, ils ne savent pas par où commencer.

– T'es vraiment copine avec Mossa, hein ?!

– C'est lui.

– Ouais, on dit ça… En tout cas, si tu veux mon avis, il est mieux que ton Johnny.

– Steph ! Je vais pas me coller avec un flic !

– Oh, tu sais… Moi, ce que je dis, c'est qu'il faut prendre son bonheur où on le trouve.

– Je n'arrive pas à penser à autre chose qu'à Johnny. C'est comme si j'étais envoûtée.

– Dans ce cas, évidemment… Tu devrais peut-être essayer mon marabout, il est vachement bien…

– Steph !

– OK, OK. Je disais ça pour t'aider.

– Tu déjeunes avec nous, Bo' ? me demande Peppina.

– Non, merci, j'ai rendez-vous.

Avec qui ? Je ne sais pas. Mais je sais que je me sens trop nerveux pour rester là, à déjeuner avec la famille « Harmonie ».

– Dis-moi, Steph, est-ce que Maeva fréquentait un Asiatique ?

Elle remonte ses lunettes sur son nez retroussé.

– Un Asiatique ?

– Oui, un Chinois ou un Japonais ou un…

Un Tahitien ! Un homme qu'elle aurait connu autrefois ! Piste à creuser.

– J'ai pas fait attention, dit Stéphanie, perplexe.

– Réfléchis !

– Et tu crois que je fais quoi ? Que je me récite le *Kama-Soutra* en bulgare ?

Je soupire. Elle fronce les sourcils.

– Attends, ça me revient. Une fois, il doit y avoir un mois, un soir on a croisé un mec. Un Asiatique, effectivement. Grand, costaud. Et Maeva est devenue toute pâle et elle m'a tirée dans un coin sombre.

Je reste immobile, mon cœur bat plus vite.

– Vous étiez où ?

– En ville… On était allées bouffer des nems, justement… Chez Kim, à côté de la gare, et on revenait par la rue des filles. Le type avait l'air de chercher une nana. Il reluquait tout le monde. Je me souviens que j'ai demandé à Maeva pourquoi elle avait peur de lui. Elle m'a répondu que ce n'était rien, juste un mec qui l'avait emmerdée une fois. Mais je crois qu'elle mentait.

J'insiste :

– Comment était-il ?

– Je t'ai dit : grand, baraqué, avec des cheveux noirs dressés sur la tête.

C'est lui ! Tout colle ! Je suis la Madame Irma des oiseaux de nuit. D'ailleurs, je me verrais bien avec une boule en cristal à la place du crâne. « Top classe », comme dirait Axelle.

– Après, on n'en a plus parlé parce qu'on a rencontré ton mec, continue-t-elle.

Je répète « mon mec ? » en pensant à autre chose.

– Joôôhnny, bêle Stéphanie, les yeux révulsés. C'est vrai qu'il est beau, ce con, continue-t-elle. Mais j'aime pas son regard. Il nous a invitées à boire un verre. On croyait qu'il se foutait de notre gueule.

– Invitées ? Ça m'étonne de lui, dis-je, sincère.

– Et nous donc ! Il s'était mis à pleuvoir et on attendait à l'Abribus, et lui, il s'approche, bourré comme un coing, et il commence le grand jeu... Bref, on s'est retrouvés à la Coupole, il nous a payé des cognacs. Je me disais : « Putain ! C'est pas possible ? C'est quand même pas la terreur de Bo' ! » Un vrai agneau !

Petite pointe acérée de jalousie.

– Oh ! T'es pas fâchée, j'espère ? dit Steph en m'observant. Je t'assure, il s'est rien passé. En fait, je crois qu'il m'avait pas reconnue. Je veux dire..., il croyait avoir affaire à de vraies filles. Après, quand il nous a parlé... Maeva, la pauvre, tu sais... Bref, il nous a plantées là et il est parti en titubant. On a fait des paris pour savoir s'il allait pouvoir rentrer chez lui. Si tu l'avais vu...

Connard ! Il ne m'a jamais invitée nulle part, moi. Il a honte de moi. Il me hait.

– A quoi tu penses ? reprend-elle en s'attaquant aux ongles des mains.

– A rien. A Maeva, à Marlène, tout ça. Fais attention à toi, Steph, dis-je en me levant.

– D'accord, mère-grand. Tu veux pas rester ?

– Non, je dois y aller. A bientôt.

J'embrasse Peppina et je sors.

Je traverse la cour, au milieu des gosses qui jouent.

Des ados tapent dans un ballon qui, comme par hasard, manque ma tête de deux centimètres. L'un d'entre eux accourt pour le ramasser. Il relève la tête, se fige. C'est un de ceux qui m'ont frappée l'autre nuit, celui qui était couvert d'acné. Je le regarde droit dans les yeux. Ses copains l'appellent. Il baisse le regard et les rejoint en dribblant. Je tourne les talons.

Chapitre 11

Re-bus, re-vieille ville, re-attente fébrile. Je m'achète des clopes, je m'installe à la terrasse de chez Linda et je me remplis de demis en fumant, dévisageant les passants sans les voir. Linda me dit que tous les occupants de l'immeuble de Johnny et Bull vont être interrogés par la police. Deux flics sont passés ce matin, ils repasseront ce soir. Ils sont venus boire un café, elle leur a posé des questions. Apparemment, les premiers examens laissent entendre que Bull a été roué de coups jusqu'à ce que mort s'ensuive. Tous ses organes internes ont éclaté. « Inimaginable », a dit le plus vieux des deux. Donc, c'est bien un meurtre. Cela dit, n'importe lequel des dealers que Bull fréquentait aurait pu lui faire son affaire. Encore une enquête qui n'aboutira pas.

Le crépuscule descend doucement. Je me sens un peu ivre avec toutes ces bières. Un type s'arrête pour me demander combien je prends. Je l'envoie paître. Une journée sans flics, sans cadavres, sans sexe : le repos. Je me verrais presque en train de tricoter devant *Fa si la chanter*, les pieds enfouis dans mes chaussons thermolactyles, quand j'aperçois Farida. Je lui fais signe.

Elle a l'air encore plus crevée qu'hier soir, les bras chargés de bouquins.

– J'en peux plus. Je crois que je vais me coucher sans manger, me dit-elle en se laissant tomber sur une chaise.

– Les flics vont passer interroger les locataires. Bull a été assassiné.

– Quoi ? ! Tu déconnes ?

Je lui rapporte ce que m'a dit Linda. Elle se mord les lèvres, indignée.

– Battu à mort ? Mais c'est dégueulasse ! Et ils pensent que c'est quelqu'un de l'immeuble ?

– Ils cherchent. Ils vont poser des tas de questions. Si tu as vu quelqu'un dans l'escalier… Ce genre de choses…

– A part Johnny, j'ai vu personne.

– T'as jamais vu un Asiatique dans l'immeuble ?

– Tu veux dire… à part les N'Guyen ?

– Oui.

– Non, je sais pas.

Et Johnny ? Il l'a peut-être vu, lui. Peut-être que le mec lui a demandé quelque chose.

– Il sortait de chez lui, Johnny, quand tu l'as croisé ?

– Non, il arrivait. Je l'ai entendu monter, j'ai appelé au secours.

– Et il a pas eu peur de tacher son beau costume ?

Elle a un bref sourire qui m'apprend ce qu'elle pense de lui.

– Non, il était en jean.

– Et dans l'appart, t'as rien vu de spécial ?

– Tu sais, avec le bordel qu'il y avait… J'ai trouvé ta bague à côté de l'évier. J'ai dit à Johnny de te la donner.

Elle a dit ça d'un air très naturel, sans aucune arrière-pensée.

– Ah oui, merci. Je l'avais prêtée à Bull. Ça va me faire drôle de la remettre. Tu veux boire quelque chose ?

– Non, merci, je suis vannée. Allez, à plus.

Je la regarde s'éloigner.

Le soleil est couché, il commence à faire froid, mais je n'ai pas envie de quitter mon poste d'observation. Je prends deux comprimés de l'ami Marco, parce que, sous le plâtre, c'est Diên Biên Phu, l'assaut final. Les clients pressés de l'heure de l'apéro commencent à affluer. Hier soir, j'étais attablé à l'intérieur avec Bull. Je voyais sa gueule de con, le plaisir évident qu'il avait à me faire des mystères. Si seulement Mossa n'était pas intervenu ! Cesse de ruminer, Bo', sois constructif. Ça y est, je sais à qui me fait penser le type de l'immeuble : à un tueur japonais dans un film de Kitano.

Une voiture de police fend péniblement le flot des piétons et s'arrête sur la place. Deux flics en uniforme en descendent, suivis du Pasteur. Tiens, tiens, Sa Seigneurie se déplace en personne. Ils s'engouffrent tous dans l'immeuble. Un monsieur bien mis, entre deux âges, s'assoit à la table voisine de la mienne et me lance des regards en biais. Quand Laszlo arrive, il commande un calva. Je le surveille du coin de l'œil. Finalement, il prend son courage à deux mains et me demande si je veux boire quelque chose. Je prends ma voix la plus sucrée pour répondre : « Un Campari-soda. » Laszlo me l'apporte avec des olives et un sourire complice.

Le type engage la conversation. Il travaille dans les assurances. Il vient d'emménager. Avant, il vivait en Normandie, il a du mal à s'adapter. Il ne connaît encore personne, etc., etc. Et moi, qu'est-ce que je fais ? Je suis esthéticienne. Je dis toujours ça, 1) parce que je m'y connais bien en produits de beauté et *tutti quanti* ; 2) parce que les mecs n'ont aucune envie de se lancer dans des discussions là-dessus. Donc, sujet non dangereux.

On bavarde encore comme ça une vingtaine de minutes, jusqu'au moment où j'aperçois Johnny qui entre dans l'immeuble. J'essaie de me concentrer sur la conversation, puis le gars me propose de l'accompagner au cinéma. Fin de la parenthèse, je n'ai pas la tête à ça, je prétexte un rendez-vous. Il regrette un peu les vingt-cinq balles du Campari mais, comme il est bien élevé, il n'insiste pas. Il me laisse sa carte et s'en va. « Jean-Michel Delage ». Numéro de tél. Adresse professionnelle. Qui sait ? Un jour « Elsa » ira peut-être lui rendre visite...

Claquements de portières. Les flics remontent en voiture. Le Pasteur est resté un peu en arrière pour allumer une cigarette. Il lève la tête, aspire la fumée, balaie la place du regard et me voit. Il cligne des paupières, puis s'avance.

– J'ai failli ne pas te reconnaître, lance-t-il en posant son pied sur la chaise à côté de moi.

Je ne réponds pas.

– Je suppose que tu es au courant, reprend-il. Bull a été assassiné. On l'a cogné à mort avec un objet contondant. Vu l'absence de tisonnier dans la piaule, je pencherais pour la batte de base-ball. Elle était à lui ?

Je lui fais signe que oui.

– T'es pas bavard...de (il hésite, se rattrape) ce soir.

Je ne réponds pas.

– T'as une idée sur ce qui a pu se passer ?

Je le sens mal à l'aise. En fait, il ne m'a presque jamais vue en femme, en tout cas il ne m'a jamais parlé quand je suis comme ça, et ça le déstabilise. Je laisse tomber :

– Bull fréquentait des tas de gens que je ne connais pas.

Pourquoi ne pas lui dire la vérité ? Pourquoi ne pas lui dire qu'à mon avis l'assassinat de Bull et celui de Maeva sont liés aux meurtres des prostituées ? Il inhale lentement, la fumée ressort par ses narines. Il a un beau nez busqué de baron prussien.

– Le type qui a tué les putes ne va pas s'arrêter, dit-il. Je te conseille de faire gaffe. Il pourrait croire que tu es vraiment une femme.

Est-ce un compliment ? Je proteste avec véhémence : « Hé, je ne travaille plus ! » et je vois Johnny sortir et tourner à droite. Oh ! non, il faut que je le rejoigne ! Mais le Pasteur ne bouge pas. Au contraire, il se penche vers moi, odeur de Gitanes et de cuir ciré.

– Écoute, Ancelin, Mossa t'aime bien et je fais confiance à Mossa. Si tu as quelque chose à me dire, tu peux me joindre n'importe quand à ce numéro.

Il est déjà parti que je suis encore en train de déchiffrer le numéro gravé sur sa carte de visite. Décidément, c'est ma soirée mondaine.

Dès que la voiture n'est plus en vue, je fonce à la poursuite de Johnny. En pure perte. Il a pu prendre dix directions différentes. Je shoote dans une poubelle en criant « merde ! » et un jeune couple change de trottoir. J'ai la tête qui tourne, le mélange bière-Campari-comprimés m'a l'air redoutable. Il faut marcher, é-li-mi-ner ! Je longe les murs au cas où je perdrais l'équilibre, mais non, tout va très bien, à part que j'erre encore une fois sans but dans la ville.

Deux heures plus tard, j'ai dessaoulé et j'ai les pieds en compote.

Je rentre chez Linda, lamentable. Je me traîne en haut et me laisse tomber sur le pieu défoncé dans la mansarde. Je sombre dans le sommeil à l'instant où ma tête touche le matelas.

Ça fait trois jours que Johnny ne s'est pas montré. Trois jours d'angoisse et de frustration, trois jours pendant lesquels j'ai arpenté la ville comme un chevalier errant. Aucun dragon sur ma route à terrasser pour accéder au niveau supérieur de la quête, car mon saint Graal à moi, c'est le dragon lui-même, et, ne pouvant le tuer, j'en suis donc réduit à une course sans fin.

Finalement, je me retrouve à mon poste d'observation, chez Linda, où je lis frénétiquement les journaux. L'enquête progresse, paraît-il. Mossa se pointe pour acheter des clopes. Il me dit que l'enquête ne progresse pas et me demande si je connais Farida. Je l'informe qu'elle n'aime pas les flics, il rigole, me flanque une tape amicale sur le dessus de la tête, je lui demande ce qu'ont donné les analyses graphologiques.

– Pas grand-chose. Un des experts est sûr que c'est Maeva qui a tracé les lettres sur le mur, l'autre est sûr que ce n'est pas elle. Elle était quasi illettrée, m'explique-t-il.

Je fais l'étonné :

– Ah bon ?

Je devrais essayer « Non ! Vraiment ? » ou « C'est-y pas Dieu possible ! » pour changer.

– Quand elle recopie des recettes, ça va, précise Mossa, mais sinon… c'est tout en phonétique. Remarque que ça ne change rien au problème.

Je me lance :

– J'ai parlé avec la veuve qui habite sur le même palier. Elle a suggéré que « BO » pourrait être le début d'un nom de famille.

– Le Pasteur y a pensé aussi. Tu sais, il n'en a pas particulièrement après toi. Il fait son boulot, c'est tout.

– Ça, ça me fait plaisir. Si je vais en taule pour un meurtre que je n'ai pas commis, au moins je sais que ce sera grâce à un flic intègre.

Mossa hausse les épaules.

– Arrête ton cinéma. Ils sont en train d'éplucher le passé de Maeva pour voir s'il ne recèlerait pas un mobile. Au fait, est-ce que tu savais que Maeva avait été marié ?

– Marié ? Avec un homme ou une femme ?

– A ton avis, banane ? Avec une femme. Il avait

18 ans, ça a duré six mois. Ils ont eu un gosse, qui a 30 ans aujourd'hui et qui n'a jamais connu son père. Robert Makatea.

Maeva papa ? Ça me fout encore plus le cafard. Mossa a l'air aussi démoralisé que moi. Il s'octroie un deuxième Coca avant d'enchaîner :

– Sa mère l'a envoyé poursuivre ses études en métropole. Il est informaticien, il vit à Marseille.

Le fils de Maeva, informaticien.

– En fait, Maeva n'avait pas rompu le contact avec son ex-femme. On a trouvé des lettres, des photos du gamin. C'est Maeva qui a payé ses études, en secret. Il avait interdit à sa femme de révéler quoi que ce soit à son fils.

– Vous avez pu le joindre ?

– Ouais, il est venu avant-hier. Il a refusé de voir le corps. Il devait pas être ravi de se découvrir un père travesti et qui faisait le trottoir.

– Il aurait peut-être préféré un ingénieur diplômé de Harvard.

– On a tous nos faiblesses, commente Mossa en se curant le nez et en expédiant la boulette à dix pas, droit sur l'attaché-case en cuir d'un type pressé.

Est-ce que tous les flics passent leur temps à se curer le nez ?

– Et les autres meurtres ? lui demandé-je. La Russe, Natty, Marlène…

– Apparemment, c'est l'impasse. Personne n'a rien vu. Les clients habituels ont tous des alibis. Aucun fendoir n'a été acheté récemment dans aucun des commerces spécialisés. Tiens, ça me fait penser que Luther m'a demandé de lui ramener de l'aspirine, ajoute-t-il en se frottant les tempes.

Je prends mon courage à deux mains et je lâche :

– Maeva a vu un type avec Marlène, un type en blouson, avec un capuchon qui lui recouvrait le visage.

Mossa manque laisser tomber son Coca.

– T'inventes ça pour te couvrir, Bo' ?

– Non, elle me l'a dit.

– Quand ?

Je lui raconte ma visite de l'après-midi.

– La femme chic, c'était toi ?

Il plisse les paupières, essaie de m'imaginer en femme chic.

– Bon, admettons. Le Pasteur va être furieux que t'aies rien dit avant.

– Ça change quoi ? On se doute bien que c'est un mec qui a fait le coup. Et vu qu'il n'y a aucun signalement...

– Et si tu laissais les flics faire leur boulot ?

– Et pour Bull ? Ça avance, votre boulot ?

Il sirote une gorgée de Coca, repose son verre.

– Le Pasteur pense que c'est toi qui l'as tué.

Là, c'est moi qui recrache la moitié de mon Perrier.

– Sa théorie est que Bull savait que tu avais égorgé Maeva, alors tu lui as fait sa fête.

– N'importe quoi ! Et j'ai tué Maeva parce que j'étais jaloux de sa première femme ? Et c'est moi aussi qui ai découpé les autres à la hachette parce que je viens de m'acheter un congélateur et que je savais pas quoi mettre dedans ? !

Mossa me regarde sans sourire. Le soleil couchant nimbe ses cheveux platine d'une auréole rouge. Il fait craquer ses longs doigts bruns.

– Maeva avait peut-être essayé de te piquer Bull ?

– Bull ? Mais c'était pas mon mec !

– On vous voyait toujours ensemble... Et l'autre soir, chez Reynaldo, vous vous êtes battus.

– Mais, putain ! J'aurais jamais couché avec ce débile !

– Les voies de l'amour sont toutes pénétrables, Bo', conclut Mossa en se levant. Je ne pense pas que ce soit toi, mais ce n'est pas moi qui suis chargé de l'enquête.

Alors, une fois de plus, suis mon conseil : prends soin de tes fesses.

– Ça vous démange d'en prendre soin à ma place, on dirait, lui lancé-je méchamment.

Métamorphose : le gentil géant Mossa vire au titan courroucé. Il m'attrape par les cheveux, me soulève à moitié de ma chaise sous le regard intéressé des passants et brandit un énorme poing à deux centimètres de mon précieux nez.

– Le jour où j'aurai envie de tirer un coup avec une caricature, je te ferai signe. Mais, en attendant, n'abuse pas de ma bonté.

– OK, j'ai compris. Je m'excuse !

Deux mecs en treillis et bottes de motard s'arrêtent. Un grand et un petit.

– Putain, un bamboula qui agresse une fille ! s'écrie le grand. Et personne bouge, tas de rats ? !

– Police, lance le bamboula en sortant sa carte et en me laissant retomber sur ma chaise.

– C'est ça, et moi je suis le fils du pape.

– Laissez tomber, les mecs, c'est un flic, leur dis-je pour calmer le jeu avant qu'ils se foutent sur la gueule.

Mossa écarte légèrement un pan de son blouson rouge, découvrant son holster. Les types secouent la tête, écœurés.

– Putain, tu veux aider un boudin et t'as que des emmerdes et après on va se plaindre qu'y a plus de sens civique ! conclut le grand en crachant par terre.

Ils s'éloignent en gueulant : « La France aux Français ! » et « Préférence nationale ! » Sauvée par des nazis : un comble ! J'arrange mes cheveux. Mossa, debout, finit son Coca.

Je répète « je m'excuse » d'un ton contrit.

– Ta gueule ! Tu comprends rien à rien, Bo'. T'es qu'un pauvre petit mec déguisé en nana. T'es en train de rater ta vie. Tu offres ton cul à n'importe qui et t'essaies de te persuader que ça a un sens, mais c'est de la merde. De la merde.

Il s'éloigne à grands pas. Maintenant, je suis sûr d'avoir tout gâché.

Machinalement, je continue à observer l'entrée de l'immeuble de Johnny. Bull n'en sortira plus jamais. Pourquoi n'ai-je pas répété à Mossa ce que m'avait dit Bull ? Pourquoi ne fais-je jamais ce qu'il faut ? Linda vient s'asseoir à côté de moi.

– Qu'est-ce qui s'est passé avec Mossa ?

– Je sais pas, il a pété les plombs.

– J'ai plutôt l'impression que c'est toi, dit-elle. Qu'est-ce que tu guettes comme ça ? Tu ne peux pas penser à autre chose qu'à ce Johnny ?

Non, je ne peux pas. C'est con, mais c'est comme ça, ne réponds-je pas.

– Tu as eu de ses nouvelles ?

Je hausse les épaules. Elle retourne au bar en soupirant.

Et, brusquement, j'ai une idée : l'Ambassador. Il n'aimera pas ça, mais tant pis. Je grimpe à la mansarde m'arranger un peu, j'enfile un sweater en laine noire assez large pour laisser passer mon plâtre. Jean noir en velours. Doc Martens assortis. Je remplace mes créoles par deux petites gouttes en obsidienne noire. Collier trois rangs de perles hyper classique, bracelets torsadés. Je brosse mes cheveux qui crépitent, je me remaquille avec soin. Tu es superbe, ma chérie, me dis-je en m'envoyant un baiser dans la glace. Un tout petit peu cadavérique, mais vu l'ambiance, c'est plutôt dans la note.

Il fait un temps magnifique. Quand je passe près d'elle, Miranda ne me reconnaît pas. Sous le soleil, elle ressemble à une momie replâtrée au fond de teint. Pendant que les autres femmes de son âge bavardent assises en groupe sur la Promenade, elle exhibe ses varices, moulée dans un short ultracourt débordant de cellulite. Ça me donne envie de l'inviter à prendre le thé. Je lui lance :

– On dit pas bonjour aux copines ?

– Dé quoi ? ! Va té faire soucer, hé pouf… Oh, Bo' ! C'est toi, chérrrie ! Tou vas à l'église ou quoi ?

– Je cherche Johnny.

– Ma poutain ! Tou peux pas lé laisser tomber, cet salopard ? !

Deux collégiens passent en ricanant.

– Ouh, ouh, les pétitts ! Por vous, Mama Mirrranda, elle fait presque gratouit !

Ils se sauvent, écarlates.

Histoire de dire quelque chose, je lui demande :

– Et Elvira ?

– Yé sais pas. Elle est pas venou. La Karrren dit qu'elle l'a vou vers dévant lé casino. Elle est oun po folle, la Elvirrra, conclut-elle.

Brève image d'une Elvira furieuse tirant à bout portant sur un Johnny moqueur. Un trou bien propre entre les deux yeux glauques de Johnny. Et Elvira se cassant en Italie. Je salue Miranda et je repars.

Des gosses font du tricycle le long des plages sous le regard attendri de leurs mamies. Ma mamie à moi ne sait plus mon nom. Elle voudrait que je n'aie jamais existé.

Devant l'hôtel, les palmiers se balancent mollement. Je grimpe les marches de l'entrée le ventre noué. Je me dirige droit vers le California Grill. La blondasse est là, elle me tend déjà la carte, je lui dis que je voudrais voir M. Garnier. Elle me toise. Se demande visiblement ce qu'une petite créature ambivalente peut vouloir à l'austère Jonathan. Puis elle condescend à me répondre du bout des lèvres qu'il est absent.

– Jusqu'à quand ?

– Je ne sais pas, il faut voir le chef du personnel, M. Tomaso. Il sera là ce soir, à partir de 18 heures.

Je la remercie aussi aimablement qu'elle m'a reçue et je me mets à la recherche du petit groom déluré. Il somnole debout près d'une colonnade. Il me salue sans manifester le moindre étonnement devant mon changement de sexe. Il a l'air content de me voir, moins content quand je lui annonce que je suis à la recherche de Jonathan.

– Encore ! Mais c'est une obsession !

– C'est important. Une affaire personnelle.

– Ça oui, j'm'en doute… Il est pas là, le père Garnier. Il a pris un congé sans solde pour rentrer chez lui à la Réunion, voir son vieux père qui est très malade.

Son vieux père ? A la Réunion ? Qu'est-ce que c'est que ces conneries ?

– C'est sérieux ?

– Est-ce que j'ai l'air d'un plaisantin ?

– Est-ce qu'on a une adresse où le joindre ?

– Ah ça, faudrait voir avec M. Tomaso…

OK, à partir de 18 heures, je sais. Je le remercie sans écouter ce qu'il me dit et je me retrouve dehors. Johnny s'est barré. La crainte qu'il ait décidé de quitter la ville me vrille l'estomac. Il est peut-être déjà loin. Dans un avion, un train, en route pour une autre ville. La pensée que je ne verrai plus son visage m'est insupportable. J'ai besoin de lui. Bo' a Bo-soin de Johnny.

Il faut que je fasse quelque chose. Je ne peux pas rester à attendre. Entre les meurtres et la disparition de Johnny, je sens que je frôle la surchauffe. Je décide d'aller rendre visite à Louisette. Et jeter encore un coup d'œil chez Maeva au cas où quelque chose m'aurait échappé.

Louisette est absente. Mais la porte de l'appartement de Maeva est entrebâillée.

Je m'approche sans bruit et colle mon oreille au battant. Odeur de fumée, légers bruissements. Je me prends à imaginer que l'assassin est là, revenu sur les lieux de son crime. Je pousse la porte tout doucement, millimètre par millimètre. Le hall est plongé dans l'obscurité. J'aperçois le salon. Quelqu'un est assis sur le canapé et fume. Je retiens ma respiration en essayant de discerner ses traits.

– Entre, Bo'. Fais comme chez toi.

Le Pasteur ! Une demi-seconde, je manque foutre le camp en courant. Puis j'avance. Il détaille ma tenue, les paupières à demi baissées.

– Tu me sembles bien parti pour décrocher un rôle dans *La Famille Addams*, laisse-t-il tomber avec un sourire en coin.

Puis, reprenant son sérieux, il ajoute :

– Qu'est-ce que tu fous là ?

– J'étais venu voir Louisette Vincent. J'avais envie de parler à quelqu'un.

– Te confesser, tu veux dire ?

– Non, parler, je veux dire.

– Tu peux me parler si tu veux. Assieds-toi, je t'écoute.

Je ne m'assieds pas. La pièce pue le sang séché. Les lettres sur le mur me font mal aux yeux. Et le Pasteur me fait peur.

– Tu savais que Maeva s'envoyait ton mec ?

Qu'est-ce qu'il raconte ?

– Quel mec ?

– Allons, Ancelin ! Tout le monde est au courant de ta passion pour ce type qui habite en face de chez Bull Cargèse : Johnny Belmonte.

Il ne sait même pas son vrai nom. Il ne sait rien sur lui. Sa cigarette grésille, braises rougeoyantes. Il se passe la main dans les cheveux, paresseusement.

– Tu m'entends ? insiste-t-il

– Oui. Mais Belmonte n'est pas mon mec.

– Mais t'aimerais bien qu'il le soit, me rétorque-t-il en écrasant sa cigarette sur un Sacré-Cœur en imitation d'albâtre. Paraît que t'en es cinglé... J'ai interrogé les... « copines » de Maeva. Il se trouve que ce sont aussi les tiennes. Stéphane Boucebsi, Frank Rasetto dit Lady Di... Elles n'apprécient pas beaucoup Johnny. Un sale con, à ce qu'il paraît.

J'attends la suite, debout près de la télé. Le sang a séché, occultant l'écran d'une croûte marron. Je me retiens pour ne pas la gratter avec l'ongle.

– Et puis la veuve Vincent s'est souvenue d'un mec qui était passé souvent voir Maeva ces derniers temps, poursuit le Pasteur de sa voix profonde. Un grand blond musclé aux cheveux courts bien coupés. Avec de beaux yeux bleus. Ça correspond à la description de ton Johnny, non ?

Descente en roue libre. Maeva et Johnny ? C'est impossible. Il déconne !

Le Pasteur fait craquer ses doigts sans avoir l'air de déconner. Il ne semble pas incommodé par l'obscurité, l'odeur, la tristesse des lieux. Je sais qu'il réfléchit. Qu'il est venu ici pour penser. Pour savoir. Pour savoir comment me piéger.

– Eh bien, mon petit Ancelin, à force d'avaler, on dirait que t'as fini par avaler ta langue ? susurre-t-il en ôtant ses lunettes.

Il les essuie avec un Kleenex qu'il sort de sa poche, inspecte les verres, les remet, se lève.

– Je suis désolé pour toi, Bo', mais si je n'apprends rien de nouveau, je vais être obligé de t'arrêter.

Mon cœur bat la chamade.

– Maintenant ?

– Détends-toi, ma poule, il faut d'abord que je voie le juge.

– Je n'ai pas tué Maeva. Et elle ne couchait certainement pas avec Johnny. Johnny n'aime que les femmes. Il n'a rien à voir avec tout ça.

– Certainement… Mais il habite en face de chez Bull, il n'a pas reparu à son domicile depuis plusieurs jours, et quand j'ai cherché au fichier je me suis aperçu qu'il n'existait pas… Tu peux peut-être me dire, toi, qui est Johnny Belmonte ?

Grand froid intérieur. Je comprends sa manœuvre. C'est ça qu'il voulait dire en me menaçant de m'arrêter si rien de nouveau n'intervenait. Il soupçonne Johnny ! Je garde le silence. Il prend une longue inspiration, signe d'énervement, puis laisse tomber :

– Tu peux t'en aller.

Je m'en vais sans avoir ouvert la bouche.

Chapitre 12

Tout tourne dans ma tête. Le Pasteur est sur la piste de Johnny. A cause de moi. A cause de cet amour imbécile que je lui porte sans pouvoir m'en empêcher. Maeva et Johnny ? Pourquoi allait-il la voir ? Quelle autre facette perverse de son personnage exhibait-il devant elle qui était si douce et si innocente ?

Ou alors, ce n'est pas lui. Des blonds aux yeux bleus, il y en a des centaines. Maeva avait peut-être un client qui ressemble à Johnny. Je ne peux pas supporter l'idée qu'il soit prêt à me rouer de coups si je le touche et qu'il puisse se taper un autre mec !

Il faut que j'interroge Louisette. Elle ne m'a pas parlé de Johnny. Il faut qu'elle me donne des détails.

Je m'installe dans un troquet au bout de la rue et j'attends qu'elle rentre.

Le Pasteur sort, coiffé d'une casquette de base-ball noire. Il remonte le col de son manteau en cuir noir, grimpe dans une BM noire et démarre en douceur.

Je commande un café. Le patron me tire la gueule. Je me rends compte que je suis au siège de l'amicale bouliste du quartier et que je fais plutôt tache. Le temps passe, rythmé par les galéjades des joueurs qui viennent étancher leur soif. Pas de Louisette. La nuit tombe, comme tous les soirs. Rien de moins fantaisiste que la nuit. Sauf le jour, peut-être. Les deux font la paire !

Bon, j'ai le choix entre continuer à attendre Louisette en me bourrant de café trop amer ou aller interroger le sieur Tomaso. Mais à vrai dire, je ne crois pas que Tomaso sache grand-chose. Louisette par contre… Parce que, s'il est vrai que Johnny a rendu visite à Maeva… Non. Pas envie de poursuivre ce raisonnement. Juste respirer un grand coup en ne pensant à rien.

Mais je pense. Et l'image de Johnny maniant un fendoir à viande n'arrête pas de me bourdonner sous le cuir chevelu comme une grosse mouche bleue.

Tellement simple et logique. Johnny, félin chassant la nuit, s'ébrouant dans le sang et s'offrant à la lune.

Et le bénéfice du doute, Votre Honneur, vous vous asseyez dessus ? Johnny Belmonte psychopathe ? On ne peut pas répondre non. Assassin ? On ne peut pas répondre oui.

Mais si c'est Johnny qui a tué Mariana, Natty, Maeva, Marlène, alors c'est également lui qui a tué Bull. Et, dans ce cas, pourquoi m'avoir rendu ma bague ? Pourquoi avoir écrit mon nom sur le mur chez Maeva pour m'incriminer et ne pas avoir laissé ma bague sur l'évier ? Un nouvel indice contre moi. Le Pasteur ne m'aurait plus lâché. Non, voici comment ça s'est passé : Farida trouve la bague, la reconnaît et lui dit : « Tiens, tu rendras ça à Bo'. » Il est bien obligé de la prendre et de sortir.

Je suis folle, je suis en train de parler de Johnny ! Je me secoue, je me traite de vilaine conne, de jalouse, d'enculée. C'est pas parce que ce mec est le dernier des enfants de salaud qu'il va aller buter des putes. C'est juste un jeu pour Johnny. Il joue à « c'est moi le plus fort ». Un truc de mec infantile. Il se sert de sa queue comme d'un fouet, c'est tout. Comment puis-je même imaginer des trucs pareils ?

Le psy dirait que je veux lui attribuer la toute-puissance. « Image projetée du père haï-et-aimé, allons, mon petit Bo', faites un effort, si seulement vous vouliez bien cesser de fantasmer sur ce type et de vous déguiser en gonzesse, puisqu'on vous dit que c'est overdose névrose ! »

Il y a 400 000 habitants dans cette ville. Pourquoi ce serait lui ? Pourquoi juste mon mec ? Merde, Louisette, dis-moi que c'est pas vrai, qu'il n'est jamais venu chez Maeva ! A vrai dire, si même il a eu – soyons audacieux – des rapports sexuels avec Maeva, ça ne signifie pas pour autant qu'il soit son assassin. Nous avons peut-être affaire, mon cher Watson, à une simple coïncidence.

A 7 heures, je n'y tiens plus. Où Louisette peut-elle bien traîner à son âge ? A moins que j'aie détourné les yeux à l'instant précis où elle passait la porte ? Pour en avoir le cœur net, je décide de retourner sonner chez elle.

Je me lève, je sors. Au moment où je pousse la porte d'entrée, je sens mon cœur dégringoler dans mes chevilles : un type me fait face. Grand, costaud, les cheveux hérissés. Le Tahitien !

Il me dévisage et soudain ses yeux s'agrandissent. J'essaie de ressortir, mais il m'attrape par le bras avec suffisamment de force pour m'envoyer dinguer contre le mur.

– Espèce de sale pute ! me crache-t-il. C'est toi, hein, Bo' ! C'est toi, espèce de salope !

Je suis tétanisé. D'une part, parce qu'il ne fait que dire la vérité ; d'autre part, parce qu'il vient de sortir de sa poche un couteau pointu. Un Opinel bien aiguisé. Est-ce que je rêve ?

Il fonce sur moi, le couteau à la main, et je sais que je ne rêve pas. Je m'écarte d'un bond, et la lame effilée rate ma gorge de quelques centimètres.

J'escalade quelques marches, il est déjà là, soufflant

comme un taureau furieux. J'agrippe la rampe de mon bras valide et je projette ma jambe tendue vers sa tête, avec toute la grâce et la force d'Esther Williams en plein ballet nautique. Le bout renforcé de ma Doc et son nez font connaissance : le sang gicle de ses narines. Il pousse un grognement nettement terrorisant et revient à l'assaut, mais j'ai de l'avance et, à l'instant où il déboule sur le palier du premier, j'enjambe la rampe et me laisse tomber au rez-de-chaussée. Rotules jeunes et solides, chevilles souples et flexibles absorbent bien le choc. Le type redescend en courant, hystérique, le couteau brandi. Je sors, je tire la porte derrière moi et, quand j'entends ses pas tout près, je la rouvre de toutes mes forces.

Cette fois, en plus du nez, il a la bouche en sang. Il lâche le couteau, à demi sonné, et tombe à genoux, le regard vitreux.

– Enfoiré…, marmonne-t-il.

Je ramasse le couteau, le pointe vers lui avec l'élégance d'El Cordobès s'apprêtant à porter l'estocade finale et lui demande poliment :

– Vous pourriez peut-être m'expliquer ce que vous me reprochez ?

– C'est ça, fous-toi de ma gueule, me dit-il, haletant. Mais je te jure que tu vas payer.

– Payer quoi ? Bordel, je ne comprends rien à ce que vous dites !

Il se relève, je m'écarte, il agrippe la poignée de la porte. Je brandis l'Opinel.

– Ne bougez pas !

– Va te faire foutre !

Il ouvre et sort en chancelant.

– Je t'aurai, lance-t-il encore en s'éloignant.

Je le regarde partir sans savoir quoi faire. Je décide de lui courir après quand mon regard se pose sur deux lettres gravées dans le manche en bois du couteau : R. M.

Les initiales de Maeva... Bon Dieu ! Ce type a volé le couteau dans l'appartement. Il est venu fouiner ici. Louisette...

Je grimpe l'escalier quatre à quatre. Sonne longuement, pas de réponse. Le type au couteau sort d'ici, et Louisette ne répond pas. Je m'imagine un instant en train d'enfoncer la porte, mais le sens des réalités me retient *in extremis* de me casser l'autre bras. Que faire ?

La clé de Maeva ! Dans ma poche. Les deux appartements ont des balcons contigus. Effraction de domicile sous scellés. Mais qu'est-ce que j'en ai à foutre ? Je serai en taule pour meurtre ou je n'y serai pas.

La clé tourne dans la serrure. Déclic. De nouveau le petit hall, de nouveau le salon, et cette odeur entêtante, écœurante. Qui va nettoyer l'appart ? Est-ce qu'il y a un service spécial ? Est-ce qu'ils vont aller trouver le fils de Maeva pour lui dire de payer ? Assez de pensées parasites, Miss Bo'.

Je fais coulisser la baie vitrée, je me retrouve sur le balcon, troisième étage. C'est vrai qu'on voit la mer. On sent même la brise fraîche du soir.

Une cloison d'un mètre quatre-vingts environ sépare le balcon de Maeva de celui de Louisette. Donc, il faut l'enjamber par l'extérieur et, pour ça, il faudrait que je puisse me tenir au balcon de Maeva de la main gauche, ce qui est impossible. Je rentre dans l'appartement à la recherche d'un escabeau. Il est rangé dans la cuisine, à côté de la planche à repasser. J'enfile des gants en latex rose et je le trimballe sur le balcon. Séquence escalade.

Je me retrouve à califourchon entre les deux balcons, en espérant que les pékins en contrebas n'auront pas l'idée de regarder les mouettes. Je me suspends de la main droite et me laisse tomber en douceur. Après le vol plané de tout à l'heure, rotules moins fraîches et chevilles nettement moins souples : je frôle le crash aérien.

Je me redresse et longe les vitres, en étreignant fiévreusement le couteau. Le salon de Louisette est plongé dans l'obscurité. Les reflets des lampadaires dans la rue m'empêchent de distinguer quoi que ce soit. Je fais coulisser le panneau et j'entre furtivement. Je ne veux pas allumer au cas où elle dormirait, ivre morte, et risquer de la réveiller en sursaut et qu'elle se tape une crise cardiaque. J'avance avec précaution. Je me cogne dans une table pointue, je me tords la cheville en trébuchant dans le fil du téléphone. Dégringolade dudit téléphone dans un tintamarre d'enfer. Je le ramasse à tâtons, le repose sur la console, le cœur battant. Rien n'a bougé. Louisette n'est pas là.

Je me laisse tomber sur le sofa, haletant. Besoin de souffler une minute. Et je me redresse, les cheveux droits sur la tête : il y a quelqu'un d'assis ! Ma gorge bloquée, maxillaires démesurément ouverts sur cri muet.

J'essaie de respirer à nouveau. Et si c'était le type ? me dis-je bêtement alors que je l'ai vu s'éloigner. Je recule, manque tomber, m'accroupis contre un fauteuil. La personne assise reste immobile, masse sombre dans la pénombre. Une voiture prend le tournant un peu plus haut et ses phares éclairent brièvement la pièce.

Louisette ! Je me relève. Elle ne bouge toujours pas et je sais qu'elle ne bougera pas. Le collier rouge vif qu'elle a autour du cou ne s'enlève pas. On le lui taillé dans la chair. Ses yeux noisette sont grands ouverts. Ils regardent peut-être la mer dans mon dos. Ses mains reposent sur les coussins. Le sang a taché son chemisier à jabot, sa jupe, ses bas. Sa tête est appuyée en arrière contre le rebord du canapé, c'est pour ça qu'elle ne s'est pas écroulée. Je touche sa joue froide. Je sens mes yeux se mouiller, c'est une sensation très étrange. Je les essuie du bout de mon index caoutchouté.

Encore un meurtre.

Encore un cadavre.

Encore quelqu'un que je connaissais. Et je suis là, dans l'appartement où je me suis introduit par effraction. Si quelqu'un se ramène…

Je ressors précipitamment après un dernier regard pour la vieille danseuse. Je saute, je m'accroche au faîte du mur avec la main droite, je me contorsionne comme un singe, je griffe le mur avec mes pieds et je me retrouve enfin juché en haut, à plat ventre. Je me laisse retomber sur l'escabeau. Le rentrer, placard cuisine, foutre le camp, vite.

Dehors. Marcher. S'éloigner. Ce n'est qu'au moment où j'aperçois le Marché aux fleurs que je me calme un peu et m'oblige à penser.

A faire preuve de lo-gi-que. Le type sortait de l'immeuble. Il avait un couteau. Louisette a été égorgée. *Ergo*, il l'a tuée.

Mais pour quelle raison ? La plus évidente serait que Louisette l'ait vu se rendre chez Maeva avant le meurtre de celle-ci.

Et moi ? Pourquoi voulait-il me tuer, moi ? Poursuit-il une vendetta personnelle contre les amis de Maeva ? Vendetta qui n'aurait rien à voir avec les meurtres des prostituées ? Je me sens tellement sous pression que j'ai presque envie d'arrêter les passants pour leur demander leur avis. « J'ai failli crever il y a à peine une demi-heure ! Tous les gens que je connais meurent. Les flics veulent me coller leurs morts sur le dos. Y a-t-il un détective dans la salle qui pourrait m'aider ? ! »

Il faut que j'aille voir le Pasteur. Que je lui dise que ce type a essayé de me tuer. Qu'il sortait de chez Louisette. Et que Louisette est morte.

– Ah oui ? me dira-t-il. Et qui d'autre a vu ce type à part toi, ma chérie ?

Je lui montrerai le couteau.

– Super, c'est justement avec ça qu'on a tué Maeva.

Et hop, il m'inculpera des deux meurtres et je ressortirai dans vingt ans, à moitié chauve et sans avoir pu faire de lifting. Stop.

Se calmer. Tout récapituler encore une fois.

Un : on tue deux prostituées à coups de fendoir à viande.

Deux : on s'attaque à Marlène et on s'interrompt en cours de route en s'apercevant que c'est un homme.

Trois : on tue Maeva parce qu'elle a vu la personne qui est partie en compagnie de Marlène. On écrit mon nom sur le mur pour orienter les soupçons sur moi. On sait donc que je suis une amie de Maeva.

Quatre : on tue Bull qui prétend connaître l'identité du tueur de prostituées.

Cinq : on tue Louisette qui a certainement vu un jour l'assassin se rendre chez Maeva.

Six : juste avant que je ne la découvre égorgée, un Asiatique essaie de me tuer dans l'entrée de son immeuble.

La conclusion me semble évidente. Surtout si on considère que Maeva le connaissait et avait peur de lui, d'après Stéphanie. Et maintenant ?

Personne ne me croira. Rien ne relie ce type à tous ces meurtres. Et je ne comprends même pas son mobile en ce qui me concerne. Cette colère contre moi.

Je me retrouve en vue de l'Ambassador sans même l'avoir voulu. J'y entre, tout à mes élucubrations. Si le Tahitien a tué Bull, c'est que Bull savait vraiment quelque chose. Mais comment Bull a-t-il pu être en contact avec lui ? Pourquoi s'est-il rendu à ce qu'il appelait « sa chambre » ?

Le hall est encombré d'Italiens volubiles. J'essaie d'attirer l'attention d'un réceptionniste débordé. Où peut bien être cette chambre ? Dans un hôtel comme celui-ci ?

Et que contient-elle ? Une preuve accablante pour l'assassin, certainement. Et si Bull connaissait le Tahitien, est-ce que Johnny le connaît aussi ?

– Mademoiselle ?

Je me retourne pour chercher la demoiselle ; merde, c'est moi. Je demande M. Tomaso. On me drive jusqu'à un bureau orné d'une plaque « privé ». Un petit homme chauve en costume trois-pièces lève la tête quand on m'introduit. Je lui expose ma requête pendant qu'il fixe ma minuscule poitrine avec une attention soutenue. Il prépare peut-être une thèse sur les différents stades du développement des caractères sexuels secondaires ? J'explique à son crâne luisant que je dois contacter Jonathan Garnier : c'est un de mes cousins et une de nos tantes vient de décéder. Il me détaille, visiblement perplexe. J'aurais dû dire « oncle ».

J'ajoute que la tante en question a été assassinée. Ça semble l'impressionner. Il toussote, me demande comment.

– Avec une corde à piano, je précise. Une corde que l'assassin a prélevée sur le Steinway où elle avait tant de plaisir à jouer la *Funèbre* de Chopin.

– Le problème avec les Steinway, c'est que c'est moins fiable que ce que l'on croit, me dit-il, les sourcils froncés, en pianotant de son côté sur son ordinateur.

Il recopie une adresse et un numéro de téléphone et me les tend en précisant que c'est confidentiel. Remerciements. Je sors, son regard fixé sur mon cul. L'amusant avec ce genre de types, c'est que même une planche à clous a l'impression de se transformer en Jayne Mansfield.

Je déplie le papier qu'il m'a remis en effleurant suggestivement mes doigts. L'adresse, c'est celle que je connais. Je m'arrête dans une cabine pour essayer le numéro de téléphone. Une sonnerie, deux sonneries, trois…

« Vous êtes bien chez Farida, merci de me laisser un message », me dit le répondeur.

Il faut que je bouge.

Je bouge.

Rumeur de la ville, frémissement de la ville, murmure rieur de la ville. Partout des gens, des lumières, des bagnoles. Activité nocturne intense que je traverse comme une phalène cherchant à quoi se brûler les ailes.

Odeurs de bouffe, les restos se succèdent, jongleurs de rues, un chien aboie, sirènes au loin, brouhaha, échos de télés, un type gratte une guitare, un autre joue du violon, vendeurs de roses, de colliers, un ado tourne autour d'une gamine coiffée en brosse qui lui crie : « Non mais putain ! Quelle langue tu parles ? Lâche-moi, je te dis, tu pues ! »

Langue…

Bull était au courant pour la langue de Marlène alors que ça n'avait pas paru dans les journaux. « Y'a pas que toi qui as des amis dans la police. »

Marlène/Derek. Derek/Bull ? Bull indic pour Derek ? Marlène disant à Derek qu'un Tahitien terrorise Maeva. Derek, qui lui doit une fleur, demandant à Bull de se renseigner. Bull suivant le Tahitien et, bingo ! tombant sur le tueur de putes ! Qui fait aussitôt le ménage : Marlène morte ; Bull mort ; Derek mort…

Quand Bull est mort, j'ai paniqué, j'ai foutu le camp. Mais le tueur venait juste de passer. Et donc, Bull avait peut-être des renseignements, des indices cachés chez lui. Je fais demi-tour et reviens sur mes pas.

J'attends qu'il n'y ait personne en vue et je m'engouffre dans l'immeuble. A défaut d'une nouvelle couche de peinture, il y a une nouvelle couche de pisse de chat.

L'appart de Bull est fermé à clé, les scellés sont sur la

porte. Je flanque un coup de pied dans la serrure, la porte s'ouvre : le temps n'est plus aux fioritures et je n'en suis pas à un crime près. Une fois dedans, je referme la porte.

Ici aussi, ça pue, comme chez Maeva, la douleur et la mort. J'évite de regarder la cuisine, le sang par terre, pas lavé. Je suis devenu un vrai spécialiste des visites *post mortem*. Je fouille la chambre, sans trop savoir ce que je cherche. Cartes de bus périmées, emballages de McDo, livret militaire, photos d'un gamin grassouillet et édenté qui a déjà les yeux sans regard de Bull, un superbe appareil photo avec zoom intégré, tickets restaurant, chéquier graisseux, BD écornées, un nunchaku flambant neuf, un coup-de-poing américain huileux, des gants de boxe rouges.

J'enfile un gant, je me regarde dans la glace : pas mal. Bo', la Boxeuse Manchote, contre le Tueur Masqué ! Whaff, swing du droit, crochet du gauche, attention, esquive, esquive, schlaaaaf, jeu de jambes, whaff whaff, je me baisse, attention, whaff, uppercut ! Emporté par mon élan, je percute une étagère branlante qui me dégringole sur le coin de la tête, énorme boucan, je rentre les épaules, je me fais tout petit. Rien.

Une enveloppe beige rebondit sur le sol.

J'ôte le gant, je m'essuie le front, je la ramasse. Des photos. Apparemment prises au zoom. Des gens que je ne connais pas, d'autres que je connais de vue. Sales gueules pour la plupart. Des petits malfrats cadrés de loin, dans des rues sombres, en train d'effectuer des transactions louches. Des photos de Johnny, de moi. Johnny grimpant dans un taxi. Johnny parlant à Elvira. Moi en femme. A la terrasse du café.

Je gagne la fenêtre. Une vue superbe. Toute la place, l'entrée de l'immeuble et même la rue adjacente. Le petit salaud… Je reprends l'examen des photos.

Des putes. Des clients parlementent avec elles. Près de la fontaine, un mec enfouit un sachet blanc dans sa poche.

Un vieux bien mis en train de reluquer des jolis bambins. Maeva sortant de chez elle.

Et là, le Tahitien. Le Tahitien embusqué sous un porche, alors que Maeva traverse la rue. Devraient m'engager comme chien-loup stagiaire, les flics : je suis très bon à quatre pattes et j'ai un flair d'enfer.

Encore le Tahitien, marchant d'un pas rapide, le regard fuyant.

De nouveau Maeva, en compagnie de Stéphanie.

Le Tahitien passant devant l'Ambassador avec Johnny en arrière-plan, sur le perron.

Agrandissement de Johnny en tenue de serveur. Il a dû se régaler, le Bull, en découvrant ça. Continuons.

La fenêtre éclairée d'un appartement.

Un plan de travail carrelé. La photo est à moitié déchirée. Le carrelage est taché, de grosses taches marron. Qu'est-ce qu'il y avait sur la moitié déchirée ? Je fouille au fond de l'enveloppe et en sors les pochettes de négatifs. Je les examine rapidement en transparence. Pas de carrelage taché. Je reprends plus posément. Toutes les photos sont numérotées, mais entre la S. 18 et la S. 28, il n'y a rien. Ou bien Bull a planqué une partie de la pellicule et des tirages ailleurs, ou bien quelqu'un les a emportés.

Je pencherais pour la seconde hypothèse. J'en suis là de mes réflexions quand la porte s'ouvre. Un jeune type essoufflé apparaît sur le seuil, un flingue à la main. Je le vois dans le miroir, mais lui ne m'a pas encore vu. Il porte un blouson en cuir et l'étiquette « flic » scotchée sur le front. Je me plaque contre le mur, avec le nunchaku. Il franchit le seuil prudemment, je lui abats le casse-tête sur la sienne, il crie : « Merde ! », trébuche, je le pousse, il tombe, je bondis dans le couloir, il crie : « Halte ! » comme à la télé. Magic Bo' pulvérisant le record du monde de la descente d'escaliers.

La rue, le bruit, la nuit. Ô nuit bien-aimée, ô douce marraine bienveillante penchée sur le berceau de ton enfant difforme, exauce-moi encore une fois : transforme ce flic en grenouille et qu'on n'en parle plus !

Le jeune flic arpente la place en lançant des « coa-coa » énervés. Je m'engouffre dans l'église, je longe les bancs bien cirés. Agréable odeur d'encaustique et de cierges au miel biologique. Je me glisse dans un confessionnal désert et j'attends en me récitant la liste de mes péchés. Comme ça commence à faire long, je ressors : plus de flic en vue, je m'éloigne calmement.

Mon poignet me fait mal. Cachet apaisant avec bière chinoise à la terrasse d'un thaï. Effluves de basilic et de citronnelle.

Ainsi donc Bull était bien un indic. Il a filé Maeva pour savoir qui la terrorisait, il est tombé sur le Tahitien et l'a suivi. Jusqu'à cette fameuse « chambre ». Mais comment la localiser ?

Je finis ma bière, je me remets à marcher. Le souffle du vent chargé des vagues du large m'enveloppe. Les mouettes planent, leurs cris incessants hachurent la nuit comme des griffes.

Une chambre souillée de sang, anonyme et discrète, ensevelie sous les murs innombrables de la ville. Une chambre où un homme allongé rêve les yeux ouverts, la lame effilée de son couteau en équilibre sur la langue.

Envol de pigeons, bruyants, affairés, leurs ailes me frôlent. L'œil du tueur doit avoir la même fixité que les leurs. Une prunelle insensible et inexpressive dardée sur sa proie. Un œil dont la seule fonction est de voir. Les oiseaux et les requins ont-ils un ancêtre commun ? Requins, lagons, atolls. Si le Tahitien est le tueur, il a forcément un rapport avec le passé de Maeva… et, bordel, ce que je peux être débile : R. M. !

« R. M. » Pas Raymond, Robert. Robert Makatea, son con de fils ! Aussi grand et costaud que son père.

Mais pourquoi aurait-il tué son père ? Le sens de l'honneur ?

Imaginons. Par sa mère, Robert Makatea apprend que son père est un travelo. Il commence à rôder dans la faune nocturne. Tue toutes les putes qui lui font des avances, parce que les putes, il les a en horreur. Prend l'habitude d'extorquer de l'argent à son père. C'est pour ça que Maeva se cache quand elle le voit. Elle s'en plaint à Marlène, qui va le dire à son pote Derek, qui lui doit un service. Derek essaie de raisonner Robert, qui le suicide au gaz et vient l'achever à l'hôpital. Puis, Robert appelle Maeva pour lui dire qu'il sait qui a tué Marlène (évidemment : c'est lui) et lui annonce qu'il va venir. Maeva lui prépare un tartare, il arrive et la tue. Parce que le tartare n'est pas bien assaisonné ?

On me frappe sur l'épaule, je pivote, si c'était… C'est Axelle, complètement défoncée.

– *Heil*, Cyborg ! me lance-t-elle en essayant de lever le bras.

– Oh, salut !

J'esquisse un pas de côté, les yeux à l'affût de Johnny. Elle m'agrippe par la manche.

– J'en ai vu un ! m'informe-t-elle, enthousiaste.

– Un quoi ?

Je n'ai pas envie de lui parler, j'ai envie d'être seul.

– Un type qui s'est fait greffer des yeux en inox.

Allons bon…

– Écoute, Axelle, faut que j'y aille, j'ai rendez-vous…

– Des yeux en inox, c'était fabuleux ! Bo', vraiment fabuleux ! J'ai voulu lui parler, mais il était hors contact, not on line, tu vois, il surfait cosmique…

– Un rendez-vous urgent…

– Je le sentais vibrer… Une vraie centrale nucléaire au bord de l'implosion, le mec…

Une Mobylette passe en pétaradant, montée par un type qui… Non, ce n'est pas Johnny.

– … et vachement coupant, très chargé yang, genre qui pénètre à fond, qui tranche jusqu'à l'âme, t'vois…, est en train de dire Axelle.

– Mais de quoi tu parles ?

– De ce truc cousu contre sa hanche, en acier glacé, t'aurais vu, oh ! putain !

Je l'empoigne par les épaules.

– Un truc en acier cousu contre la hanche ? Quel truc ?

– Une espèce de hache. J'ai essayé de lui parler, j'aurais bien voulu toucher ses yeux, alors il a écarté sa veste et il a dit : « Casse-toi. » Mauvaises vibrations, ça arrive avec l'inox.

Je m'efforce de lui parler avec douceur :

– Il était où, ce mec ?

– Là-bas… Vers la mer.

– Vers la mer où ?

– Architecture fasciste, t'sais, vers Gambetta…

– Il t'a montré sa hache et il est parti ?

– Ouais. Il m'a regardée avec ses yeux en inox, effet laser intégré, j'ai failli tomber à genoux. Dis, t'as pas un peu de fric ?

Je lui donne mon dernier billet de cent.

– Est-ce que c'était un Asiatique ?

– Le concept de race, c'est total décadence, t'sais ! me dit-elle avec reproche.

Sans écouter la suite, je fonce dans la direction indiquée. Un homme aux yeux en inox avec une hache contre la hanche. Elle a vu le tueur.

Beaux immeubles résidentiels en front de mer. Je me dévisse le cou pour observer chaque entrée, chaque coin sombre, chaque mètre carré de la plage enfouie dans une obscurité grondante. Je me sens si fatiguée. Axelle a eu un délire, c'est tout. Le mec, si mec il y a eu, a disparu dans la nuit de la ville. Et Johnny ? Johnny que je n'ai pas hésité trois secondes à soupçonner de meurtre. Est-il là, quelque part, tout près de moi ? L'idée même de le retrouver n'est plus qu'une carotte que j'agite mentalement pour me faire avancer.

Et soudain, je le vois. A contre-jour. Debout devant l'entrée d'un immeuble luxueux. Il fume, immobile sous un palmier. Est-ce que je rêve ? Mais non, c'est lui, dans son costume gris. Je reconnais sa silhouette, son attitude, mais, en même temps, il me semble bizarre. Un type en pardessus bleu marine sort de l'immeuble ; ils se saluent. Je me fais tout petit dans une encoignure. Johnny me tourne le dos.

Il finit sa cigarette, jette le mégot dans le caniveau. Il regarde sa montre, l'air d'attendre quelqu'un. Puis il tourne les talons, disparaît derrière la haie bien taillée et, deux secondes après, la porte vitrée de l'immeuble s'ouvre : le voilà qui entre et traverse le hall dallé de marbre. Je n'ai pas vu s'il avait sonné chez quelqu'un ou ouvert avec une clé. Est-ce que la femme, ma rivale, existe ? Est-ce qu'elle habite là ?

La porte s'ouvre avec un digicode. Je le contemple, je pianote sur quelques touches au hasard, Sésame ne s'ouvre pas. A travers le vitrage, je déchiffre les noms des locataires sur les boîtes aux lettres en alu renforcé. Pas de Garnier, mais un J. : J. Klein. Je m'enfonce dans l'ombre de la haie, en espérant que quelqu'un voudra bien sortir ou entrer. Mon poignet m'élance toujours. Pourvu que Marco n'ait pas fait de conneries, aucune envie de me retrouver avec une serre à la E. T. à la place de ma jolie mimine.

Le vent charrie des feuilles mortes, temps incertain annonciateur d'orage. Je me demande si je n'ai pas rêvé, si c'est bien Johnny que j'ai vu. La boule noueuse dans mon estomac me dit que oui. J'attends, longtemps.

Je ferme les yeux, ça me repose.

Je me suis presque endormi debout quand le déclic de la porte me fait bondir. Un gros type et une mineure sont en train de sortir. Il enfile un trench-coat, elle porte une mini en lamé. Je m'engouffre dans le hall : « Pardon, excusez-moi, M. Klein, s'il vous plaît ? »

Il grommelle qu'il n'en sait rien ; la fille rajuste ses collants qui plissent. J'ai de la veine d'être tombé sur eux, ils s'éloignent en me laissant planté devant les boîtes aux lettres.

Pas d'indication d'étage. Je prends l'escalier orné de plantes vertes et je commence à monter sans écouter ni mon bras ni mes jambes. A chaque palier, j'examine les noms sur les sonnettes. Au sixième, je le trouve enfin : J. Klein.

Je colle mon oreille au battant : pas un bruit. Il est à peine 23 heures, je ne pense pas que Johnny dorme déjà. J'essaie de voir à travers l'œilleton, ce qui est idiot. Je voudrais bien prendre mon courage à deux mains, mais je me contente de ma main valide et j'appuie sur la sonnette. Pas de réaction.

Je sonne une deuxième fois. Impression d'entendre quelqu'un glisser de l'autre côté à pas feutrés. Je sonne à nouveau, tête baissée pour que la personne qui regarde à travers le judas ne me reconnaisse pas, encore que mes foutus cheveux me rendent aussi repérable qu'un lévrier afghan. La porte ne s'ouvre toujours pas. J'hésite à appeler : et si ce n'est pas l'appartement de Johnny ? S'il est dans cet immeuble sous une tout autre identité ?

La minuterie s'éteint. J'appelle l'ascenseur pour donner le change. Dès que la porte s'ouvre, je me glisse à l'intérieur, j'appuie sur RC et je ressors. La porte se referme et l'ascenseur descend, message enregistré. Je reste tapi dans l'ombre, immobile.

Au bout de dix minutes, la porte s'ouvre, une silhouette se découpe sur le seuil à contre-jour. Debout sur le palier, un homme me regarde. Il a les traits, la taille et l'allure de Johnny, mais les cheveux bruns, une barbe brune et les yeux sombres. De plus, il est enveloppé dans une robe de chambre bleu marine et porte des pantoufles assorties. Je ne comprends pas. J'avance d'un pas. Il me dit :

– Vous cherchez quelqu'un ?

C'est bien Johnny ! Sa voix. A quoi est-ce qu'il joue ? Je rentre dans le halo de lumière :

– Johnny, c'est moi, Bo'.

– Excusez-moi, vous devez faire erreur. Je m'appelle Jérôme Klein.

Non, mais il se fout carrément de ma gueule ! Je m'avance résolument.

– Johnny, arrête ça, il faut qu'on parle.

Il lève une main conciliante.

– Écoutez, mademoiselle, je crois que vous vous méprenez. Vous cherchez peut-être mon frère ? Jonathan ?

Et, en plus, il me fait le coup du frère jumeau ! Je sens la colère m'envahir et j'avance encore. Je veux bien tout avaler, mais pas les bobards les plus ridicules.

Je suis près de lui maintenant. Et je vois ses yeux. Noirs. Calmes. Aucune émotion ne transparaît sur ses traits. Est-ce que je deviens cinglée ? Je murmure encore « Johnny » sans conviction.

– Entrez donc, me dit Jérôme Klein, affable. Nous serons mieux à l'intérieur pour discuter.

Je le suis. Épaisse moquette grège, canapé et fauteuils Chesterfield grèges également, tables basses en verre, buffet Louis-XVI. Chariot à alcools bien garni vers lequel il se dirige avec l'aisance du maître de maison.

– Vous boirez bien quelque chose ?

– Un whisky, merci.

Je me sens stupide. Je suis sûre que c'est Johnny mais je ne peux quand même pas passer ma soirée à bêler son prénom. Et il joue la comédie à la perfection. A croire qu'il ne m'a jamais vue ! Pas le moindre pétillement dans l'œil, pas le moindre pli d'ironie au coin des lèvres. « Jérôme » me sert un whisky bien tassé, sans glace, merci, et me tend le verre en me désignant un fauteuil. Je m'assois. Et maintenant, je fais quoi ?

Il s'octroie une vodka et prend place en face de moi. Je contemple ses pantoufles brodées à son monogramme : J. K. Johnny en larbin, Johnny en pantoufles... Quelle sera la prochaine métamorphose ? Johnny en slip kangourou ?

– Vous fumez ? me demande-t-il en me présentant un étui en argent.

– Non, merci.

– La fumée du cigare vous dérange ?

– Pas du tout.

Quel dialogue débile ! J'ai envie de hurler : « Je sais que tu es Johnny ! » Il me dévisage en tirant sur son havane. Je me dis qu'il suffit de pas grand-chose pour changer d'identité, je suis bien placée pour le savoir. En l'occurrence, des lentilles de contact, une perruque brune, une barbe postiche. Mais de la très bonne qualité alors, car impossible de discerner le trucage. Le doute s'empare de moi. Jérôme Klein rejette un nuage de fumée odorante.

– Quel est votre nom, déjà ?

OK, tu veux jouer, jouons.

– On m'appelle Bo'.

– C'est curieux pour une femme. On devrait plutôt vous appeler Belle.

Ses inflexions sont celles de Johnny, mais il n'utilise pas sa voix de la même manière. Il parle plus doucement, avec plus d'onctuosité. L'idée me traverse que Johnny est peut-être schizophrène. Dédoublement de personnalité... Ça expliquerait les deux piaules, les deux visages. Je demande avec l'impression d'entrer dans le délire d'un autre :

– Jonathan est ici ?

– Non, il est sorti.

« Menteur ! ai-je envie de hurler. Je l'ai vu entrer et il n'est pas ressorti d'ici parce que c'est toi ! »

– L'ascenseur descend directement au parking souterrain, c'est très pratique, continue « Jérôme » en sirotant sa vodka.

Donc, c'est vrai, j'ai pu rater Johnny. Mais pourquoi me donner cette précision s'il n'a pas besoin de me faire croire que je l'ai effectivement raté ? Bo', ma fille, tu joues une partie difficile. « Klein » me montre le carafon de cristal.

– Encore un peu de whisky ?

– Non, merci, je crains que ça me monte à la tête.

Il me sourit gentiment en se grattant pensivement la barbe.

– J'espère que mon frère ne s'est pas rendu coupable de quelque impolitesse...

Non, penses-tu ! Il m'a juste cassé le bras l'autre soir et il couchait avec ma meilleure amie qui était un gros travelo. Arrête, Bo'. Jérôme n'existe pas, tu es en train de parler à Johnny qui se fout de ta gueule dans les grandes largeurs.

Vague écho de Klaxon dans la rue. L'appartement doit être insonorisé. Je cherche quelque chose à dire.

– En fait, je venais pour lui parler de son amie Maeva.

– Maeva ?

– Une amie à moi qui a été assassinée l'autre nuit.

Un silence, puis :

– Et ça concerne Jonathan ?
– Nous parlons bien du même Jonathan ?
– Je ne sais pas, ma chère. Comment est le vôtre ?
– Il est serveur à l'Ambassador.
Léger battement de paupières.
– Dans ce cas, nous parlons bien du même. Mais Jonathan est très secret. Je connais fort peu de chose de sa vie.
– Mais il vit bien ici ?
– Si l'on veut.
Réponse sibylline. Est-ce parce que, dès le seuil franchi, Jonathan se transforme en Jérôme ? J'avale un peu de whisky, j'ai la bouche sèche, je ne sais même pas le goût qu'il a. Je cherche un nouvel angle d'attaque.
– Quand doit-il rentrer ?
– Je l'ignore.
Encore une gorgée de whisky. Et s'il l'avait drogué ? Mais non, on n'est pas dans *James Bond*. Dans *James Bond*, j'aurais un lance-roquettes dissimulé dans ma boucle d'oreille droite et je ne serais pas en train de me demander quoi faire avec un sentiment de malaise croissant. Une idée me vient :
– Est-ce que Jonathan habite avec vous ?
– Généralement. Mais puisque vous êtes si curieuse, voulez-vous voir sa chambre ?
– Avec plaisir, si cela ne vous dérange pas ?
– Au contraire.
Il se lève, finit son verre, éteint précautionneusement son cigare dans une coupe en jade. J'ai peur. Je me lève. Je me sens grotesque. Je ne sais plus où j'en suis. Impérieuse envie de foutre le camp. Je ne veux pas savoir qui est Jérôme Klein. Je veux sortir.
Je ne sors pas.
Je le suis jusqu'à une porte close, en bois blanc, munie d'une grosse poignée métallique. Quelque chose ne va pas dans cette porte. Elle ressemble à…

– Entrez, je vous en prie.

Elle ressemble à... Oh ! mon Dieu !... La porte d'une chambre froide !

Son visage hilare, sa bouche qui siffle comme celle d'un serpent. Johnny ! Non !

Chapitre 13

Mal à la tête, là où il m'a frappé. La plaie que je me suis faite en me cognant dans le réverbère a dû se rouvrir, c'est humide et poisseux. J'ai froid. Tout est sombre. Je m'assois dans le noir. Je grelotte. Tremblements convulsifs et irrépressibles. Je serre mon blouson contre moi en essayant de ne pas claquer des dents. Du sang coule, chaud, sur mon front. Je n'y vois rien. Obscurité compacte. Je suis dans une pièce sans fenêtres. Nuit totale. Je touche le sol : du carrelage. Le mur : du carrelage. Une pièce sombre, carrelée. Hermétiquement close.

Et glaciale. Une chambre froide. *La chambre de Johnny*.

Ce n'est pas possible. J'ai vraiment été la reine des cons. Je ferme les yeux, je me persuade que je vais dormir encore un peu. Mes paupières s'ouvrent toutes seules. Raisonne, Bo', raisonne, ne te laisse pas envahir par des idées débiles liées à l'affect. Le problème, c'est que, si je raisonne, tout me semble si clair…

Des bribes de phrases me reviennent en mémoire.

Farida : « Il était en jean. »

Johnny : « C'est avec la batte de base-ball que tu as tué Bull ? »

Stéphanie : « Il nous a invitées à boire un verre. »

Le Pasteur : « Louisette a vu un type blond aux yeux bleus venir ici. »

Les yeux fermés, je revois les événements sous leur nouvel éclairage. Ça veut tellement sortir de mes lèvres que je le dis presque à voix haute.

Johnny qui me parle de la batte de base-ball. La batte de base-ball avec laquelle il vient de tuer Bull. Oui, à cet instant précis, ce soir-là, dans la rue, il venait de commettre un meurtre. Et je n'ai rien vu, rien senti. Pas d'éclats rouges dans ses yeux. Pas de coup de tonnerre dans le ciel. Oh ! l'extraordinaire confort de nos masques en peau humaine !

Du carrelage taché. Qu'y avait-il sur l'autre partie de la photo ?

Bull, l'œil collé au viseur, mitraillant une pièce pleine de sang. Vite, vite, Bull. « Il » peut arriver n'importe quand. Vite, va porter les photos aux flics, va gagner du blé. Mais non, pas le temps, juste le temps de mourir frappé à mort par une batte de base-ball. Juste le temps de voir ton ami Johnny penché sur toi, tout souriant, ravi de te tuer. Pauvre con de Bull, aussi imprudent que la femme de Barbe-Bleue, trop lourd et trop bavard.

Et toi, Johnny de mon cœur, de mon cœur meurtri, va vite te cacher en bas, dans le local à vélos, et attends que quelqu'un découvre le corps, fais semblant d'arriver. Tout va bien pour toi, tu écartes tous les obstacles. Comme Maeva. Maeva qui n'a eu d'autre tort que de se trouver au mauvais endroit au mauvais moment. Parce que tu es bourré, tu paies à boire à un vieux travelo et le soir où tu t'attaques à Marlène, qui est-ce que tu vois dans la cabine d'un camion qui s'éloigne ? ! Est-ce qu'elle t'a reconnu ? Est-ce qu'elle risque de te reconnaître, plus tard ? Tu ne peux pas prendre le risque. Vous aviez bu un verre ensemble quinze jours plus tôt, quoi de plus normal que de l'appeler pour bavarder un peu ? A la pointe du couteau… Tu prends le téléphone, tu lui sors quelques conneries séduisantes, et elle, si naïve et si confiante : « Monte donc, chéri. » *Exit* Maeva.

Et la vieille Louisette ? Elle t'avait vu chez Maeva ? Aucun problème. Adieu, Louisette. Mais ça ne sert à rien parce qu'elle a eu le temps de parler au Pasteur. C'est ça, Bo', tu vas te mettre à espérer dans le Pasteur, maintenant…

Je me sens si fatigué. Je voudrais plonger mes doigts dans l'entaille qui fend mon cuir chevelu, attraper mon cerveau épuisé et le presser comme une éponge, le laver de toute cette boue, cette peur, cette tension. Mes pensées se délitent. Elles tourbillonnent comme des feux follets dans un cimetière.

Et le Tahitien ? Qu'est-ce que le fils de Maeva vient faire dans cette histoire ? Oh ! non, quelle idiote je fais ! Il te l'a dit, Bo', rappelle-toi : « Tu vas payer. » Robert Makatea à qui le Pasteur a dit que mon nom était écrit sur le mur. Robert qui a décidé de faire justice en tuant l'assassin de son père : moi. Moi-la-salope. C'est pour ça que Maeva s'est planquée la nuit où Stéphanie et elle l'ont aperçu. Elle ne voulait pas que son fils la voie. Elle avait honte. Mais, lui, si furieux contre ce père travesti, pourquoi vouloir le venger ? Ça fait partie des réponses que je ne connaîtrai sans doute jamais.

Et si c'était bien lui l'assassin ? Si cette pièce n'était qu'une bizarrerie supplémentaire de Johnny ? Un lieu construit à l'image de son âme : sombre et froide et sans amour.

J'essaie de m'en persuader de toutes mes forces.

Si Bull a photographié Robert Makatea, c'est que Derek lui en avait donné l'ordre. Mon petit scénario de tout à l'heure pourrait être exact. Robert, saisi de folie homicide à la suite du grave traumatisme subi en apprenant que son père est un gros et jovial travesti, trucide pêle-mêle les prostituées, Marlène, Derek, son propre père, Bull et Louisette. Et puis c'est mon tour parce qu'il est tombé amoureux de moi, mais ne veut pas succomber à cette attirance contre nature. Heureusement, Johnny me séquestre, me soustrayant ainsi à la folie homicide de Robert. Le Pasteur abat Robert avec une arbalète. Johnny et moi, nous nous marions et nous avons beaucoup de petits monstres à deux queues. Rideau. Applaudissements du public. Ah non, je confondais avec les pelletées de terre sur ma tombe.

Merdemerdemerdemerde…

Mal au crâne. Je crois que c'est moins la blessure à la tête que l'envie de chialer. Quand j'étais gosse, j'avais toujours mal au crâne. Envie de l'ouvrir avec un ouvre-boîtes et d'en sortir le chagrin, la rage. La peur. Mais c'était impossible. Tout était soudé en dedans, comme mes dents resserrées par la souffrance.

C'est parce que Bull a vu cette chambre qu'il est mort. Et je vais très certainement mourir.

Je me tapis contre le mur, les bras serrés autour du torse, secouée de frissons. Il y a une odeur dans la pièce. Je renifle. Une odeur légère, mais désagréable. Ça me rappelle un oiseau qui était venu mourir dans ma chambre et que je n'avais pas vu, caché sous le lit. Une odeur douceâtre.

Est-ce qu'il va me laisser me congeler petit à petit ? Statue de glace au bord de la Méditerranée. On dit qu'on ne ressent rien quand on meurt de froid. Qu'on s'endort. Pervers comme il est, il serait bien capable de m'offrir une mort indolore.

J'ai peur.

Peur d'être dans cette nuit froide. Peur de perdre peu à peu conscience en sachant que je ne me réveillerai pas. Peur de savoir que je vis mes derniers moments de lucidité. Que l'obscurité va se faire dedans comme dehors. Pour la première fois de ma vie, je ne crains pas ce qu'on va me forcer à subir, mais de ne plus rien sentir.

Je ne sais pas depuis combien de temps je suis là. On ne m'a donné ni à manger ni à boire. Je me suis endormi, réveillé, endormi à nouveau… J'ai compris que la température ne doit pas être au minimum, sinon je serais mort. Il fait juste assez froid pour que j'aie très froid. Une chambre froide au cœur d'un luxueux appartement. Pour quoi faire ? La réponse ne peut être que sinistre.

Je m'oblige à bouger, méthodiquement et régulièrement. Me lever, m'accroupir, cent fois. Rotation du bras : cent fois. Abdos : cent fois. J'essaie de compter les secondes, les minutes, mais je m'embrouille.

Je n'en pouvais plus, j'ai fait sous moi, urine agréablement chaude au début, puis glacée. Je me déplace un peu en rasant le mur carrelé. Je commence à avoir très soif. Quand j'avale ma salive, ça me fait mal à la gorge. Mes lèvres ressemblent à de vieux bouts de carton. Je me sens faible. J'ai du mal à faire mes exercices. Je ne tremble presque plus. Je me sens froid jusque dans les os et pourtant ma peau est brûlante. Je dois avoir de la fièvre.

Mes cheveux sont couverts de cristaux.

C'est comme mourir dans la neige au bord de la mer. Est-ce qu'il va me laisser crever de faim ? Ne même pas m'adresser encore une fois la parole ? Ne même pas me laisser le voir une dernière fois ? Oh ! le désir de l'emmuré vivant de voir son bourreau encore une fois !

Mossa avait raison : je n'aurai jamais 30 ans. Ma grand-mère n'aura plus les visites d'Elsa. Je ne reverrai jamais mon père. Diana dira au Prince Charles : « C'est curieux, ça fait un moment que je n'ai pas vu la petite Bo'… »

Linda, elle, pleurera en pensant qu'il m'est arrivé malheur. Stéphanie se trouvera une nouvelle copine. De toute façon, je ne sers à personne. Ma seule utilité n'est-elle pas de fournir un amusement à Johnny ?

Bourdonnement électrique. La porte ? Non, hélas ! Une lueur bleutée court sous le plafond avec un grésillement. Je cligne les yeux. La pièce baigne dans une pénombre laiteuse. Est-ce qu'il a allumé pour me donner de l'espoir ?

Pour la première fois, je regarde autour de moi, entre mes cils givrés. C'est bien une chambre froide, avec une rigole qui court le long des murs, des tuyaux, un étal en carrelage. Et une carcasse de bœuf suspendue dans l'angle opposé.

Sauf que les carcasses de bœuf ne portent pas d'escarpins.

Mon cœur s'arrête, repart. Je ne veux pas voir. Mais je regarde. Je m'approche à quatre pattes, comme un animal, et, comme un animal, je lève craintivement la tête.

Je vois d'abord les chevilles enflées, marbrées de bleu, puis les jambes. Elles n'ont plus de couleur, on dirait du plastique sale. Les cuisses portent de profondes entailles livides. Toison pubienne brune, piquetée de glace. Longues traînées marron entre les cuisses. Je m'oblige à remonter plus haut. J'entends mes dents claquer spasmodiquement, mais ce n'est pas le froid.

Le ventre est ouvert, jusqu'aux seins. Ouvert et vide. Pas de cœur, de foie, juste une cavité évidée aussi propre que chez un boucher. Je vois les côtes, elles sont blanches. Les muscles bleus. La chair rose. Renvoi douloureux de bile âcre.

Je me plie en deux pour échapper à cette vision et, ce faisant, ma tête heurte un des escarpins, et le corps se met à tourner sur lui-même, lentement. Les fesses et le dos présentent des sillons boursouflés. Longs cheveux blonds dénoués pendant entre les épaules, ternes comme des touffes de poils. Le corps revient à sa place, secoué par une très légère oscillation. Je ferme les yeux, je ne les rouvrirai pas.

Je les rouvre. Beaucoup de croûtes marron sur la gorge. La bouche est distendue. Les commissures des lèvres, ouvertes jusqu'aux oreilles, révèlent les gencives. Et au-dessus de cet hideux rictus, les yeux d'Elvira me regardent.

Je me recroqueville sur le sol, me cogne le front contre le carrelage.

Je vois maintenant les outils de boucher suspendus au mur, je vois le ruisseau de sang séché dans la rigole. Je sens la puanteur de la chair qui pourrit, suspendue à un croc de boucher.

Je vois la pointe du croc ressortir entre les seins d'Elvira. Je sais que je viens de pénétrer dans le territoire secret de Johnny. Il a atteint la zone ultime, celle avec laquelle flirtait mon père. Le point d'orgue de la folie, indéfiniment suspendu au-dessus du vide.

Je regagne mon coin en rampant, je me blottis dans l'angle le plus éloigné, je cache mon visage entre mes genoux. J'ai 8 ans et la douleur va venir. J'ai 10 ans et je me sens raidir quand la douleur arrive. J'ai 12 ans et j'aime la douleur. J'ai 14 ans et je peux tout endurer, sans que jamais ma vigueur faiblisse. J'ai 28 ans et de la morve coule de mon nez tandis que je ne veux pas regarder un cadavre.

Oh ! Johnny, arrête, arrête de leur faire du mal ! Prends-moi, moi, qui ne sers à rien, amuse-toi avec ma chair, écartèle-moi, mais laisse-les !

Je reste prostré des heures, parcouru de longs frissons. Fièvre et froid se mélangent, m'abrutissent. J'ai de plus en plus de mal à garder les yeux ouverts. Je suis sûr qu'Elvira me regarde. Ses yeux fixes sont braqués sur moi, sa bouche ouverte sur ce hurlement interminable. Elle sait que je suis coupable. Elle veut que je meure. Elle me hait.

Elle va tendre sa main livide pour me saisir par les cheveux, me hisser contre son torse éventré jusqu'à ses seins martyrisés, m'enfoncer la pointe du crochet dans le palais, dans une parodie d'étreinte.

La lumière bleue s'est éteinte. Je suis seul avec Elvira dans le noir. Je m'endors de plus en plus souvent, et je rêve. Mais de quoi ? Je ne m'en souviens pas. Si seulement je pouvais rêver qu'il fait chaud, que je suis en sécurité chez Linda, qu'on boit du champagne avec Maeva et les filles, qu'Elvira passe dans la rue, moulée dans son latex d'occasion. Mais je n'y arrive pas. Mes rêves me secouent, me laissent pantelant, les cheveux hérissés par la peur, et je ne me souviens de rien.

Est-ce que Johnny va me suspendre au croc de boucher encore vivant ? Est-ce qu'il va utiliser ses couteaux étincelants sur ma peau nue ? La douleur atteindra-t-elle une telle intensité que mon cerveau disjonctera, me donnant à croire que c'est du plaisir ? La fontaine de joie de l'ultime souffrance…

Je suis dans la pièce noire de mon enfance, hors du temps, hors d'atteinte, presque hors de vie.

Ma conscience de moi se résume à la sensation de ma chair. Quand je pose mes lèvres parcheminées sur mon bras : je sais alors que j'ai un bras, de la peau, des lèvres. Le reste est dissous dans le froid. Bo' ? Une entité que j'ai connue. Partie. Loin. Je ne suis plus Bo'. Je suis Moi. Une pulsation.

Sensation étrange. J'ouvre péniblement les yeux. Un flot de lumière m'éblouit avec la violence d'une nova en expansion. Fermer les paupières. Les rouvrir tout doucement. Ma tête est posée sur quelque chose de beige et de poilu. Un chien ? Ça ne sent pas le chien, ça ne respire pas. Une moquette. Dans mon champ de vision, les pieds d'un canapé et des chaussures bien cirées. Les chaussures vont sûrement me frapper au visage, je serre les mâchoires, mais les chaussures ne bougent pas.

Il fait chaud ! C'est ça, la sensation étrange. La chaleur. Il y a de l'eau près de ma joue, de la glace qui fond. Une main gantée de cuir bleu me saisit au collet et me soulève comme un tas de linge sale. Mes jambes plient sous moi. Je me retrouve projeté dans le canapé, le souffle coupé. Je lève les yeux. « Jérôme Klein » me fait face.

Il porte sa robe de chambre bleu marine par-dessus une chemise blanche et un pantalon anthracite. Ses mains incongrûment gantées de cuir bleu marine sont posées sur ses genoux, comme deux mygales apprivoisées. J'essaie de rassembler mes pensées, de me réunir. Je n'arrête pas de ciller, à cause de la lumière. Mes extrémités me brûlent violemment, c'est le sang qui revient. Je vois les engelures sur mes mains. La douleur dans mon poignet n'est plus qu'un lointain souvenir : maintenant, c'est de la lave en fusion qui coule sous le plâtre. Je me rends compte que je respire à petits coups rapides comme un chien, un chien crotté, mouillé et frissonnant, blotti sur un Chesterfield crème.

Jérôme Klein boit du thé dans une tasse en porcelaine de Chine. La théière fume. Des toasts sont disposés sur une assiette. Depuis combien de temps n'ai-je pas mangé ?

– J'ai l'impression que mon frère n'a pas été très gentil avec vous, me dit Klein de sa voix doucereuse.

Ma poitrine se serre convulsivement. Je ne veux pas parler à Klein, je veux parler à Johnny, je veux Johnny !

– Vous voulez un toast ? reprend-il. Un peu de thé ?

Je ne réponds pas. Ma langue me colle au palais, mes entrailles se tordent, mais je ne veux pas lui donner ce plaisir. Je ne veux pas que Klein me nourrisse.

– Vous souhaitez peut-être regagner la chambre ?

Je le regarde dans les yeux.

– Cooomme vouuus vouuleeez…

Ma voix chevrote, m'écorche la bouche, s'élève dans le luxueux salon comme le bêlement d'un agneau sur l'autel du sacrifice. Je vois ses doigts se crisper sur l'anse délicate. Il croyait peut-être que j'allais le supplier ?

De toute façon, je sais qu'il m'y ramènera. Et que ce sera encore plus terrible d'avoir goûté la lumière, la chaleur, la nourriture, encore plus terrible quand la porte se refermera, me laissant seul avec un cadavre en putréfaction.

– Allons, faites-moi plaisir…

Il verse du thé dans une tasse, me la tend. Je l'attrape tant bien que mal, je tremble tellement que j'en renverse la moitié. Il la remplit de nouveau, se lève, s'approche. J'attends la gifle. Il porte la tasse à mes lèvres et me fait boire. Boire !

Passage douloureux dans l'œsophage, je déglutis, m'étouffe, aspire chaque goutte, roule chaque gorgée dans mon palais fiévreux. La tasse est vide. Il la repose.

Il saisit un toast au saumon, écarte mes lèvres de ses doigts gantés, c'est comme s'il écartait mes cuisses. Il passe l'index sur mes gencives, sur ma langue, lentement. Je referme mes lèvres, j'enserre son doigt dans l'anneau serré de ma bouche. Est-ce qu'il va m'arracher la langue ?

Il m'oblige à desserrer les mâchoires et me fait mordre dans le toast. Un peu à la fois. Il me tient par les cheveux, fermement. Quand j'ai tout avalé, il me relâche. J'aimerais qu'il me tienne encore, avec la sévérité d'un maître bienveillant. Mais ce n'est pas un maître bienveillant. C'est un fou dangereux qui va me dépecer vivant. L'incarnation de mes fantasmes. Et je ne sais pas si je vais arriver à les affronter.

Il m'observe. Un Johnny aux yeux noirs, barbu.

– Voyons..., dit-il. Qu'est-ce qu'on va bien pouvoir faire de vous ?

Je regarde mes doigts trembler contre mes cuisses. Bouffées de fièvre qui me traversent de haut en bas.

Il m'attrape de nouveau par les cheveux et me soulève, m'obligeant à le suivre. J'essaie de marcher, mais mes jambes se dérobent. Mes genoux frottent le sol. Il me traîne derrière lui avec aisance comme si je ne pesais rien. Je me sens totalement dépendant. Soumis. Un objet vrai.

Carrelage, spasme de peur, puis je vois une baignoire, un miroir. Une salle de bains.

Il fait glisser mon blouson, le renifle avec dégoût, le jette par terre. Il saisit une paire de ciseaux et commence à découper mes vêtements. Les lames frôlent ma chair hérissée. Je m'attends à chaque seconde à les sentir fendre la peau. Mais non.

Il repose les ciseaux, me dépouille de mon jean comme un lapin de sa fourrure, ôte mon sweater, mes chaussures, mon slip sale. Je suis nu.

Je me vois dans la glace : un petit tas d'os, pitoyable, les cheveux emmêlés, le visage barbouillé de morve et de restes de maquillage, une joue couverte de chaume noir, des seins minuscules, les cuisses souillées, un petit sexe recroquevillé sous une touffe de poils noirs. Un petit tas d'os tremblotant, affolé.

Il me soulève, me dépose dans la baignoire équipée d'une colonne de douche dernier cri. Il ouvre l'eau. Partout où le jet me touche, j'ai l'impression qu'on m'ébouillante et qu'on me frappe. Je me roule en fœtus au fond de la baignoire, je sens ses mains gantées qui me savonnent, ce n'est pas Johnny, Johnny ne voulait jamais me toucher ! Klein, lui, aimerait-il les hommes ? Est-ce que j'aurais une chance ?

Il me rince. Ses gants vont être foutus. Il effleure mes organes génitaux et brusquement les serre si fort que je ne peux retenir un gémissement. Il me sourit, dents blanches derrière la barbe brune. Il accentue sa pression, je suis à genoux, frissonnant, totalement à sa merci, ma chair écrasée dans sa main puissante.

– Vous devriez vous excuser pour tout le dérangement que vous nous occasionnez..., me dit-il avec politesse.

– Je... m'ex-cuse..., parviens-je à bredouiller.

Il fait claquer sa langue en signe d'approbation, sans desserrer son étreinte.

– Bien, je ne voudrais pas devoir vous savonner la langue, poursuit-il avec un sourire gourmand.

Vision de langue arrachée, de bouche béante, de trou plein de sang. Il me lâche, mes testicules se rétractent jusque dans l'œsophage.

Il me sort de la baignoire, m'enveloppe dans un peignoir en éponge blanche, m'assoit sur un pouf à volants devant une glace entourée de petits spots lumineux. Tout en épiant chacun de ses gestes, je me dis que son appartement ressemble à celui d'une femme. Rien de la rudesse de Johnny. Tissus précieux, bibelots de prix, meubles d'époque. Où sont les cartons à pizza pleins de blattes ? Ici, c'est le domaine blanc. Le Palais des Glaces.

Il tend sa main gantée vers un objet noir, le déplie, c'est un rasoir sabre. J'ai l'impression que ma peau rétrécit, me tire les joues en arrière. Il se penche sur moi et me rase la joue gauche avec douceur. Cette absence de violence, la peur de l'instant où elle va arriver, l'attente... C'est encore plus épouvantable.

Je suis rasé de près, sans une égratignure. Il repose le

rasoir sabre. Ouvre un vanity-case rempli de produits divers.

– Vous devriez vous refaire une beauté, me dit-il. Ce serait plus agréable pour tout le monde.

Comme si j'avais choisi de rester enfermé dans la chambre froide ! Flambée de haine pour la première fois. Ce pantin brillantiné n'est pas Johnny, il ressemble à un valet de chambre d'opérette.

Je tends la main droite vers les petits pots parfumés, les fards, les pinceaux soyeux. Elle tremble un peu moins et, en me concentrant, j'arrive à me farder, à me maquiller. Je soigne mes yeux, ma bouche. Je suis presque belle. Juste ces immenses cernes violets que je ne parviens pas à masquer.

Klein pose ses mains sur mes épaules.

– C'est mieux, beaucoup mieux. Suivez-moi.

J'obéis.

– Ça vous plaît ?

Il me montre un fourreau noir satiné négligemment jeté sur un fauteuil. J'acquiesce d'un signe de tête. Il m'aide à l'enfiler, remonte la fermeture Éclair. Crissement de la soie sur ma peau blême. Il me tend une paire de sandales diamantées, s'écarte pour me considérer, les yeux à demi plissés, puis sort un écrin en velours de sa poche. L'écrin contient un collier de rubis, des faux, je suppose. Il l'accroche à mon cou, ses doigts assurent le fermoir. Je me vois en pied dans la glace derrière la porte.

Je n'ai plus rien d'un animal craintif et efflanqué trouvé dans une poubelle. Je suis un animal de cirque brillamment harnaché. Scarlett O'Hara prête à affronter les hordes nordistes. Je redresse le menton et le regarde dans les yeux, oubliant les frissons et la fièvre qui me donnent la sensation de tout voir à travers une vitre. Il a l'air satisfait.

– Bien. Décidément, vous serez la reine de ma soirée !

Les mots résonnent sinistrement dans la pièce. Il met un CD. *I Pagliaci* de Léoncavallo, chanté par Caruso. Caruso est mort à 48 ans, Mozart à 36, Bo'-la-pute peut bien tirer sa révérence à 28. « *Ride, Pagliacio...* » La voix s'élève, se déploie dans la pièce, j'aurais presque envie de dire à Johnny : « Attends, arrête, écoute », mais il dénoue la ceinture de soie de sa robe de chambre et en écarte les pans. Par-dessus sa chemise en lin blanche, il porte un tablier. Un tablier de boucher maculé de sang. *E finita la commedia !*

– Ce soir, nous allons célébrer nos noces. Ce n'est pas ce que vous souhaitiez, Bo' ? me demande-t-il de son ton compassé et mondain.

Je sens la rage m'envahir. Cette mise en scène à la con ! Cette robe ! Cette musique de circonstance ! Toute cette vulgarité ! Mauvais film, mauvais trip. Je m'approche de lui, vacillant sur mes hauts talons, et je lui dis calmement :

– C'est avec Johnny que je veux baiser, pas avec toi.

Il cligne des yeux.

– Tss-tss, quel langage ! Indigne d'une vraie jeune fille !

– Connard !

Le poing fuse si vite que je ne le vois pas. Il m'atteint à la pommette gauche, je la sens s'ouvrir, je tombe à la renverse sur la table. Il me domine, prêt à frapper de nouveau. Je me redresse, ma bouche frôle le tablier maculé. Il recule son bas-ventre, mais je sais.

– Je te fais bander, connard ?

De nouveau le poing, qui frappe au même endroit, ça fait très mal. Du sang sur la table. Il m'attrape par la nuque, comme un chaton, me redresse. Je n'ai plus rien à perdre. Je saisis ses cheveux noirs et je tire de toutes mes forces. La perruque cède à moitié, reflets blonds dévoilés, il me projette loin de lui, j'atterris contre le mur.

Il est en colère.

– Tu sais quoi, Johnny chéri, avec ta perruque de travers on dirait vraiment un vieux pédé...

Je pense : « Viens, viens me tuer, finissons-en, tu me croyais à ta merci, mais c'est toi qui es à la mienne, je peux enfin t'aimer et te le dire, et tu ne peux rien faire d'autre que me tuer, rien, tu as perdu, Johnny, tu as perdu ! »

Il ôte sa perruque, la pose sur la commode marquetée, passe la main derrière son dos et en ramène un fendoir étincelant.

Le fendoir.

Sans tenir compte du désir éperdu de mon corps de se laisser tomber par terre, je me force à me tenir droit et à redresser la tête. Dans un croassement que j'aimerais sarcastique, je lui demande :

– Qu'est-ce que tu vas faire avec ça, Johnny ? Me découper vivant ? Et me baiser quand je serai mort ?

Il me foudroie du regard.

– Je ne t'ai pas permis de parler, Bo' !

Johnny enfin ! Je reconnais ses intonations de petit dur de l'écran. Et il me tutoie. Je le défie du regard à mon tour.

– T'as qu'à m'arracher la langue, comme ça je la fermerai.

Il bouge à peine et je sens une caresse froide sur mon biceps. Je regarde. Un fil rouge court au-dessus de mon plâtre, la chair s'évase laissant pisser le sang. Et la douleur arrive. Vive et brûlante.

Je regarde l'inconnu qui me fait face, moitié Klein, moitié Johnny. J'effleure la longue entaille qu'il vient de me faire :

– Impressionnant. Un vrai spécialiste. Dis-moi, chéri, je croyais que tu ne t'attaquais qu'aux vraies femmes... Tu n'as même pas voulu finir Marlène quand tu t'es aperçu que c'était un mec. Alors pourquoi me faire un tel honneur ? conclus-je en lui montrant le fendoir.

– Parce que tu plais à Klein, lâche-t-il d'une voix d'outre-tombe.

Et il éclate de rire.

Il baisse la tête, une main devant les yeux. Je ne comprends pas. Puis il se redresse ; il n'a plus ses lentilles de contact.

– Bon, allez, assez rigolé, dit-il en les déposant avec soin dans une boîte en nacre. Tu y as vraiment cru, hein ? Que je faisais un dédoublement de personnalité et tout ça ? ! Klein qui se tape des mecs et Johnny qui tue des femmes… Un vrai cas d'école.

Il enlève sa barbe, des traces de colle maculent ses joues blondes. Johnny. Qui me regarde paisiblement, le sourire aux lèvres, tout content de lui. Je hausse les épaules, j'insiste :

– Tu n'as pas répondu à ma question.

– Je n'ai pas à te répondre. C'est moi qui pose les questions.

– On se croirait chez les flics. T'as rien de plus original ?

Il sourit méchamment.

– Oh ! si, Bo', j'ai des tas de trucs en réserve rien que pour toi !

Je m'avance vers lui en me déhanchant, jusqu'à le toucher. Ses lèvres sont à quelques centimètres des miennes. La pointe de mes petits seins frôle son torse. Je pose ma bouche contre la peau tendre de son cou, je chuchote :

– Je t'aime…

– Non ! hurle-t-il en me frappant à l'estomac.

Je me plie en deux, je m'accroche à ses jambes, j'enfouis ma tête entre ses cuisses. Ma bouche. Le tablier barbouillé de sang. Il se débat, il pousse des cris inarticulés, je sais que le fendoir va s'abattre sur mon crâne, mais je garde mes lèvres pressées contre lui, contre sa chair qui lui désobéit, il crie : « Non, non ! » Il s'effondre sur le canapé, je crois qu'il pleure. « Non, non ! », arc-bouté en arrière, et moi soudé à lui.

Immobilité. Deux corps pantelants. Ma tête repose sur sa cuisse. Sa main étreint le fendoir à hauteur de mes yeux, phalanges blanches. Je pose ma main sur la sienne, il lâche le fendoir qui tombe sur la moquette. Pas sa place. Je le ramasse, je me relève. Johnny se cache le visage avec les mains.

Je recule d'un pas, je m'appuie contre la commode. Je me sens si faible. La Dame aux Camélias prête pour sa dernière scène. Caruso a cessé de chanter, le lustre ne s'est pas brisé, mais Johnny est tombé en morceaux.

– Pourquoi est-ce que tu les as tuées ?

Il ne répond pas, se redresse, il a les yeux humides et rouges. Je n'aime pas que Johnny ait cet air de lapin atteint de myxomatose.

– Johnny, réponds-moi.

– Donne-moi ce fendoir, Bo'.

– Arrête avec ça. Réponds-moi. S'il te plaît.

Il hausse les épaules, sourit exagérément en dévoilant ses dents nacrées.

– T'as qu'à deviner, puisque t'es si malin.

– Mais j'ai deviné, mon chou. Je voulais juste te laisser la honte de le dire.

Il esquisse un mouvement pour se lever, je brandis le fendoir. Je ne tremble plus.

– Ne bouge pas, mon chéri. Je suis très nerveuse en ce moment et très maladroite.

– Putain ! Bo'...

– Arrête, on dirait que tu bégayes.

– Tu vas me donner ce fendoir !

– Certainement pas. Je vais plutôt te dire pourquoi tu les as tuées. Tout bêtement parce que tu n'arrives pas à bander avec les femmes. Parce que tu es impuissant avec elles. La raison classique, mon chéri, mais Tatie Bo' a trouvé le remède...

– Connasse !

Il est debout, les yeux étincelants de fureur. Je prends le ton gentil-éducateur :

– Johnny, on est en 1998, tout le monde se fout de tes problèmes sexuels.

Il secoue la tête avec désespoir.

– Tu me dégoûtes, Bo' ! Si tu savais à quel point tu me dégoûtes.

Je le crois. Il a l'air si las, soudain. Et je me dégoûte un peu moi-même, mais moi, j'ai l'habitude.

– Johnny, écoute-moi. Tu ne peux pas continuer comme ça.

Il lève les deux mains pour me dire de me taire. Respire à fond, comme un plongeur avant l'apnée. Et se jette à l'eau :

– Je l'ai déjà fait. Ailleurs. Avant. Souvent.

Il parle si bas que je dois tendre l'oreille.

– Je ne peux pas m'en empêcher. J'aime ça. Quoi que racontent les types, une fois en taule, tu sais... sur le remords et la folie, tout ça... Je vais te dire la vérité : c'est fantastique !

Il sourit bizarrement, comme un enfant vicieux pris en faute et qui espère qu'on va se laisser attendrir par son cinéma.

Je ne sais pas quoi faire. Il va continuer à tuer, je le vois dans ses yeux glauques et brillants. Il ne comprend rien à ce que je lui dis. Il est au-delà. J'entends ma voix s'élever sans que j'aie décidé de parler :

– Je te propose un marché. Prends-moi, moi. Tu peux me faire durer longtemps. Tu m'enfermes dans la chambre froide et tu viens t'amuser chaque fois que t'en as envie. Je suis assez résistant, tu verras.

Il serre les mâchoires.

– Tu es cinglé, Bo'. Complètement cinglé. Je t'ai déjà dit que je ne voulais pas de toi. Ni en sacrifice, ni autrement.

– Mais je t'appartiens, Johnny, que tu le veuilles ou non. Et je me donnerai à toi et tu devras me prendre parce que tu n'as pas le choix !

Il me regarde, alarmé.

– Qu'est-ce que tu vas faire ?

– Dis-moi juste une chose : si je pose cette arme et que j'essaie de sortir, qu'est-ce que tu feras, toi ?

– Je te tuerai, me répond-il simplement. De toute façon, où que tu ailles, quoi que tu fasses, je te tuerai.

– Tu vois, nous sommes d'accord... Moi, je veux mourir ; toi, tu veux me tuer. Arrête de nous faire chier et fais-le !

Je lui tends le fendoir. Il le prend avec hésitation. Le lève, le rabaisse.

– Allez, vas-y, qu'est-ce que t'attends ?

– Je ne veux pas te tuer avec ça, lance-t-il laissant tomber le fendoir.

Je le rattrape au vol, on dirait qu'on joue à « bâton brûlant ». Je nous vois dans la glace, lui grand et musclé, avec son tablier plein de sang, et moi en robe noire, très cocktail. Un couple plutôt kitsch : le boucher et la comtesse. Je lui parle en continuant à observer notre reflet :

– Pourquoi tu veux pas me tuer avec ça ? Parce que c'est réservé à tes petits rituels nocturnes ? Et pour moi, ce sera quoi ? La batte de base-ball ? Le vulgaire couteau de cuisine ?

– Tais-toi.

– Tu sais ce que je viens de comprendre, Johnny ? Je viens de comprendre que vous, les maniaques sexuels, les mythiques serial killers, vous avez autant de liberté qu'une fourmi. T'es déterminé, Johnny chéri, comme n'importe quel pauvre type dans la rue. T'es qu'un insecte.

– Tais-toi !

Je me sens emporté par la chaleur brûlante de la fièvre comme par un torrent impétueux.

– Je sais pas pourquoi je t'aime, mais c'est comme ça. Alors, si t'es pas capable de me prendre je vais m'offrir à toi. Morceau par morceau.

Il me regarde avec horreur. Je pose mon bras plâtré sur la table. Mes doigts sont gonflés et violacés. Je me sens léger, léger, comme si j'étais complètement ivre. Est-ce que je suis devenu fou, moi aussi ? Plus rien n'a d'importance. Je suis entraîné par mes propres paroles, entraîné à les transformer en actes sans comprendre si c'est important ou pas. Je joue une pièce que le Grand Scénariste écrit au fur et à mesure.

Je lève le fendoir. Johnny ouvre la bouche. Ses belles lèvres tremblent.

– Je vais commencer par t'offrir mon index. Et puis ce sera les autres doigts, et puis mes pieds, mes jambes, mon bras… Je vais faire le boulot à ta place, chéri.

– Arrête ça, Bo'. Arrête ça immédiatement.

Je n'ai plus envie de lui obéir. Je n'ai plus envie d'obéir à personne. Transfixion. Toute ma vie passée à me transpercer jusqu'au cœur pour m'amputer de moi-même. *Trans-fiction.*

Je pousse un hurlement et j'abats le fendoir.

D'abord, je ne sens rien. Je vois mon doigt séparé de ma main, posé sur la table, avec un petit os blanc qui dépasse. C'est ça, mon index ? On dirait un sexe de bébé. Je vois du sang qui gicle de ma main bleuie. Je vois la bouche ouverte de Johnny et ses yeux qui roulent dans leurs orbites, comme ceux d'un cheval affolé. Et puis soudain… fusée de douleur, méga-décollage, je vibre, je vais exploser… stabilisation, j'arrive à parler entre mes dents :

– Et main...tenant, qu'est-ce qui te fe...rait plaisir, chéri ?

Il se jette sur moi avec un feulement de fauve, le poing comme une enclume. Non ! Je lève vivement les deux bras pour protéger mon visage, choc sourd de sa poitrine contre mes poings, il se fige, écarquille les yeux, je ne comprends pas, il recule, un pas, deux pas...

Le plastron de sa chemise blanche se teinte de rouge vif, une ligne, là, qui court de son sein gauche à son foie. Je baisse les yeux vers ma main droite. Vers le fendoir au bout de ma main droite. La lame rougie. Oh non ! Je le lâche. Aucun bruit lorsqu'il tombe sur la moquette. Aucun bruit dans la pièce où Johnny titube. J'avance vers lui, il recule. Il porte la main à sa poitrine, regarde le fendoir, me regarde, regarde sa main gantée qui se couvre de sang. On dirait un film muet au ralenti. Ses genoux se dérobent sous lui. Il tombe.

Ma main mutilée s'est blottie contre mon torse. Je sens mon sang couler le long de mes côtes. Je vois le sien imbiber le tissu blanc bien repassé de sa chemise. Brusquement, l'image revient à sa vitesse normale, je peux à nouveau bouger, je me précipite vers le téléphone.

– Ne bouge pas, Johnny, ne bouge pas, j'appelle le SAMU.

– Non, murmure-t-il, ses gants plaqués contre la plaie béante. Non. Je ne... veux pas... aller en prison.

Je ne l'écoute pas. Je compose le numéro d'urgence. Je donne l'adresse, je décris la blessure, la femme au bout du fil me dit de rester calme, ils arrivent tout de suite. Je demande :

– Et pour un doigt coupé ? Il faut faire un garrot ?

Elle ne s'affole pas, répète :

– Ne touchez à rien, ils arrivent. Ne buvez rien. Ne bougez pas.

Je raccroche. Je m'assois près de Johnny, j'appuie sa

tête contre mon épaule. Je nous vois toujours dans la glace, opéra pourpre.

– Ils arrivent.

Il fait un effort pour parler :

– Ça faisait longtemps que je ne le faisais plus. J'avais déménagé... venu ici. Mais quand je t'ai rencontré... ça a recommencé. Je ne peux pas... m'en empêcher. La rage qui s'empare de moi... est froide comme de la glace et... brûlante comme... du métal en fusion. Je le fais... et je sais que c'est mal et je le fais... et je m'en fous.

Je le berce doucement.

– Ne parle pas.

– Bull... m'avait suivi... m'a vu entrer ici... il a cherché les clés chez moi... dans le studio, pendant que je me douchais. Pouvait être malin, ce con. Il est revenu en douce... tout seul. Vu Elvira... Le sang, les outils... Je l'ai surpris au moment où... il sortait de l'immeuble... m'a juré qu'il se tairait... tout ça...

Il halète, a du mal à articuler, je caresse ses cheveux. Pour la première fois, je caresse les cheveux de mon amour.

– ... l'ai pas cru... je l'ai tué.

– Ça n'a plus d'importance, Johnny.

Je m'entends dire ces mots de fin de film. Je me vois, là, ma main ensanglantée sur ses cheveux blonds. Je me sens pâlir, faiblir, tout se brouille devant mes yeux. Je ne veux pas qu'il meure dans le flou ! Je ne veux pas qu'on me vole sa dernière image...

Sirène lointaine, étouffée. Plus proche.

– Ils arrivent, écoute, ils arrivent...

Il essaie de garder les yeux ouverts, ses paupières se ferment, il respire péniblement, avec des spasmes. Sa grande main recouvre soudain la mienne, la serre avec force.

Cavalcade dans l'escalier, interjections diverses. Ils

arrivent vraiment, la cavalerie est là, on est sauvés. Je me penche sur lui. Soudain, je veux savoir.

– Pourquoi est-ce que tu allais voir Maeva ?

Il me regarde sans comprendre, bulles rosâtres entre ses lèvres.

– Jamais… été… pas moi…, balbutie-t-il.

Il bat des paupières. Je plonge dans l'eau trouble de ses yeux, je veux descendre au fond, je veux m'ensevelir dans l'étang bourbeux de son âme, je voudrais qu'on s'allonge tous les deux dans l'eau fraîche d'un torrent de montagne et qu'on regarde passer les nuages, je…

– Bo'…

Sa main se décrispe. Je passe mes doigts sur ses lèvres. Sur son nez, ses joues, son front. Il ne bouge pas. Je ne sais pas ce qu'il regarde. La porte s'ouvre. Voix, exclamations. On me soulève, on me soulève, je reste accrochée à lui. Il est lourd, si lourd.

– Merde ! Ils ont dû se servir de ce truc…

– Attention, attention ! Regarde sa main…

– Le doigt est là, sur la table. De la glace, vite !

Je ne les écoute pas. Je suis soudée à Johnny, j'essaie de devenir lui, de me fondre dans cette chair à peine encore tiède.

– Mademoiselle… S'il vous plaît…

– Le type est mort. Préviens-les en bas.

– … état de choc…

Piqûre, brancard, je ne veux pas lâcher Johnny, je sais que je ne le reverrai jamais. Jamais. Des mains sur moi, bruits, odeurs, lumières.

Le silence.

Chapitre 14

J'aime bien l'hôpital. Enfant, quand on m'y emmenait – il est tombé dans l'escalier, dans la baignoire, contre le four… –, j'en aimais l'odeur des draps, du désinfectant, des médicaments salvateurs et apaisants.

Je suis assis, la main pansée, le plâtre refait. On a dû recasser l'os qui s'était mal ressoudé. Je n'ai pas mal, je suis bourré de sédatifs. Il y a eu pas mal de confusion quand on s'est aperçu que je n'étais pas une femme, mais ça s'est tassé. Tout le monde est gentil avec moi. Tout le monde sait ce qu'on a trouvé dans la chambre froide. Je suis un rescapé. Personne ne pleure sur le sort de Johnny. Pas même moi.

Mon voisin de chambre, un vieux retraité, s'est fracturé la jambe en promenant son chien, un teckel à poils durs. Le vieux retraité s'appelle René ; le chien, c'est Jojo. René m'a raconté toute l'histoire, deux longues heures le premier jour, plus une petite demi-heure chaque jour au cas où j'aurais oublié. C'est presque tout comme dans *Les 101 Dalmatiens*. Ils se promenaient tous les deux dans un jardin public en humant les pollens printaniers. Soudain, apparition d'une Miss Monde Teckel ouvertement en chaleur. Dans l'instant, voilà Jojo qui perd la boule et, retrouvant la vigueur de ses 2 ans, se met à courir plus vite qu'un conscrit ne voulant pas rater le train qui l'emmène en perm. La laisse s'entortille autour des jambes de René,

René perd l'équilibre et choit sur une charmante retraitée assise au bord du bassin à poissons rouges crevés. Bilan de l'opération « Coup de rut » : la charmante retraitée a un œil au beurre noir et René s'est fracturé le tibia contre le banc en pierre. Il s'inquiète pour Jojo qui est en pension chez sa sœur : celle-ci trouve que Jojo est trop gros et trop gâté, ce vieux saligaud, et elle refuse de lui acheter des os à moelle. Je compatis.

En ce moment, René regarde la télé ; je regarde par la fenêtre. Les mimosas sont en fleur. Un homme et une femme se parlent en riant. L'homme effleure la main de la femme et la femme ne s'écarte pas. Mes pensées vagabondent.

Mossa est venu. Il m'a dit que j'étais resté six jours dans la chambre froide avec le cadavre d'Elvira. Lorsqu'ils ont ouvert la porte, l'odeur était insoutenable. Tout le monde a vomi, même le Pasteur. Et quand ils ont vu l'état du corps, ça ne s'est pas arrangé. Un des plus jeunes agents, un nouveau, a donné sa démission en rentrant à l'hôtel de police. Mossa a accompagné Miranda à la morgue, pour reconnaître officiellement Elvira, qui n'a pas de famille. Ils lui avaient recousu les joues et avaient recouvert le corps d'un linge immaculé. Miranda a éclaté en sanglots dans les bras de Mossa.

Johnny ne s'appelait ni Klein, ni Belmonte, ni Garnier, mais Noël Simon, né sous X le 25 décembre 1963, à Lille. Un enfant de la DDASS. Les noms qu'il s'était choisis : ceux des membres du personnel de l'institution où il avait grandi. On le soupçonne d'avoir sillonné le pays et commis une dizaine d'assassinats, tous perpétrés à l'arme blanche sur des prostituées et non élucidés.

Pour finir, Mossa a posé sa main noire sur le drap blanc et m'a dit :

– J'espère que c'est fini, les conneries, maintenant, Bo'.

J'ai dit : « Oui, bien sûr. » J'ai souri. Mossa a souri lui

aussi et m'a laissé une boîte de chocolats en partant. Mon voisin a dit :

– Il a l'air gentil, votre ami nègre.

Je ne lui ai pas offert de chocolat.

Linda est venue, sans Laszlo qui ne supporte pas les hôpitaux et les malades. Elle m'a apporté des chocolats. Elle m'a donné des nouvelles du quartier, entre autres que les parents de Bull, des postiers à la retraite, sont venus vider le studio après l'enterrement et ont bu un verre au bar. Elle ne m'a pas parlé d'Elvira. Ni de Johnny. M'a pressé l'épaule plusieurs fois. M'a dit qu'elle était retournée à la synagogue pour la première fois depuis quarante ans. Que le poste de plongeur était toujours libre. A essuyé une larme.

– T'inquiète pas, lui ai-je dit, ça va aller.

Après son départ, mon voisin m'a demandé si c'était à cause de ma religion que je n'avais pas mangé mon jambon à midi.

Diana et Stéphanie sont venues, tout intimidées. Diana portait une gerbe de roses, Stéphanie m'a offert un baladeur. On s'est embrassées, on a poussé des petits cris, mon voisin a levé les yeux au ciel et monté le son de la télé. On a parlé d'Elvira à voix basse. Diana m'a dit que j'avais bien raison d'avoir arrêté le trottoir, le métier se dégrade, c'est épouvantable, et Stéphanie m'a informé que son Libanais l'emmenait en vacances aux Baléares.

Quand elles sont parties, mon voisin m'a dit que « la jeune femme qui ressemble à la pauvre princesse Diana » était vraiment très séduisante. J'ai mis le baladeur à fond.

Robert Makatea est venu, les mains dans les poches, le regard fuyant, les cheveux plus hérissés que jamais.

– Je m'excuse, a-t-il marmonné. Les flics m'avaient dit que c'était vous qui aviez… Vous savez, ça fait longtemps que je suis au courant, pour papa. J'ai essayé de le voir plusieurs fois, mais il m'évitait. Il avait sans doute peur de ma réaction. Moi, je voulais juste le remercier. Pour la fac, tout ça. Lui dire que je l'aimais, que c'était mon père même s'il s'habillait en bonne femme. Je n'en ai pas eu l'occasion. Je suis content qu'on ait arrêté son assassin grâce à vous. Voilà, au revoir.

Il a débité tout ça d'une traite et il est sorti sans que j'aie pu en placer une.

Mon voisin s'est excusé d'avoir entendu malgré lui et m'a demandé si c'était la coutume chez les Chinois que les hommes s'habillent en femmes.

Le Pasteur est venu. Il ne m'a rien apporté. L'enquête est close, les charges qui pesaient sur moi abandonnées. Johnny est officiellement l'assassin de la Russe, de Natty-la-Belge, de Jésus-Marlène, de Maeva, de Bull, de Louisette Vincent et d'Elvira. Il a essayé de me tuer, nous nous sommes battus, il a glissé et s'est ouvert la poitrine sur son arme.

– Et le juge a gobé ça ?

– Il sait que je n'ai pas l'habitude de mentir, m'a répondu le Pasteur avec un sourire paisible.

Il m'a proposé une cigarette, m'a dit que Théodore Morelli était très déçu : il m'avait trouvé un stage de technicien de surface, mais avec ma main, c'était foutu. Je vais avoir droit à une pension d'invalidité, et Théodore devra se casser la tête pour trouver un boulot que je puisse faire…

Puis il est parti en me souhaitant bonne chance.

Mon voisin s'est penché vers moi et a murmuré :

– Dites-moi, sans vous offenser, votre ami, là, il est pas un peu de la jaquette ?

C'était la première fois que j'ai ri depuis que Johnny…

L'air embaume le printemps, la vie. Je respire l'odeur de la mer, du ciel bleu et des pots d'échappement. Je marche dans la ville grouillante. Je regarde les vitrines. Reflets de ma main bandée. Hier, quand l'infirmière a changé le pansement, j'ai vu l'absence de mon doigt. Ce renflement tuméfié, ce trou trop grand entre mon pouce et mon médium. Bon, de toute façon, je ne voulais pas être pianiste.

Tous ces jours de repos forcé m'ont permis de reprendre du poids. Je me trouve jolie dans mon ensemble en jean vert pâle. Mes cheveux noués en catogan me caressent le dos. Bientôt, je vais travailler chez Linda. Commencer une nouvelle vie. Diurne. Économiser. Et me payer l'opération. Après, je serai libre.

Mais, avant tout ça, je dois tourner la page. Et ça nécessite une entrevue un peu spéciale.

Si Johnny n'a pas tué Maeva, il faut bien que quelqu'un l'ait fait. Et la personne qui a fait ça est également celle qui a tué Louisette.

Je tâte les clés dans mon sac à main et monte l'escalier une fois de plus. Une légère hésitation avant d'ouvrir la porte et je me retrouve dans le petit appartement sombre. Tout a été nettoyé. Plus de sang sur les meubles, plus de lettres accusatrices sur les murs. Mais j'ai toujours l'impression d'être dans un cercueil grand modèle. Je m'assois calmement dans le canapé et j'attends. Je suis un peu en avance.

15 heures. La porte d'entrée s'ouvre. Bruit de pas dans le vestibule, odeur de cigarette. Il s'immobilise à l'entrée de la pièce.

– Dis donc, Bo', tu es très en beauté aujourd'hui…

– Vous aussi, Paul.

Il cille comme s'il n'avait pas l'habitude qu'on utilise son prénom, immobile à deux mètres de moi, regard clair cerclé d'or, une main dans la poche de son manteau en cuir noir, sa casquette de base-ball vissée sur la tête.

– Pourquoi est-ce que tu m'as demandé de te rejoindre ici ? dit-il en exhalant un nuage de fumée.

– Parce que Johnny n'a pas tué Maeva.

Soupir, épaules qui s'affaissent, ton las :

– C'est pas vrai ! Tu m'as dérangé pour ça ? ! T'es pas un peu trop jeune pour jouer les Miss Marple ?

– Johnny n'a pas tué Maeva, continué-je, il me l'a dit avant de mourir. Il ne l'a pas tuée pour la bonne raison qu'il n'avait aucune raison de le faire.

– Tu peux t'expliquer en français ?

– Johnny ne tuait que des femmes, comme vous l'avez fait observer vous-même.

– Il t'a peut-être menti ?

– Pourquoi m'aurait-il menti ? J'ai vu dans son regard qu'il ne comprenait pas ce dont je lui parlais. Il se foutait complètement de Maeva. Il n'est jamais venu la voir.

– Alors, c'est la veuve Vincent qui a menti, avance le Pasteur en examinant ses ongles impeccables.

– Elle a certainement menti si elle a dit que Johnny était venu plusieurs fois ici. Cette affirmation représentait une menace pour Johnny et justifiait qu'il tue Louisette. Mais comment aurait-il su qu'une femme, dont il ne connaissait même pas l'existence, affirmait qu'il avait rendu visite à un travelo qu'il connaissait à peine ?

– Excuse-moi, ricane-t-il, mais j'ai l'impression d'être une boule de billard entre deux queues, si je peux me permettre. Un coup par-ci, un coup par-là… Où veux-tu en venir, Bo' ?

– A l'inscription sur les murs. Maeva était illettrée, Mossa me l'a dit.

– Il me semble que Mossa passe beaucoup de temps avec toi.

– Ne soyez pas jaloux, il a refusé de m'épouser.

– Ne pousse pas trop, Bo'. Pour l'instant, je t'écoute gentiment, alors ne me fous pas en rogne, réplique le Pasteur en laissant tomber sa cendre sur la moquette.

– Maeva n'a jamais écrit « BO ». Elle a écrit une lettre

suivie d'un O. Pour elle, tous les O s'écrivaient de la même façon.

Le Pasteur consulte sa montre.

– Excuse-moi, mais s'il faut se taper un cours d'orthographe…

– E. A. U ou A. U ou O, c'était pareil. Toujours O.

– Tu me dis quand est-ce que je dois crier : « Objection ! Votre Honneur » ?

– Quand je vous accuserai du meurtre.

Silence. Ses pupilles se rétrécissent derrière ses lunettes. Il écrase sa cigarette sous son talon, met l'autre main dans sa poche.

– Maeva n'a pas écrit « BO », elle a écrit « PO ». Pour Paul. Paul Luther. C'est vous qui avez ajouté un jambage au P, après l'avoir tuée.

– C'est vraiment très intéressant et pas du tout tiré par les cheveux, ton histoire. Dis-moi, Hercule, tu t'es pas un peu trop astiqué le poireau, ces derniers temps ? C'est quoi, le topo ? J'égorge cette grosse pouffiasse et sur ce, saisi de folie homicide, je me jette sur la vieille Vincent et je l'égorge à son tour.

– Exact. Mais pas par folie homicide, par calcul. Vous avez égorgé Louisette pour deux raisons : *primo*, parce qu'elle vous avait vu quand vous veniez ici, d'où son impression de vous connaître et votre empressement à lui parler de l'article avec votre photo ; *secundo*, parce que vous aviez menti : elle n'avait jamais parlé de Johnny. Or, il fallait que Johnny endosse tous les crimes.

– Et le comte de Monte-Cristo, il intervient quand ?

Il me toise, l'air passablement ennuyé. Je me cale plus confortablement sur mon siège, tire sur mon jean comme une vraie jeune fille. Il a l'air si calme. Un lézard endormi à l'ombre d'une grotte puant le sang séché. Je m'attends à voir une longue langue rouge darder entre ses lèvres pour les lécher. Il pointe l'index vers ma main mutilée empaquetée dans son pansement.

– Et ta main, comment ça va? Remarque, ça doit te faire des économies de vernis à ongles…

Je lui concède un bref sourire.

– Vous avez une cigarette?

Il fouille dans sa poche, sort son paquet, m'en offre une et se penche pour me donner du feu. Ses yeux tout près, transparence des lunettes, longs cils soyeux, il sent les pastilles à la menthe. J'aspire une longue bouffée.

– Vous étiez l'amant de Maeva.

Battement des paupières. Difficile à contrôler, les paupières.

– Et puis, vous êtes devenu son mac. Vous exigiez qu'elle vous donne du fric. Vous êtes devenu de plus en plus gourmand. Elle ne voulait plus payer. Pour finir, elle vous menaçait de tout dévoiler à vos supérieurs. C'est ça?

Il me sourit, un sourire machinal. S'appuie contre le mur. Enlève sa casquette, fourrage dans ses épais cheveux blancs. Ôte ses lunettes, les frotte sur sa manche. Les remet. Soupire.

– Maeva commençait à me casser les couilles. Elle voulait cracher le morceau. Je savais qu'elle avait un joli petit magot caché ici. J'avais besoin de liquide, de beaucoup de liquide.

Je suis suspendue à ses lèvres minces, à ses petites dents bien rangées.

– Pour quoi faire? Trafic de méthadone? Implant capillaire?

– Du 100% classique, Bo'. Le jeu. J'allais à San Remo pour ne pas me faire repérer ici. J'ai commencé à jouer de plus en plus gros et j'ai tout craqué. Des mecs m'ont prêté de l'argent. Le genre de mecs à qui on ne peut pas ne pas le rendre. Même moi, un flic. Et elle, elle voulait fermer le robinet à fric. Elle disait que je ne la respectais pas. Que tout ce que je voulais, c'était son blé. Et putain, c'était vrai !

– Alors, vous lui avez téléphoné…

– Je l'ai appelée. Il me fallait ce fric. On s'est engueulés. Elle m'a encore menacé de tout déballer à Mossa et à Derek. Cette pauvre vieille conne était foutue de me faire rater ma promotion. Je sais pas ce qui m'a pris, j'ai vu rouge, comme me disent les suspects, et j'ai décidé de la tuer et de prendre l'argent.

– Vous avez vu rouge avec un couteau que vous aviez pris la précaution d'emporter ?

– J'ai toujours mon cran d'arrêt sur moi. La ville est tellement mal fréquentée…

Je le regarde en train de faire de l'humour. Est-ce qu'il avait l'air si faraud en poignardant quelqu'un avec qui il avait fait l'amour, ri, mangé… ? Il continue de parler, soudain intarissable :

– J'ai sonné, elle a ouvert la porte, je lui ai tranché la gorge. D'un seul geste, comme dans les commandos. J'ai toujours été un bon élève. Je ne voulais pas lui faire de mal, mais elle continuait de bouger, elle se débattait, elle continuait à vivre, elle essayait d'écrire ! Alors j'ai frappé et frappé…

Il se tait, se passe une main sur le visage, il transpire. Gouttes de sueur sur sa lèvre supérieure.

– Si tu savais comme ça fait bizarre de voir tout ça de l'autre côté. Quand je pense au nombre de fois où j'ai entendu ce genre de baratin et je pensais : « Cause toujours, mon bonhomme. »

Je l'interromps avec la sensation d'avoir inversé les rôles :

– Et ensuite, lorsqu'elle a finalement consenti à mourir ?

Il ferme les yeux un instant, les rouvre.

– Je me suis calmé, instantanément… comme si j'avais dessaoulé. Douche froide. Adrénaline. L'inscription sur le mur ? *No problem.* J'ai tout de suite pensé à toi, elle m'en avait tellement rebattu les oreilles de son amie Bo' ! J'ai transformé le P, puis je me suis dit qu'avec un peu de bol je pourrais peut-être faire porter le chapeau au tueur de putes.

Nouveau silence. Il avale sa salive.

– Et alors ?

– Alors, je n'avais pas utilisé la même arme, mais je savais qu'il les mutilait, qu'il leur...

Les mots ont du mal à passer. Je le regarde.

– Qu'il leur arrachait... la langue, crache-t-il.

– Et vous l'avez fait ?

– Ouais. Ouais. Ouais. Je l'ai fait. J'ai mis mes doigts dans sa bouche, sa bouche... Ah, merde ! Et j'ai tiré, ça résistait, j'ai recommencé, c'était... Bref, je me suis retrouvé avec ce... cette chose dans la main, je pouvais pas l'emporter avec moi, je pouvais pas foutre ce truc dans ma poche, je pouvais pas !

Pour la première fois, il a élevé la voix. Et, brusquement, je comprends.

Avec l'affreuse impression d'en sentir le goût dans ma bouche, je murmure :

– Le tartare...

Il ferme brièvement les yeux.

– Oui, le tartare. Ça me brûlait les doigts, ce morceau de... d'elle... C'était immonde, je l'ai foutu dans le mixer, et puis j'ai tout mis dans une assiette. J'ai cru entendre du bruit, je suis allé voir et j'ai oublié de mettre l'assiette au frigo...

Incrédule, je répète :

– Dans le mixer ?

Il se ressaisit, se redresse.

– Hé oui, ma jolie. Désolé si ça offense ta délicatesse naturelle...

Je secoue la tête.

– Ce n'est pas envers moi qu'une offense a été commise...

– Oh ! fais pas chier !

– Et Louisette ?

– Quoi « Louisette » ?

– Ça ne vous a pas trop fait chier de devoir la supprimer, elle aussi ?

– Non, mais je rêve ! Miss Fais-moi-mal en train de me faire la morale ! Putain ! Dis, c'est moi qui rêvais de me taper un tueur en série ? C'est moi qui étais prêt à tout pour le protéger ? ! Même à le laisser me découper en tranches ? !

Avec l'inflexion sévère qu'il a habituellement, je dis :

– Revenons à Louisette.

Ça marche. Il se calme. J'éprouve le sentiment de victoire d'une institutrice ayant réussi à obtenir l'attention de trente gamins shootés à McCoke.

– L'objectif, en éliminant la veuve, c'était ma tranquillité, m'explique-t-il d'une voix monocorde. La sauvegarde de ma réputation, de ma vie professionnelle. Tu peux pas comprendre ça, t'as pas de vraie vie.

Pas de vraie vie. Il n'a pas tort. Je suis un rêve incarné, au sens littéral. Et c'est douloureux, comme l'ongle homonyme. Le Pasteur ôte sa casquette, la fait tourner entre ses doigts.

– T'avais raison, Bo', la veuve Vincent m'avait déjà vu. Chaque fois que je venais ici, je prenais la précaution de mettre une casquette, à cause de mes cheveux... Mais je ne pouvais pas courir le risque qu'elle se souvienne vraiment de moi. C'était un obstacle et une source de danger. Ce n'était pas passionnel. Purement stratégique.

– Ça me fait plaisir pour elle.

Il hausse les épaules. Sort sa main de sa poche. Il ne lui manque aucun doigt et ils sont tous serrés sur la crosse d'un automatique muni d'un silencieux. Il le braque vers ma tête.

– La conversation était passionnante, mais je crois qu'on va devoir y mettre fin.

– Pas de dernière cigarette ?

– Bo' la Dure-à-cuire dans son dernier rôle, le plus émouvant !

Il me lance une clope. Je la place entre mes lèvres et ramasse un briquet sur le guéridon. Grésillement de la flamme, j'aspire à fond. Ma main ne tremble pas.

– Pourquoi est-ce que vous avez pensé à Johnny ?

– C'est Maeva qui m'en a parlé. Elle m'a dit que tu étais raide dingue d'un sadique, et qui, en plus, malheureusement pour toi, haïssait les pédés. Une fois, il les avait invitées, elle et la petite pétasse blonde...

– Stéphanie...

– Oui, il les avait invitées à boire un coup et quand il a compris... Maeva a cru qu'il allait la frapper.

– Je ne vois pas le rapport avec le tueur de femmes...

– Hé, t'essaies de me faire parler comme dans les films ? « Sœur Anne, ne vois-tu rien venir ? ! » me lance-t-il d'une voix aiguë. Ouais, bon, le Johnny, je l'avais dans le collimateur.

Brusquement frappé par la vérité, je m'écrie :

– Non ! c'est Bull qui vous a branché sur lui ! Un jour, il m'a dit : « Moi aussi, j'ai des copains flics. » C'était de vous qu'il parlait ! J'avais pensé à... mais non, il travaillait pour vous !

– Occasionnellement. J'étais encore tout retourné à cause de Maeva, et le voilà qui me téléphone et me dégoise un truc sensationnel comme quoi il connaîtrait le repaire du tueur de filles... Bien sûr, il voulait monnayer l'information à prix d'or. Je ne l'ai pas cru, j'ai eu tort, je lui ai dit de se la carrer quelque part. Il m'a dit qu'il allait m'apporter des photos... Tu connais la suite. Quand j'ai su qu'il était mort et que ton Johnny habitait juste en face, j'ai commencé à me poser des questions. Quoi que tu croies, je suis un bon flic.

– Derek aussi était un bon flic.

– Derek ?

– Hmm, hmm. Vous savez, le vieux dans le bureau à côté du vôtre. Celui à qui Marlène est allée demander de l'aide pour sa copine Maeva. Celui qui lui était redevable. Celui qui vous a demandé de passer chez lui pour en discuter.

– Quelle fouille-merde tu fais !

En battant des cils, je précise :

– Une vraie cochonne truffière. Bref, reprends-je, vous l'avez un peu suicidé et puis, comme ce con ne se décidait pas à mourir, vous êtes allé l'achever à l'hôpital.

– Pure spéculation, ma mignonne, répond-il en montrant les dents comme un chien qui sourit.

Je hausse les épaules.

– Vous n'attendiez pas l'ascenseur pour monter, vous attendiez l'ascenseur pour descendre. Vous veniez de le tuer. Et vous étiez passé par l'escalier, comme moi, pour vous retrouver à l'étage inférieur et vous mêler aux autres visiteurs.

Il soupire.

– Ce que t'es chiante, Bo' ! Je venais de pincer les narines du pauvre Derek jusqu'à ce qu'il cesse de respirer en redoutant à chaque seconde de voir débouler une infirmière... Enfin, c'est fait, je sors sans qu'on m'aperçoive, je gagne l'étage en dessous sans qu'on me remarque, je vais pour me mêler à la foule, je me retourne et qu'est-ce que je vois ? La Bo' ! J'ai cru que je rêvais. Ou que tu savais quelque chose. C'est pour ça que j'ai bien insisté sur toi auprès de Robert Makatea. Tu vois... Moi aussi, je pense !

– Et que va-t-on penser quand on découvrira mon corps ?

– Personne ne viendra ici avant des mois. T'auras le temps de te momifier.

– Et l'odeur ? Vous n'avez pas fait installer un abattoir privé, vous...

Il sort un lourd sachet plastifié de son autre poche.

– Chaux vive. A utiliser après le décès.

– Après ? Vous êtes trop bon, mon révérend.

– Trop con, tu veux dire. J'aurais dû me méfier de toi.

On se tait comme si on avait oublié nos répliques. Puis il soupire :

– Bon, alors, adieu, Bo'.

Mon cœur se la joue punching-ball en sourdine. Je vois son doigt sur la détente...

Flash éblouissant. Il sursaute, braque instinctivement son arme vers la baie vitrée. Je plonge sur le côté. Nouveau flash. Diana brandit le Polaroïd et disparaît.

– Putain ! crie le Pasteur fort à propos en fonçant vers la baie vitrée.

Elle est verrouillée et il s'escrime dessus comme un malade. C'est pour ça qu'il n'entend pas Stéphanie s'approcher et lui casser le gros vase bleu ciel sur le crâne. Il porte la main à sa tête, me regarde avec reproche et s'écroule, les yeux vitreux.

Diana réapparaît. J'ouvre la porte vitrée. On contemple l'homme étendu à nos pieds.

– C'était moins deux, dis-je, j'ai bien cru que j'allais m'en prendre une en pleine tête.

– Mais non, rétorque Diana, je guettais son doigt sur la détente. Charles m'avait dit « quand la jointure blanchit... ».

J'en ai les jambes molles rétrospectivement.

– Et s'il avait pas avoué ? me demande Stéphanie.

– J'étais sûre que c'était lui. Il avait menti en disant que Louisette avait vu Johnny ici. Et Maeva avait peur de lui. Et puis je dois dire que c'est un peu aussi grâce au père de Jojo.

– Jojo ? répète Diana, déconcertée.

– C'est un clebs.

– Un clebs détective ? s'étonne Stéphanie.

– Où il est, cet enfoiré ? lance une voix profonde.

Et le Prince Charles fait son apparition, escorté de deux Highlanders sans kilt, mais avec des coups-de-poing américains.

– Ne l'abîmez pas trop, dit Diana. Juste pour que ça lui serve de leçon. Il ne faut pas qu'il nous en veuille au point de nous rendre la vie impossible ou de te descendre, chéri.

– Compris. Un avertissement aux frais de la Princesse, grogne le Prince Charles.

Éclat de rire général, sauf de la part du Pasteur qui vient de se ramasser un premier coup de pied dans les couilles.

Une fois dans la rue, Diana me demande tout à trac :

– Tu crois qu'on n'aurait pas réussi à le faire inculper ?

Je lui montre nos trois silhouettes qui se reflètent dans la façade en marbre noir d'une banque.

– Je sais pas. Qu'est-ce t'en penses ? Les sœurs Dalton contre Lucky Luke, messieurs les jurés !

– Moi, je dirais plutôt les trois petits cochons, ricane Stéphanie.

– Et moi, je dirais que je me taperais bien une pizza ! lance Diana.

– Une pizza, Votre Altesse ? Are you tombée on the crâne ? proteste Stéphanie. Vous voulez dire un gueuleton au Négresco ?

– Too much ! renchérit Diana. Tu viens, Bo' ?

Je viens.

Rien que pour voir la tête des autres clients.

Épilogue

Il fait si beau que de nombreux patients sont installés dans le jardin. Fauteuils roulants, déambulateurs, coiffes blanches… Je me sens très élégante dans mon ensemble grège et j'avance d'un pas assuré.

La réceptionniste me sourit, puis se renfrogne en voyant ma main mutilée.

– Oh ! mon Dieu, madame Ancelin ! Décidément, c'est une série noire !

« Si tu savais à quel point ! », lui dis-je intérieurement. Je lui explique :

– Un accident stupide, une portière qui m'a broyé le doigt.

Elle frissonne d'horreur.

– Ça ne vous empêche pas d'avoir l'air en pleine forme ! ajoute-t-elle gracieusement.

– C'est mon anniversaire. Je me suis offert une petite séance chez l'esthéticienne.

– Vous avez bien raison !

C'est vrai que c'est mon anniversaire. Mais ce n'est pas chez l'esthéticienne que je me suis offert une petite séance, c'est chez le chirurgien. Histoire de mettre au point le planning de l'opération. Il va falloir que je me retire de la circulation pendant quelque temps. Alors, je suis venue dire au revoir à Violette, qui s'en fout. Ce qui prouve bien qu'on ne fait les choses que pour soi.

Quand j'ouvre la porte de la chambre, un petit courant d'air fait voleter ses mèches blanches. Elle dort, allongée sur le dos, la bouche ouverte. Une bouffée de tendresse m'envahit pour cette vieille femme qui m'a tenu dans ses bras et qui ne sait plus mon nom. Je m'approche doucement, je me penche pour l'embrasser. Et je vois ses yeux grands ouverts. Elle me regarde comme elle l'a toujours fait : sans me voir.

Je passe la main sur son front : la peau est douce comme celle d'un enfant. Je ferme ses paupières. Je dépose un baiser léger sur sa joue ridée. Et je lui dis adieu en m'imaginant que le petit courant d'air que j'ai senti n'était autre que l'envol de son âme épuisée.

La porte s'ouvre. La grande infirmière me sourit de toutes ses dents :

– Alors, tout va bien ? Elle se repose bien ?

– Elle est bien morte, lui dis-je de ma voix la plus élégante.

Et je sors pendant qu'elle se précipite vers le petit lit blanc.

Dehors, il fait beau.

Annexe

Quand le soleil quitte la terre
la laissant couverte de sang,
je prends mes plumes et mes diamants
et je m' en vais vendre ma chair.

Je suis une chienne en cuir noir
couchée aux pieds du désespoir,
une chienne dressée au fouet
qui fera tout ce que vous voulez.

Quand le soleil frappe la nuit
l' écartelant d' un poing doré,
je laisse cuissardes et harnais
et je m' en retourne à la pluie.

Je sais me coucher et chanter,
je suis une chienne de cabaret,
sous les projecteurs scintillants
j' écris mon nom avec mon sang.

Quand le soleil lèche le jour
le caressant de ses soupirs,
je pleure à m' étouffer de rire
en entendant parler d' amour.

Écartez-vous de mon chemin
je ne veux pas de politesses,

claquez des doigts, je cambre les reins,
bonsoir et passez à la caisse !

Quand le soleil quitte la terre,
la laissant humide de sang,
je prends mes plumes et mes diamants,
et je m' en vais vendre ma chair.

Chanson de Bo'.

DU MÊME AUTEUR

Aux mêmes éditions

Les Quatre Fils du Dr March
« Seuil Policiers », 1992
et « Points », n° P617

La Rose de fer
« Seuil Policiers », 1993
et « Points », n° P104

Ténèbres sur Jacksonville
1994
et « Points », n° P267

La Mort des bois
Grand prix de Littérature policière
« Seuil Policiers », 1996
et « Points », n° P532

Requiem Caraïbe
« Seuil Policiers », 1997
et « Points », n° P571

La Morsure des ténèbres
1999

RÉALISATION : PAO ÉDITIONS DU SEUIL
IMPRESSION : S.N. FIRMIN-DIDOT AU MESNIL-SUR-L'ESTRÉE
DÉPÔT LÉGAL : JUIN 1999. N° 37541 (46778).